かみがみ

〜最も弱き反逆者〜

The weakest rebel

2

Written by

真上犬太

Inuta Masagami

Illustration by

黒ドラ

The weakest rebel

CONTENTS

The weakest rebel

前回までのあらすじ

神々の遊戯。

それは、魔界の代表たる魔王と、神の加護を与えられた異世界の勇者との代理戦争である。

だが、そんな騒乱を厭《いと》い、日々の暮らしの安寧のみを願って生きる者たちがいた。

コボルト。

犬顔の獣人族にして魔界最弱の魔物である彼らは、魔に与せず、人とも争わず、山奥で身を隠しながらつましい生活を送っていた。

そんなコボルト族の青年、シェートの生活は、村の焼き討ちと、一族を皆殺しにされることで終わりを告げる。

幼馴染であり、最愛の恋人であったルーを失い、自身も死の淵に陥ったシェートは、天の神の一つ柱、女神サリアーシェによって一命を取り留めた。

シェートはサリアーシェの加護を受け、彼女の勇者となって家族と恋人を殺した異世界の勇者、逸見浩二《いつみこうじ》に復讐を誓う。

武器にも魔法にも傷つかな

い無敵の鎧を身にまとう、絶対無敵の勇者に対し、コボルトという存在は無力だった。その上、自分を救ったサリアーシェは『廃神《すたれがみ》』という、世界から消滅する寸前の最弱の神であり、復讐を果たせないまま、全ては終わるかに見えた。

　しかし、シェートの狩人としての力と、サリアーシェの知略が、仇である逸見浩二との一騎打ちを実現させた。山の中という地の利を生かし、寝食の自由を奪って肉体と精神を疲弊させる〝わたぬすみ〟の計略により、無敵の勇者を〝ただの高校生〟と化しめ、無敵の鎧を剥ぎ取ることに成功する。

　死の目前、最弱の魔物に殺される理不尽に抗議する少年に、シェートは怒る。

〝無力な仲間を殺された自分の方が、もっと理不尽だ〟と。

　復讐は終わり、シェートはひとときの安らぎを得た。しかしそれは、新たな戦いの幕開けでもあったのである。

プロローグ

その日は、しっとりと雨が降っていた。

土のむき出しになった街道は濡れ、わだちやくぼみの部分に泥混じりの水が溜まっている。

両脇は森に挟まれ、木々が枝を差し掛けているが、道を覆うほどに生えているわけではなく、あまり雨しのぎにはなっていない。

「ったく、嫌になるな、雨って奴はよ」

荷駄を載せたロバの反対側を歩く影が、ぶちぶちと文句を言い始める。

皮の鎧に長剣を下げ、その背をフード付きのマントで覆った、傭兵然とした姿。街道を歩く時の護衛として雇った男だ。

「天気読みの奴、いい加減なこと言いやがって。何がシリーエンの方は風の湿りも無いから大丈夫だ、だよ」

「はぁ、あいつらも、天気の全部、知ってるわけじゃないすけぇ」

この男の口数の多いことと来たら、こちらが文字通り閉口する域だった。何か思いつくと言葉にしなければ気がすまない性質らしく、こちらにもそれなりの相槌を要求する。

「だとしてもだよ？　銅貨十枚もふんだくっといて、こりゃねぇだろ。こんな天気になると分かってりゃ、あと一日は、あいつとしっぽり――」

その天気読みの料金も、男の泊まり賃もこちらが出しているのだが、さも自分の懐が痛んだかのように嘆いてみせる。

腕利きの傭兵は口数が少ないと、よく言われる。

それはおそらく、こんなうるさい奴と一過ごすことにうんざりするから、最終的に寡黙な者が選ばれるということなのだろう。

次の商いは別の隊商に混じって動こう。そんなことをぼんやりと考えた時、傭兵がいきなり剣を構えた。

「おい、ありゃなんだ！」

「へ？　ああ、あれすけぇ、心配いらねえらす」

男の示した先に、一匹の獣が立っていた。

雨に煙る街道の真ん中、霧のように立つ、白い犬に似た生き物。その額には銀に光る星のような毛が生え、首周りをたてがみが飾っている。

とはいえ、その姿も今は雨にぬれ、どこか疲れたような印象を与えていた。

「こっち睨んでるぞ？」

「あらぁ、最近この辺りさ住み着いた、星狼《ほしのがみ》らす」

「ほしのがみ？」

「ああ。人さくると道に出て、こっちさじぃっと見つめてくるら。ですけ、ちっとも悪さしねぇでらすけぇ、誰もとがめねえんでらす」

それどころか星狼が出て以来、この辺りには魔物や人を害する獣、盗賊の類も寄り付かないので、街道の守り神のように扱われていた。

「手さ出さねば、なんもしねえらすけ、剣さおさめてくれら」

「……でも、何かおちつかねぇなぁ」

文句を言いながらも剣を収めると、星狼は緊張を解き、そのまま道の脇に下がる。その様子を見て、懐から干し肉を取り出し、放ってやった。

「餌付けしてんのかよ」

「ほしのがみ、たいそう頭いい生き物ら。ですけ、街道守の礼、みてぇなもんらす」

吼えもせず、肉を口にくわえて星狼が茂みに消えていく。

「はぁー。あんな獣が街道の守り神さんねぇ」

少なくとも、どこかの犬と違って無駄吠えしない分、相当優秀だろう。そんなこちらの気も知らず、傭兵は思い出したように告げた。

「神様といえば、この辺りで勇者は出たかい?」

「ゆうしゃ……はあ、そういや、おかしなカッコさした子供、よう見るらすな」

「神様の加護を賜った正義の使徒さ。西のエファレアでは勇者が軍を率いて、魔族相手に大立ち回りしてるらしいぜ」

自分も商人の端くれ、その程度のことは知っている。数十年前に現れた魔族と、その王を名乗る者を倒すべく使わされた少年少女たち。

その誰もがこの世のものとは思えない力を持ち、奇妙ないでたちをしている。自分も何度かそんな人間を目にしたことがあった。

「さっきのほしのがみ、だっけ、見て思い出したんだよ。面白い話」

「なんら？　面白い話って」

「その勇者たちが、躍起になって狙ってる魔物の話だ。聞いたことないか？」

「はぁ、ゆうしゃが狙う、たら、ドラゴンとか？」

「それが傑作なんだ！　そいつらが狙ってるってのがな」

こちらは大して興味もない話を、傭兵は嬉しそうに口にした。

「一匹のコボルトなんだとさ」

01 世界の敵

柔らかい腐葉土を踏みしめながら、三上修斗《みかみしゅうと》は走っていた。

広葉樹の茂る森は下生えもほとんどなく、意外と見晴らしがいい。森の中といえばどこでもでたらめに木があると思いがちだが、極相になった場所では、草さえほとんど生えないものだということを、学校の授業で言っていた。

学校、そういえばもう一月以上思い出していなかった言葉だ。異世界から召喚された勇者として、この世界に来てから大分経つ。

「ぼっとするなシュウト！　もっと急げ、追いつかねぇぞ！」

自分と並んで走る、浅黒い肌をした長身痩躯の男。ノイエスという名前の軽戦士だ。

皮鎧とショートソードという格好は、どちらかというと盗賊に近い。現に、鍵開けや外しなども心得があると言っていた。

「この程度で息が上がってちゃ、話にならないぜ」

「わ、分かってるよ！」

神器として与えられた鎧と剣は、通常の装備よりもはるかに軽い。とはいえ現代社会の恩恵を受けてきた中学生が、体力のお化けのような傭兵と並んで走るなんて、そう簡単なことではない。

「帰ったら走りこみ追加だよ！　じゃ、お先！」

重そうな鎧を身につけた女戦士が、さらにダッシュを掛けて目標を追っていく。その目線は自分よりもはるかに上で、女性にしては野太い声だ。

「あまり先行するな、アミ！」

「もたもたすんな男ども！　グリンド、あんたもついといで！」

軽口を叩く鎧姿に、さらにマントを翻して同じような鎧を着けた男が追いすがる。

南方海浜の出だというアミュールはパーティー一の重戦士で、その傍らを走るパーティのリーダー、グリンドにも劣らない戦闘能力を持っている。

身につけた装備の重さなど気にも留めず、二人は更に加速した。

この世界に来て驚いたことの一つが、重装備をつけて走る戦士という現実だ。

何か軽くする魔法でも掛けてあるのか、そう問いかけた修斗に、仲間たちはそろって笑ったものだった。

『何言ってるんだい。鎧なんてあたしらにとっては服みたいなもん。鎧着て泳げて一人前だ』

『さすがにそれはお前だけだぞ、アミュール』

本やゲームの現実など、この世界ではまるで当てはまらない。修斗にとっては驚きの連続だった。

「あまり距離を離さなければ、多少遅くてもいい！　無理はするなよ、シュウト！」

軽く振り返りながら、グリンドが気遣いの声を掛けてくれる。

以前はどこかの教会に詰めていたという、正真正銘の騎士である彼は、勇者である自分に力を貸そうと言ってくれた最初の人間だ。

「とはいえ、狩りの主役はうちの勇者様だからな。ちょっと待ってろ」

手にしていた剣を収め、ノイエスが虚空に指を走らせる。

「声なき声、意思なき意思、我が声に答え唱和せよ、鳴れよ来たれよ手弱女《たおやめ》よ」

言葉として聞こえたのはそこまで。そのあとはまるで鳴くような、か細い音だけが喉から漏れ、いきなり修斗の体が風をまとって軽くなる。

「これでちったぁマシだろ？　とっとと追いつくぞ！」

「うん！」

全く息も切らせず、走ったまま唱えられる魔法。精霊の力を使うというノイエスは、実のところ修斗が一番好きな『先輩』だ。

最後まで自分の仲間になることに反対し、今では最も仲良くなった彼。生真面目なグリンドをたしなめ、みんなを危険から護る陰のリーダー。

「……ノルディア、大丈夫かな？」

いくらか楽になった息を整えつつ、声だけを脇の先輩に掛ける。

「ああ見えて、あいつも頑丈だ。毒もきっちり飛ばしたし、そんなに心配ならお前だけ帰るか？」

「冗談でしょ！」

今はこの場に居ない、魔法使いのノルディア。この狩りの最初に毒矢を受けて、今は近くの町で休んでいるはずだ。

それをやったのが、目の前を走っていく、一匹のコボルト。

草か何かで作ったぼろぼろの服を身につけて、背中に弓矢を背負ったそいつは、風のような速さで森を駆け抜ける。

そんな追跡行を続ける修斗の耳に、見えざる神の声が届いた。

『急げよシュウト、この機を逃せば次は無い！』

自分をこの世界に導いた神様、ムロアーブ。異世界の勇者となって、魔王を倒すように言ってきた、自分の守護神だ。

「分かってる！　でも、本当に大丈夫なの!?」

『向こうは新たな加護を掛けぬと言って来た！　その上でこちらが決闘を申し込み、多勢で押し包めばよい！』

この戦いには、ライバルとなる勇者が何人もいる。その全てを打ち倒すことも目的の一つだ。そして、今追いかけているコボルトも、その中の一人だと聞いていた。

『あと少しで森が切れる！　そこまで行けば奴が罠を仕掛けられそうな場所は無い！』

「分かった！　ノイエス！　森が切れるって！」

「誰に物を言ってんだって、神さんに言ってやれ！」

ノイエスをはじめとして、仲間の傭兵達はそろいもそろって、神というものに恐れを抱かないらしい。グリンドにしたところで、信徒として神は崇めるが、全ての行動は自分の選んだ結果に過ぎず、見守ってくれるだけでいい、という現実主義者だ。

仲間たちが目の前の茂みを飛び出し、遅れて修斗も森の外に出る。

そして、目の前に石ころだらけの、なだらかな荒野が広がった。

「アノシュタット平原。水はけがよすぎるんで、畑にもできない荒地が延々続いてる」

何かと教えたがりのノイエスが、呼吸でもするように蘊蓄《うんちく》を口にする。

先に出ていた二人の鎧騎士が、それ以上の逃亡を許さないといった姿で、コボルトの進路を塞いでいた。

「奴は森の生き物、この平原に追い詰めれば、得意の罠戦法は使えないってわけだ」

「それじゃ、結界を……」

「っと、お前はまだ出番じゃない。いいって言うまで動くなよ」

神剣を鞘払ったこちらに注意を飛ばし、ノイエスが剣を抜き放つ。

コボルトは弓を構え、中腰の姿勢で油断なく仲間達に視線を移し、最後に自分を見た。

「そこか、勇者」

思ったより高い、子供のような声。

毛皮の生えた低い背丈とふわっとした尻尾、犬のような顔立ち、眉間に刻まれた皺と目じりの鋭ささえなければ、かわいらしいとさえ思えただろう。

だが、瞳の奥に宿るのは驚くほどに強い意思。手練の傭兵に取り囲まれてもなお、怯えた様子すら見せない。

「散々走り回らせてくれて、ありがとよ」

その視線をさえぎるように、ノイエスが前に立つ。その体の端から見える魔物は、動じた様子もなく隙を覗っている。

「神さんの話じゃ、お前を倒せばすごい量の〝けいけんち〟とやらが手に入るらしいな」

「お前ら、勇者のため、俺狩るか」

「ああ。こんなんでも一応、雇い主でね。仕事はきっちり果たさせてもらう」

言いながらノイエスの開いている手が背中に回る。その指が虚空に描く言葉を見て、修斗は剣を握りなおした。

「それじゃ、〝レアモンスター狩り〟……始めるとするか。下がれグリンド！　アミ！」

仲間の叫びに二人が魔物から飛び離れ、軽戦士がすばやく脇に退く。

そして修斗はコボルトに向け、構えた剣を一気に振り下ろした。

「行けっ！　エクスカリバーッ！」

神剣から黄金の光が迸り、輝く三日月になってコボルトに突き進む。番えを解いた魔物が大きく左に飛んだ。

「囲めっ！」

斬光を避けた先を塞ぐ鎧。幅広の剣をかざしたアミュールがコボルトに迫る。

「喰らいなっ！」

横薙ぎに振るわれる剣。コボルトの頭が一瞬早く軌跡から逃れ、素早い動作で弓を打ち出す。その威力が鎧に施された守りの術で弾け、力なく地面に転がる。

「そんなひょろい矢なんざ効くかぁっ！」

アミュールは立て続けに剣を振り、矢に手を伸ばす暇を与えない。それでも必死に身をかわし、低い姿勢で脇をすり抜けようとするコボルト。

「逃がすかっ！」

退路に今度は薪割りのような一撃。慌てて飛び退った犬の背後を、もう一領の鎧が塞ぎに掛かる。

グリンドの得物は棘の付いたメイス、それを中腰で構え、同時に楯を前面に押し立てる。

「はぁっ！」

楯が魔物の視界を塞ぐように振るわれ、その突風で犬顔がわずかにぶれる。

その後を追うように追撃するメイス。体を投げ出して、転がりながらコボルトが避け、体毛が数本引きちぎれた。

「ふんっ！」

再び構えなおされた楯を前に、グリンドが体ごとコボルトに突進する。薄いものなら壁でも粉砕する強烈な体当たりが、犬のような体を軽々と吹き飛ばした。

「ぐはっ！」

小さな体が地面に叩きつけられ、軽くバウンドし、倒れ付す。それでも体をわななかせながら、必死に立ち上がろうとしていた。

「意外に丈夫だな、助かった」

「ちょっとは手加減しな！　死んじまったらどうするんだ！」

「すまん。だが、時間稼ぎはこれでいいだろう」

そう言いながらグリンドは仲間の軽戦士を見た。すでにノイエスは地面に手を当て、唸るような声を漏らしている。

「力強き手よ、敵を縛れ」

言葉が結ばれ、立ち上がろうとしたコボルトを、無数の土で出来た手が一気に引きずり倒した。

「ぐあああっ！」

「よしっと、これでもう安心だ。シュウト」

呆然と仲間たちの戦闘を見ていた修斗は、ようやく事態の推移を理解した。いきなり『神剣をコボルトに使え』という指示が来たのには驚いたが、何とか対応できた。

「お前も大分勘がよくなってきたな？」

「師匠が良いおかげだよ」

「ハッ、抜かせ」

まぜっかえすノイエスの顔に浮かぶ、皮肉げな笑み。それが自分に対する親愛の情であることも、すっかり分かるようになった。

『どうやらその辺りには、奴の罠も無い。頃合だ、シュウト』

「うん。それじゃ」

教えられた言葉を反芻し、修斗は聖句を唱えた。

「我が神、〝鍛徹《たんてつ》せし銀槍《ぎんそう》〟ムロアーブ・ゼッソの名の下に、汝を我が敵手と認める！　決闘の場よ、開かれよ！」

初めての決闘宣言に、世界が変化した。

自分の周囲に光の壁が降りて、大きな円を作っていく。仲間たちの顔が一瞬驚きにこわばったが、気を取り直してコボルトに注意を戻した。

「こいつが、決闘の空間ってやつか」

「仕掛けた罠も無いし、ここから逃げる手も無い。準備は整ったね」

アミュールの言葉に、魔物は僅かに顔をしかめたが、何も言わずにこちらを睨む。

「やっぱ、レアって言うだけあって、なんか顔つきが違うね」

「そうだな。とはいえ、殺しちまえば同じことさ」

「……そうだね」

神様からは『別の勇者を殺して力を奪った、邪悪な女神の配下』だと聞かされていた。でも、ここに来るまでの間、こいつは森に罠を仕掛けたり弓で闇討ちをするぐらいで、魔物らしい攻撃方法というか、邪悪っぽい技は使っていなかった。

こいつは、一体なんなのだろう。どうやって強力な力を持った勇者を殺せたんだろうか。

『何をしているシュウト、早くそいつに止めをさせ』

「う、うん」

剣を構え、拘束されたコボルトに歩み寄る。これまで倒してきた魔物とは違う、どこか人間くさい目つき。顔だけしか見えない今の状態だと、野良犬を殺すように思える。

「ご……ごめん！」

上段に構え、修斗は勢い良く、剣を振り下ろそうとした。

「避けろシュウトぉっ！」

その絶叫が聞こえた途端、

「あ……？」

自分の腹に、コボルトの刃が突き刺さっていた。


確かな手ごたえが、シェートの腕に伝わる。

自分の体を拘束していた土くれは脆くも崩れ去り、一足先に自由になった右腕で、山刀を柔らかい脾腹《ひばら》に押し込む。

「ぐ、あっ！　あああああああっ！」

「やめろおっ！」

痩せた男が叫び、細身の剣を振りかざして走り寄る。その動きに合わせるように、シェートは勢い良く背後へ飛び退った。

「俺の〝地縛《ちばく》〟を、どうやって!?」

そんな質問に答える義理は無い。素早く弓を引き抜き、早撃ちで勇者に射掛ける。

「やらせるか！」

鎧男が射線を封じ、体を張って勇者を守る。その前に女戦士が立ち、痩身の男と共にこちらを囲んだ。

「すまん、サリア。奇襲、失敗した！」

『だが、勇者の傷も深い！　連中の手の内も全て分かった！　畳み掛けろシェート！』

女神の声に頷くと同時に、敵対する二人の背後で、治療にうずくまる騎士に視線を送る。

『あの騎士は治癒の術も使えるが、僧侶より劣る力しか持たぬ。勇者を完全に癒すには、相当な時間を要するだろう』

「どのぐらい？」

『私の見立てでは、心臓が二百の鼓動をするまで、と言ったところだ』

その間、後ろの騎士は身動きが取れず、目の前の二人を相手にすればいい。だが、こちらの目的はあくまでも勇者一人。

「ノイエス！　あたしが先に仕掛ける！　あんたはその間に、もう一度縛めの魔法を！」

「待てアミュール！　こいつは」

冷静さを取り戻した優男と対照に、激昂した女が突進してくる。

荒っぽい動きをする女戦士。勘が鋭く、剣の間合いに入るのは死を意味する。

それなら、間合いに入らなければいい。

地面の土くれを掴むと、思い切り女に投げつける。土ぼこりと砂が、守りのためにかざされた腕へぶち当たり、女がたたらを踏んだ。

「しゃらくさいんだよ！　目潰しなんざ！」

それでも僅かな時間、攻撃が遅れる。その一瞬を盗んで、シェートは力一杯、弓を引き絞った。

鏃の先に光が宿る。

サリアに与えられた神の加護。守りの力を高める青、打撃力を強化する白が纏いつき、最後に真紅の光が全てを覆う。

「しっ！」

呼気と共に弓弦が鳴り渡り、木の矢が風を切って女に襲い掛かる。

反応することさえ至難の一撃を、女の剣が勢い良く切り払った瞬間、

「なにいっ!?」

鈍い破砕音に剣がへし折れた。

驚愕に歪む女の肩に、太ももに、次々と矢が突き刺さって鎧ごと肉を弾けさせる。

「うがああああああっ！」

「アミ！」

『いまだシェート！』

身動きの取れなくなった女をかわし、勇者の元へと走りよる。治療に気をとられていた鎧騎士が絶望と共に顔を上げた。

「〝風よ！　我と共に咆え猛れ！〟」

殴りつけられるような横合いの一撃、シェートの体が吹き飛ばされる。

「くそっ！」

怪我は無いが、それでも騎士は体勢を立て直し、盾と槌矛《メイス》を構えた。

「気をつけろグリンド！　こいつ、破術を使うぞ！」

「そういうことか」

剣士の看破に騎士が頷き、シェートは顔をしかめた。

軍神ゼーファレスの配下、絶対防御の力を持つ勇者を倒して以来、シェートを狙う勇者は日を追うごとに増えた。

そのほとんどが、ゼーファレスほどの力を持たない小神の勇者だが、それでも侮ることはできない。だからこそ、身を挺して能力を見極め、こちらの実力を隠して戦わなければならなかった。それが小さく、仲間もいない魔物の取れる最善の策。

『うろたえるな！　三段の加護ならば奴らの守りを確実に貫ける！　破術が知れたところで問題は無い！』

勇者はぐったりと地面に転がり、女戦士は矢傷を受けながら、必死に立ち上がろうとしている。

敵は残り二人。

「シュウトには悪いが、俺らだけで仕留めるぞ」

「分かった」

優男は姿勢を低くし、後ろに手を回す。

鎧騎士は盾を押したて、槌矛を脇構えにした。

『シェート、軽戦士の背に暗器がある。おそらく毒塗りの短剣だ』

女神の声は的確に、敵の企みを見抜いた。

『これまでの追討、要所要所でこの二人は連携を取ってきた。あの女戦士は個人技主体、勇者の動きは、いまだ稚拙ゆえな』

シェートは頷き、矢を弓に番えた。

男たちがじりじりと間合いを詰め、必殺の間合いを計る。

『そして、ここぞというときに、奴らは』

鎧騎士が、全身のばねを利かせて突進した。

肉厚な鉄の塊が、あっという間に目の前を覆いつくし、

『剣士の不意打ちで隙を突いてきた！』

騎士の脇をすり抜け、剣士の影がシェートの右に現れる。

背中に回した手が幻のように現れ、放たれた毒刃が暗い輝きに閃いた。

「うおおおおっ！」

シェートの両手が、絶叫と共に目の前の鉄へ突き出される。

三段の加護が掌の形に鎧を穿ち、破裂した加護の衝撃がコボルトの体を吹き飛ばす。

「ぐふうっ!?」

「グリンド！」

宙を舞いながら、それでもシェートの片手が矢筒に伸びた。

着地と同時に、抜き打ちの投げ矢が虚空を駆ける。

「〝風よ――〟うぐふうっ！」

真紅の破術が男の魔法を消散させ、片肺を木の矢が深々と貫く。

駄目押しに放った二本の矢が、よろめいていた鎧騎士の膝頭を打ち砕いた。

一瞬の静寂。

敵の全てが地面に伏したのを見て、シェートは詰めていた息を、吐き出した。

『まだだ。安堵には早い』

「分かってる」

大地に転がった弓を一瞥《いちべつ》すると、そのまま歩き出す。

その先には、剣を支えに立ち上がる勇者の姿。

「みんな……っ！」

血の気を失い、顔を蒼白にしたまま、それでも少年は剣を構える。

「やめろ、シュウト……逃げろ……っ！」

肺をやられた剣士が、地面に転がったまま叫んだ。

「俺たちは気にするな！　早く、行け！」

膝から矢を引き抜きながら、それでも鎧騎士は立つことができなかった。

「畜生っ！　こんな……ことでっ、シュウトぉっ！」

三段の加護で肉がえぐれ、深手を負った女戦士は、這いずりながら絶叫した。

「……逃げないのか」

山刀を引き抜き、シェートが歩み寄る。

血の匂いが強く鼻腔をくすぐる。治療が間に合っていない。

「みんなを……置いていけるわけ、ないだろ」

痛みに涙がこぼれ、膝が今にも崩れ落ちそうなほどに震えている。

それでも、少年は気丈に言い放った。

「僕は、勇者なんだから」

「そうか」

口を結び、一息に間合いを詰め、山刀を横薙ぎに振るった。

剣を振り上げた姿勢のまま、少年の体が地面にくずおれていく。

悼むように、シェートは呟いた。

「お前の家、帰れ。勇者」


ノイエスの目の前で、金色の光が砕けていく。

腹を割かれ、内臓をはみ出させた痛々しい姿のままで、少年が消えて行く。多分、自分が戦場で見た中で、もっとも奇妙で、ある意味美しいともいえる死者。

木矢の刺さった胸は深手ではあるが、そんなことは気にならなかった。コボルトは静かにたたずんだまま、こちらを見ている。

「シュウトは、どうなるんだ」

「そいつ、死なない、らしい」

コボルトは敵意の失せた目でこちらを見ている。

その間で、砕けていく光が小さくなり、彼の身につけていた鎧や剣だけを残して、シュウトという少年が居たという痕跡は完全に消え去った。

「死ぬ時、役目終わる時、勇者、元の世界、帰る。サリア、言ってた」

「そう、か」

ごまかしを言っているのではないだろう。シュウトは神から力を与えられ、地上に遣わされた勇者なのだから。

治療を終えたアミュールとグリンドが自分の後ろに立ち、だが何もせずに立ち尽くす。

「お前達、勇者の仇、討つか?」

「仇……か」

コボルトの言葉は、なぜか弔意に聞こえた。その言葉の甘やかな熱と痛みを味わいながら、それでも首を横に振る。

「やめとくよ。雇い主がいなくなれば、それ以上の仕事はしない。傭兵にとって、命は金や名誉以上に大事だからな」

「ノイエス……ッ」

武器に手を伸ばしかけたアミュールを、片手でさえぎる。

「本当のことを言えば、今ここでこいつを殺したい。殺せないまでも、シュウトのために一矢報いたい。だが、俺たちがここで死んだとしたら、ノルディアはどうなる？」

自分達の帰りを待つ魔法使い、彼女のことを口にすると、女戦士は息を殺して嗚咽を漏らし始めた。

「聞かせてくれ……どうしてお前は、勇者を殺したんだ」

「決まってるだろ！　そいつが魔物だからだよっ！」

泣きながら怒り狂う彼女を支えながら、それでもグリンドは問いかけた。

「お前は、俺たちを殺さなかった。何度でもその機会はあったはずなのに。コボルトのお前が、なぜそんな風に戦える、お前の仕える女神とは、どんな存在なんだ」

「俺の村、勇者、滅ぼした。家族、仲間……大好きだった人、みんな、殺された」

コボルトの瞳に、暗い炎が宿る。

搾り出す深い怨恨の言葉が、小さな体を数倍にも大きく見せた。

「俺、殺した勇者、そういう奴。サリア、力、貸してくれた」

「復讐を後押す女神……だからこそ、邪神と呼ばれるのか」

「邪神？」

暗い輝きが一瞬で消える。

そして、コボルトは驚くほど優しく笑った。

「……うん。そうだ。あいつ、怖い女神。優しい邪神」

魔物は構えを解き、背を向けた。

「俺、勇者殺す。それ以外、殺す気、ない。それだけ」

そして、振り返りもせず、荒野へと消えていく。

「優しい邪神、か」

乾いた風が吹き始めた。すでに日は西に傾き、覆うもののない荒れた大地が、しんとした底冷えを伝えてくる。

「……帰ろう」

グリンドの言葉にのろのろと頷き、アミュールが残された遺骸を抱えた。

「剣だけにしろ。鎧なんて邪魔になるだけだ」

「だって……だってさぁ……っ」

普段は決して見せることのない、女の顔をむき出しにして、アミュールが恋人の胸にもたれる。栗色の髪を優しく撫でながら、グリンドは呟いた。

「なぁ、ノイエス」

「なんだよ」

「一体……なんだったんだろうな」

要領を得ない言葉、だが、言いたいことは分かった。

勇者を名乗る少年と旅をした日々、その物語の幕を下ろした小さな魔物。

どんな三流吟遊詩人でも歌わないだろう、あっけない物語の終わり。

「俺たちは、何を間違ったのかな」

声は虚ろで、本当に答えを探しあぐねているように聞こえた。

敵をただのコボルトと思ったことか、シュウトの実力を高く見積もりすぎたことか、それとも神の言葉に踊らされたことか。


『すみません、おじさんたちって、傭兵ですか？』

『おじさんって言うな。それからなクソガキ、俺たちはガキのお守はしない主義だ』

『あの……勇者なんです、僕』

『なに？』

『これから魔王を退治しに行くんですけど……僕の仲間になってもらえませんか？』


「……多分」

「多分？」

「……いや」

言いかけた一言を飲み込み、空を見上げる。

「俺にも、わからねぇよ」

傭兵は雇われて戦う商売。

そこに夢想も理想も入り込まない、入り込ませない。

そのはずだったのに。

宵闇のびろうどに、美しく散る白い星を見つめて、暗殺者上がりの傭兵は、誰にも悟られぬよう、言葉を漏らした。

「お前に雇われたこと、間違いなんて思っちゃいねぇよ、シュウト」

02 貧する勝者

暁光が浄闇を押しやり、空が白々と明けるころ、シェートは野営地のくぼ地から歩きだした。

『おはよう、シェート』

「ああ、おはよう」

目の前に広がるのは、ほとんど生命の無い大地。岩と砂の間で、乾燥と暑気に強い低木や小さくこごまった草だけが、薄暗い影に包まれて、静かに息づいている。

『今日は大分早いな』

「……食料少ない。この辺り、水も飲めない」

戦闘の間に失った保存食や水袋、猟の道具などを思い出し、ため息をつく。勇者との戦いはいつもギリギリで、命以外を護ることなど不可能に近い。

胸元に下がる恋人との思い出の石と、父親の形見である山刀が、今でも残っているのは奇跡に等しかった。

『ここから少し行った所に川がある。あまりきれいとはいえないが、何とか飲用にはなるだろう。その川岸に食べられる果樹もいくらかあったはずだ』

腰につけた小袋から干し肉を取り出し、噛みながら歩く。昨日戦った勇者達とは、二日近く追いかけっこをしていたはずだ。

精霊の魔法は特殊なものが多く、探査や姿消しなど多岐に渡る。少しでも気を抜くと隙を突かれるという状況だった。戦いの中で矢筒の中身は減り、食料も残り少なくなった。

「武器、少ない。狩り、戦い、どっちも難しい」

『その上こんな平原に追い込まれてはな。だが、この辺りは人の足もほとんど入らない土地柄だ。追っ手を撒くのにはちょうどいい』

「けど、もっと準備、したかった」

『……だからすまんと言っているだろう。だが、予想以上に勇者達の行動が素早くて』

しょげ返ったサリアの香りが、辺りに湿っぽい空気を漂わせる。

見えないはずの女神の顔が思い浮かび、シェートは笑った。

「別にいい。俺、お前、期待しない言ったぞ？」

『さすがにそれは聞き捨てならん！　それならこの瓦礫の荒野を、私の案内なしに通り抜けてみよ！』

「ああ、それ困る。勘弁しろ、サリア」

こちらの降参に、女神は意地悪な笑いを漏らした。

『さてさて、どうしてくれよう。何しろ私は邪神らしいからな？』

「……そう、だな」

あの時は笑い飛ばすことが出来たが、彼らの指摘は胸に痛かった。

彼らにとって、自分は勇者を殺した邪悪な魔物であり、それを使うサリアは、復讐を司る邪神なのだ。

自分が間違ったことをしたと言う気は、無い。

魔物と魔王と勇者を使った神の遊戯。その定めに対する怒りを、体現者たる勇者にぶつけたことも。

こちらの経験値を奪うため、襲い掛かってきた連中を倒したことも。

だが、

「あいつ、仲間、いたな」

『……昨日の勇者のことか』

「女、泣いてた。精霊使う男、俺、殺したい、言ってた」

彼らは心から悲しんでいた、そう思える。

あの勇者にしたところで、実際には世界のためになることをする過程で、自分という魔物、〝レアモンスター〟を狩って、その行動の足しにしたいと思っていただけ。

それが《神々の遊戯》と呼ばれる、この戦いに定められた規約だ。

『僕は、勇者なんだから』

「俺、やっぱりひどい魔物」

勇者の最後の言葉を思い出し、シェートは自嘲した。

自分は何なのだろう。魔物でありながら女神の加護を受け、定めに抗うという名目で世界を救うという勇者を殺す。

「仇の勇者、死んだ。戦う理由、無い。でも、沢山、勇者寄ってくる。俺、経験値、たくさん、だから」

『……そうだな。すでにこの大陸、モラニア中から、あまたの勇者が集まりつつある。そなたは三十六レベル。私も兄上の世界をはじめ、数々の世界を手中にした神となった』

「俺、逃げられない、そうだな？」

空の向こう、自分の想像も付かない世界から、女神は悲しみのため息を降らせた。

『ひとたび勇者となれば、勝ち抜くか敗退するかだ。棄権という選択肢はない』

「そうか……」

答えは聞く前から予想はできていた。幸運で大金を得たにわかの博徒を、胴元がやすやすと逃がすわけもなかった。

「そういえば俺、レベル、どうだ？」

『変化は無い。入った経験値も少なかったようだしな』

これまでシェートは五組、昨日の連中を入れれば六組の勇者パーティと戦っている。それでも、レベルアップの声は聞かない。

『イェスタ……審判の女神に聞いたのだが、この大陸中にいる勇者のほとんどが、お前以下のレベルしか持たないらしい』

「そうなのか？」

『兄上の勇者は、比較的魔物の侵攻が穏やかで、自身の勇者を暴れまわらせることが出来るという理由で、この大陸を〝狩場〟と定めた。強力な神器で身を固め、本来は不可能な大物食いをさせるべく……それを、我らが道半ばで砕いたのだ』

本来なら絶対にありえない、大番狂わせ。しかも、倒したのは最弱の魔物。

その相乗効果から、自分はありえないほどの大レベルアップを果たしてしまった。

『後は、この大陸を治める魔王の配下を倒すより他はないだろう。だが、それとて、推定レベルでは、そなたよりも少々高い程度、なのだそうだ』

「でも俺……強くなってない」

『コボルトという種族の、限界だ』

元々強くない存在を戦えるようにすることは、それなりに強いものに力を上乗せをするよりも難しい。不足分を補填する手間が掛かるゆえに。

あれほどの戦績を上げたにもかかわらず、シェートにできたことといえば、持っていた能力の底上げと、破術を使えるようにしたことだけだった。

『後は、兄上のしたように、世界を担保に加護を与える方法だが』

「サリア」

シェートは立ち止まり、空を見上げた。

眉間に深い皺を寄せ、首を振る。

「俺、それ、やりたくない」

『シェート』

「それやったら俺、勇者と同じ、なる」

世界を担保にする、それはつまり、世界を数字として見ること。

『それが……どれほど困難な選択か、分かっているのか』

「遊びでやる奴、仕方ない。俺、狙われる、しょうがない。でも、関係ない奴、捧げる……それ、仲間たち、母ちゃ、ルー、殺した勇者、同じだ」

とんでもない欺瞞だ。自分だって結局、相手を殺してその抱えた数字を得ることで、新しい力を手に入れるのだから。

それでも、言わずにはいられない。

何の関係もない者を、その命を勝手にやり取りする、それは自分達の種族に『一点』をつけた者と、同じことをするということ。

それをしてしまえば、自分があの時、憤った思いに背くことになる。

『そうだな』

肯定しながら、サリアは思いもよらない言葉を継いだ。

『だが、そなたが危機に瀕したと見れば、ためらいなく加護を授けるからな』

「サリア?」

『案ずるな。加護の授け方は、生贄を奉げるばかりではないのだ』

笑いを含みながら、女神の説明が続く。

『他の神と何らかの盟を結び、それを加護の代とすることも許されている。ささやかではあるが、そなたの助けとなろう』

自分のわがままに近い言葉を受け入れ、サリアも知恵を絞っている。その難しさを理解しながら、シェートは詫びた。

「ごめん。俺、サリア困らせた」

『かまわん。私とて、世界を贄《にえ》になどしたくはないからな』

サリアの笑いにつられて、自分も笑う。それと共に、日がゆっくりと自分の背を暖めながら、天空に昇っていくのを感じた。

世界が明るく輝き始め、地平線の彼方まで見渡せるようになっていく。

『とにかく目の前に見えるあの山、ノビレ山脈を目指そう』

「そうだな。早く森行く。勇者、見つかる前、いろいろやりたい」

どうにもならないことを悩むよりも、目的に向かって歩く方が性に合っている。

行く手に煙る緑なす山々の稜線を目指して、シェートは再び歩き出した。


「少し出てくる。何かあったら呼ぶようにな」

『ああ』

水鏡の向こうに声を掛けるとサリアは顔を上げ、ほっと息をついた。

肩に流れる金髪が、物憂げな吐息と共に重く揺れる。

「さて……」

小さな泉と座席代わりの岩と、まばらな花木が生えるばかりの庭。兄の持っていた所領を奪い、大神の一つ柱と目されるようになった神の住まいとしては、殺風景な景観と言えた。

だが、今のサリアにとっては、どうでもいいことだ。

「行くとするか」

言い聞かせるように呟き、神座に備え付けられた門に近づく。

門番の森の乙女《ドライアド》に命じ、合議の間へ出口をつなぐと、女神は昂然と顔を上げて扉を抜けた。

石造りの回廊と、中央にしつらえられた広い草地、談笑や祝宴のために使われる東屋。

本来なら、無数の群集がいるはずの空間から、神々の姿が絶えていた。草原に歩み進むと、回廊の柱や木陰の後ろから、誰かの視線が投げられるのを感じる。

それでも、面と向かってサリアと相対しようというものは、誰もいない。

「参ったな……」

兄神ゼーファレスを討ち果たして後、サリアの世界は変わった。

遊戯に参加している小神達は、こちらを狩るべき獲物と思い定め、距離をとりつつ動静を探ってくる。観客である者や伴神の類は、サリアの味方と見なされるのを恐れ、小動物のように逃げ隠れた。

エルフの神は、割と最後まで周囲に居残っていたが、その影も絶えて久しい。

決定的だったのは、昨日の対戦で口にされた『邪神サリア』という呼称だ。

対手の神は、最後までこちらと目を合わせようとせず、勇者が滅び去った後、慈悲を請いながら、体を丸めて石になっていった。

実際、他の神々も勇者たちに言っているのだろう。自分の兄を倒し、その力を奪った、邪悪な魔物使いの女神と。

自分の選択は、間違ったことなのだろうか。

後悔することを止め、新たな世界を創生せよという竜神の言葉を振り切り、魔物と契約を結んで、計略によって兄神の配下を討ち果たした。

確かに遊戯は、魔王退治という茶番を下敷きにした権力闘争の場でしかない。

それでも、魔物の侵攻は実際に行われ、人間たちやその土地に生きるものが虐げられているのも事実だ。

悪行を止め、世界に善を敷衍《ふえん》する行為には違いない。

だからといって、弱き物を一方的に殺戮し、意に染まぬ世界を滅ぼしていい理由にはならない。虐殺から生き残ったシェートを救ったのも、そんな思いからだ。

「それに……完全に善、というわけでもないしな」

自嘲と共に、己の本心が浮かび上がる。

サリアの星を遊戯の場と定め、滅びに追いやった神の存在。それを探し出して復讐するという目的も、心のどこかに根を張り、くすぶり続けていた。

怨恨のために勇者を討ち果たさせた女神。邪神の誹りを受けるに足る理由だ。

「私もまた、ひどい女神ということか」

だが、そんな述懐を口にしている場合ではない。

何とかして協力者を得なければ、シェートの身を助けてやることもできないのだ。

「〝斯界《しかい》の彷徨者《ほうこうしゃ》〟エルム・オゥド様、御奉臨！」

物思いを覚ましたのは、森の乙女《ドライアド》が放った呼び出しの声だ。

扉を抜けて現れた竜神は、巨躯をゆったりと地に落ち着け、いつものように緑の草地に体を横たえている。

おそらくこの世界で、唯一普通に会話ができる存在に、サリアは安堵を覚えつつ近づこうとした。

「待たれよ、〝平和の女神〟よ」

手近な物陰から、染み出るように一柱の神が姿を現す。その後に続いて、数名の男女が行く手を遮った。

「お初にお目にかかる。〝夜帳《よとばり》の星砦《せいさい》〟、ホルベアスと申す」

先に現れた影の男は軽く頭を下げ、その長躯でサリアの視界から竜神の姿を封じた。

「何用であらせられるか、〝夜帳《よとばり》の星砦《せいさい》〟殿」

「率直に申し上げよう。〝斯界の彷徨者〟との交誼、控えていただきたい」

「な、何の権利があって、そのような！」

「御身はすでに、大神の資格ありと、皆が認《みと》むる所領をお持ちのはずだ」

心なしか、彼の声が震えている。

目の前の神は、こちらに怯えを抱きながら、それでも発言を控えようとはしなかった。

「かの方は不参加の身でありながら、これまで行われた遊戯の全てに知悉《ちしつ》せらる者……皆も知り置きしことよ」

「なればこそ。かの知恵者と交誼を結ばれては、遊戯の公平性を損なうと、申しあげているのだ」

「それが？」

「たまさか、栄耀《えいよう》を得られた御身には思いもよらぬことと思うが、我らとて、この遊戯には一方ならぬ労苦を注いでいる」

一つ柱の女神が、ホルベアスの発言を引き取り、周囲の者達も頷いて同感を示していく。

「勝利についての是非は、申すに及ばぬことじゃ。なれど……」

苦々しげに長身の男神が抗議を搾り出し　手にした扇をざらりとあおいだ女神がそれを請けて、冷たい笑いを漏らす。そんな彼らの真意を見抜き、サリアは勤めて平静に言葉を継いだ。

「多くの所領を得た私に、竜神殿の知恵が加わるのは困る、そう仰られるのか」

「〝審美《しんび》の断剣《だんけん》〟程ではないが、我らの勇者とて、それなりの力は有しておる。そして、魔物一匹をしとめるため、盟を結んで追い落とすことも、厭わぬだろう」

「私が否と、請願を跳ねつければ、集を頼みに襲い掛かると言われるおつもりか」

「さぁて、どうであろう」

サリアの怒りに怯えたように、口元を扇で隠した女神が後ずさる。

だが、その目は確実に嘲りに歪んでいた。

「己を大神の座に据えるは、誰もが憧れしこと。なれど、天のすべてを敵に回す目には、会いとうないものよ。おお、怖《こわ》や、怖や……」

彼らの背後で、竜神が別の群集にまとわり付かれているのが見えた。時折、周囲の神々がこちらを見やり、動静をうかがっているのは明白だった。

「……そういえば、御身の尊名を頂戴しておりませなんだが」

「〝始端《したん》の麗窯《れいよう》〟、ミジブーニ。して、返答はいかに？」

「とりあえず、この場は出直すことにしよう」

それだけ言うのが、やっとだった。

背を向けて、門の向こうに立ち去るまで、彼らは敵意を込めた視線でサリアを追い続けていた。


「なにやら物憂げで御座います事」

神座《かみくら》に、涼やかな声が響く。

巨大な〝時計杖〟を手にした審判の女神、〝刻《とき》を揺蕩《たゆた》う者〟イェスタが、いつの間にか側に侍っていた。笑顔を浮かべ、楽しげな様子で。

目の前の泉には、何の光景も写っていない。

小神たちの宣戦布告とも言える行為の後では、シェートと平静に話せる自信がなかったためだ。

「何用か。またどこぞの神が、決闘を申し込みに来たか」

「ふふ、殺伐とした心はご尊顔を曇らす故、お止めになられた方がよろしいかと」

種々雑多な時計で構成された杖を、苦もなく掲げながら、漆黒のスーツをまとった女神は笑う。

「先ほどの様子、見知っているのであろう?」

「申し上げますが、かの神々の申し出には、何の拘束力も御座いませぬ。正式に、私の名において盟を結んでいただかなくては、ただの口約束です故」

「然様か」

だが、彼らの言葉には真実の圧力があった。

集を頼みに襲われれば、シェートとて無事にはすまない。

「ともあれ、一刻も早く配下のコボルトを、強化いたしませぬと」

「無用の心配だ。下がれ」

「よもや、何の加護も持たせず、このまま攻め滅ぼされるのを待つおつもりで?」

サリアは苛立ちと共に、否定を吐き出した。

「そんなつもりはない。だが、加護を掛けるつもりも、今はない。いずれレベルが上がった時にでも呼ばわろう」

すげない答えに、イェスタは笑った。

「ふふふ。そのようなことを仰られるとは、思ってもおりませんでした。ですが、よろしいのですか?」

「何がだ」

「彼のコボルト討ち果たされし時、御身もまた消失の憂き目にあう事で御座います」

確かに、サリアはシェートに能力を付与するため、自分の存在を担保にしている。

もし、シェートが死んだ場合、同時にサリア自身も消滅するか、他の神に吸収、隷属する可能性もあった。

「他の神々は、すでに〝買戻し〟を行っております。そろそろサリアーシェ様も、その時期かと思われたのですが」

「兄から奪った世界を使い、自分の存在を買い戻せというのか」

神々が遊戯の際、勇者に与える加護として捧げる世界や信仰心。それらは一度負けてしまえば、その対戦相手に奪われることになる。

しかし、勇者のレベルアップや対戦相手の撃破によって増えた支配地や信仰、レベルアップボーナスを使って〝買い戻す〟ことができる。

大抵の神は、早々に〝買戻し〟を行い、負けた際の被害が少なくなるようにしていた。

「配下が命を掛けて戦っている時、私だけ安全な場所に下がるつもりはない。そもそも、負けてしまえば全てを失うのだ。私のような無一物の存在に、そんな心配をする必要はないだろうな」

「無一物」

イェスタは、薄く薄く、口の端を引き延ばした。

「そう思われるなら、そのような事でありましょう哉《かな》」

「何が言いたい」

「さぁ」

それ以上何も答えず、審判の女神は消え去っていく。

彼女は不思議な存在だ。

時を司る神、悠久を生きる神にとってはほとんど意味を成さない『小神』であり、定命の存在にとっては生と死を司る絶対の『大神』。

遊戯を司るようになる前は、その姿も、存在も知られることがなかった。それが今や、神々の間であぁして囀り、心をそぞろにする言霊を投げ、皆を駆り立てていく。

おそらく、遊戯において最も『力』を伸ばした者。

サリアは水鏡の自分に向けて、ため息をついた。

今の天界において、神々の遊戯は全てに優先される、一大事だ。

竜神や妖精神のように、己が治める種族が強力な神ならいざ知らず、人から神となったものや、特定の信仰から生まれた神などは、信者の減少や存在の消滅を避けるため、常に己の存在を示し続ける必要がある。

自らの選出した勇者が活躍し、世界を救う働きを見せれば、その守護たる神の名声は一気に高まるのだ。

ゆえに、格上の存在となったサリアを疎むのは、当然と言えた。

その敵意と圧力は、思いもよらぬほどに、高まっている。

「シェート……」

自分の小さな魔物。たった一匹の仲間。

彼だけは、どうしても守り抜きたい。

それも、星の加護を奉げないという条件付きでだ。

「くそ……っ」

すでにレベルは頭打ちであり、数多くの敵に対し、シェートは一人だ。見張りや警戒は自分も肩代わりしているが、直接の戦闘に関わることはできない。

とはいえ、何も出来ない身を悔やんでいる暇はない。

こうしている間にも、他の神がシェートへの不意打ちを画策している可能性もある。水面に手を差し伸べ、サリアは異界を覗こうとした。

『女神よ、来客がお出でになられ、案内《あない》を請うておられます』

「……なに？」

森の乙女《ドライアド》の意外な一言。今の自分に、これほど似つかわしくないものもあるまい。

「よもや、竜神殿が？」

『いえ……獣神が一つ柱のみで御座います。いかがされますか』

記憶の底をさらってみるが、該当する存在には思い至らない。獣神と言うからには、蛮威でもって、決闘の申し込みにでもやってきたのだろうか。

「いや、私から出よう。しばらくお待ちいただくよう、伝えてくれぬか」

『御意』

軽く身支度を整え、再び門を出る。

相変わらず神々の姿が消えた広間に顔を向け、サリアは周囲を見回した。

「ところで、お出でになられた客人は、いずこに？」

「こ、ここでございます」

傍らから掛けられる、聞いたことのない声。サリアは慌ててそちらに振り返った。

自分の腰くらいまでの背丈しかない、二足歩行のネズミが一匹が立っている。身につけているのは
ボロ布のような衣で、茶色の毛皮も少々すすけた色をしていた。

「も、申し訳ない。獣神と聞かされていたので、てっきり偉丈夫な御方かと……」

「いえいえ。私こそ、唐突な目通りをお許しいただきまして、恐悦至極にございます」

「ところで、御身は？」

ネズミはにっこりと笑い、名乗りを上げた。

「イヴーカスと申します。以後お見知りおきを〝平和の女神〟よ」

03 小さき神

「とにかく、どこかの〝洞《うろ》〟にでも腰を落ち着けましょう」

イヴーカスと名乗った小神は、ちょこちょこと回廊を歩き、脇道に入り込んだ。

合議の間には見えない無数の枝道が接合されていて、見出そうと思った者の前にだけ姿を現す。

公式の場ではやりにくいが、自らの神座に招いてまでするような話でなければ、神々はこうした〝洞《うろ》〟に赴くのが常だった。

「御身のような大神をお迎えするには、少々野趣が過ぎましょうが……」

ネズミが見出したのは、涼しげな緑の森の空間。石の座卓にいくらかの木の実や飲み物が並ぶ。

「いえ、このような場である方が落ち着きます。お心遣いに感謝を」

「それはよかった」

イヴーカス、という名前には聞き覚えがあった。彼も、自らの勇者を遊戯に参加させている者の一柱のはずだ。

「それと、大神と呼ぶのは、どうか。所詮、勝負の綾で勝ちを拾ったものです」

「ご謙遜も過ぎれば嫌味というものですよ？　そもそも、あれだけの戦いを制したこと、綾のもつれだけでは済ませられますまい」

そう言いながらイヴーカスは飲み物を注ぎ、かいがいしく給仕を行ってくれる。

「そのようなことはお止めください。私もなにかお手伝いを……」

「いえいえ。お招きしたのはこちらですからな。小神の身の上、給仕も自分で行う見苦しさ、ご容赦いただきたい」

座を整えると、彼は自分の前の席に腰かけ、杯を掲げた。

「美しき女神の勝利に……大分遅くなりましたがね」

「……御身の栄光と繁栄に」

儀礼的に飲み物に口をつけると、サリアはイヴーカスに視線を合わせた。

「失礼ながら、お尋ねしたい。この座はいかなる仕儀のものでしょうか」

「仕儀、とは？」

「御身は遊戯に参加しておられるはず。つまり」

「私とサリアーシェ様は敵同士、というわけですな」

自分の猜疑心にうんざりしながら、サリアは先を口にした。

「先だっての決闘の折、ムロアーブ殿の勇者達は、私を邪神と呼んでいた。先ほども、竜神殿との交誼を絶つように、神々より抗議を頂戴したばかりです」

「この饗応《きょうおう》も、何かの謀《はかりごと》と……なるほどなるほど」

ネズミは相変わらずニコニコと笑い、それから飲み物を口にし、間を繋いだ。

「まぁ、謀といえば、いえなくもありませんな。こうしてお話をさせていただいている事自体、私には有意義ですから」

「……なにか、我が配下を誅する策でも思い付かれましたか」

「いえいえ滅相な！　私のようなネズミには、周囲の変化に敏感であることが要求されるのですよ」

ひくひくと動かされる、とがった鼻面に皺を寄せると、イヴーカスは指を立てて自分を指差した。

「この私めは、世界を一つ持つばかりの、正真正銘小さき神。そのような者が遊戯に参加するとなれば、他の皆様方の働きは、すぐさまこの身に降りかかります。ですので、あらゆる事物に目を凝らし、耳をそばだてるのが生き残りの秘訣なのです」

「仰られていることは分かりますが、それと私との会話に何の意味が？」

「サリアーシェ様は、いまや全ての神々に敵と目されたお方。しかし、そうなれば不都合も出てくるものです。例えば、御身がいかなる思惑で動かれるのか、全く分からなくなる」

「それを知るために、私との会話を？」

「その通りでございます」

彼は何を考えているのだろう。サリアは改めて目の前の神を見た。

こちらの考えていることを知りたいと、彼は言った。その目的は、自分と勇者を生き残らせること。

「貴方は、私との対話で得られた情報を、他の神に話されるおつもりですか」

「はい。そうなります」

「……それは索敵、諜報の類という意味、でしょうな」

「それ以外に何がありますか？」

相変わらず、イヴーカスはニコニコと笑っている。自分の言ったことの意味を理解しているのか、あるいはしていないのか。

「それで私が、易々と全てを話すとでも？」

「いいえ。それはないでしょうな。こうして私が実情を打ち明けてしまった以上」

「つまりこの饗応は、失敗に終わったということになる」

「いいえ。大成功でございますよ」

そこでイヴーカスは心持、態度を崩し、小さな赤い実を口に含んだ。

「御身がこうして私の前に座っていただけたことが重要なのです。この度の饗応は成功裡《せいこうり》に終わったことになります」

「……つまり、会話の内容ではなく『私と会話した』という事が、重要であると？」

「はい。そして、今後もサリアーシェ様と会談の機会を頂戴できれば、首尾は上々です」

サリアは彼とは逆に、居住まいを正し、その姿を見た。

みすぼらしい乞食のような格好、風采の上がらないネズミの顔、物柔らかな口調、だが視線だけは、何者をも見逃さない鋭さに輝いている。

「そこまで話してしまってよいのですか。そのことを聞いた私が、今後の会話を拒絶することもありうる」

「聡明な貴方はそうはなさらないでしょう。竜神殿の知恵を借りることが出来ぬ今、他の神と繋がる伝《つて》が入用《いりよう》となるはず。孤立無援となるを避けるのであれば、私のような仲介者を飼っておくのが肝要ですからな」

「……なるほど」

全てお見通しといった風情のイヴーカス。いや、現状を考えれば、彼のような行動に出る者は、いずれ現れただろう。

そしてサリアは考える、決裂するか、交誼を結ぶか。

「いかがでしょう。今後も私とお話していただけますかな」

「……分かりました。お受けしましょう」

背に腹は変えられないが、相手の言うとおりに動くのも癪なので、少しばかりの抵抗を口にする。

「ただ、何の実りもない会話となるでしょうが、それでもよろしければ」

「ネズミの目を侮られませんよう。小さな穴から入り込み、床に落ちた麦粒一つとて、残さずさらい取るのが、我らですからな」

「ご忠告、感謝いたします」

こちらの返礼に、イヴーカスは笑う。

腹蔵《ふくぞう》無く、全てを話してしまっているように見えたが、それも演技に違いない。陰謀が張り巡らされたこの世界では、自分の方がバカみたいに無防備なのだ。

とはいえ、サリアは心に反骨の刃を抜き放ち、付け加えた。

「せいぜい私も貴方を利用させていただこう、イヴーカス殿」

ネズミは笑みを崩さないまま、ゆっくりと頷いた。

「それでよろしいのです。どうぞよろしく、サリアーシェ様」

04 神々の『きょうそう』

「それでは、私は所用がありますので、これにて失礼いたします」

握っていた手を外すと、イヴーカスは頭を垂れ、〝平和の女神〟の前を辞した。

ほぼ同時に、女神の気配が洞から去っていく。歩いていく方向から察するに、自身の神座へと帰るつもりらしい。

女神との会見は、思いのほか容易に進んだ。竜神の後ろ盾を頼みに出来なくなり、孤立無援の身を心細く思ったのだろう。あるいは、何か別の理由があるのか。

尖った顎を撫でさすり、考えを深めるイヴーカスの行く先に、二つの影が落ちた。

「待ちやれ、そこの溝鼠《どぶねずみ》」

手にした扇を鳴らしつつ、妙齢の女神が進み出る。その背後には、地味な上衣を纏った男神が、従者のように付き従っていた。

「なにやら臭いと思うておったが、このような日の差す場に、〝忌者《いみもの》〟がうろついておろうとは」

「これは〝始端《したん》の麗窯《れいよう》〟様！　申し訳ございません。ただいま、見苦しいネズミめは、脇に退きますので！」

回廊の隅に下がると、イヴーカスは額をこすりつけてうずくまった。

ざらりざらりと手にした扇が翻り、頭上から声が降った。

「そち、先ほどまで何をしてやった?」

「大したことではございませぬ。いつも通り、神々の御用聞きなどを」

「戯《たわ》け」

苛立ちを含んだ声で、女神は語気を強めた。

「かの忌々しき邪神めと、洞に入りしこと、わらわに隠し通せるとでも?」

「あれは、〝覇者《はしゃ》の威風《いふう》〟よりの御諚《ごじょう》でありまして……かの女神の足下に額づき、内情を探れと」

「なるほど。厚かましきそちには、相応な仕事よの」

かすかに鼻を鳴らし、女神の足音が目の前から立ち去っていく。その間際、囁きと共に命が下される。

「わらわにも逐一知らせよ。〝覇者《はしゃ》の威風《いふう》〟も、わらわの頼みとあらば否とは言うまい」

「承りましてございます」

その後を追う男神の声が、イヴーカスの耳をなぶった。

「あれが件の疫神《えきがみ》か。なんとも浅ましいものよ」

「まったくもって。とはいえ、何とやらは使い様。あれで中々便利なものじゃ」

何事かを話し合いながら、二人の気配が消えていく。頃合を見計らい、イヴーカスは裾の埃を払って歩き出した。

その視線の先にあるのは、今しも飛び去ろうとする竜神の姿と、それを囲っていた神々の群れだ。

女神サリアーシェと竜神エルム・オゥドを分断する。そのために集まった連中は、それぞれの役目を終えて解散するところだった。

それまで竜神の居た辺り、群衆の中心に立つ大男へと歩み寄ると、そのまま平伏の姿勢を取る。

「〝覇者《はしゃ》の威風《いふう》〟ガルデキエ様。御召《おめし》に従い、参上仕《つかまつ》りました」

雲を突くような背丈、という表現がこれほど似合うものも居ないだろう。筋骨に恵まれた分厚い体と、篭手と見まがうような大きな腕輪、上にはマントだけ羽織り、長めの腰布とサンダル履きという、野趣を漂わせる威容だ。

こちらを気に掛ける様子もなく、豊かな美髯《びぜん》を手でしごきつつ、彼は去っていった竜に向けて悪罵を漏らした。

「老いぼれの、古蜥蜴《ふるとかげ》めが……」

老獪な竜神にやり込められたのだろう。口調は荒く、はばかりがない。

辺りに強い燐気《りんき》が漂っているところを見れば、足止めを喰らったドラゴンの方も、怒りの劫火を吐き散らす寸前だったようだが。

「そうやって大神の身に驕っているがいい。いずれは貴様も、あの見栄っ張りのゼーファレスのように落ちぶれさせてくれるわ」

こういう時は、こちらから声を掛けないほうがいい。黙って地に伏せたまま、目の前の神がこちらに気を向けるのを待ち続けた。

「イヴーカス」

こちらに顔さえ合わせず、ガルデキエが無造作に言い放つ。

「何か掴めたか」

「今のところは何も。サリアーシェ様も中々に警戒なされている様子で、次にまたお話していただけることを、お約束していただいたのみでして」

「〝陰《かげ》なる指《ゆび》〟が聞いて呆れる。盗賊の守護者だのと吹聴しているが、所詮はその程度か」

そこでようやく、頭上の存在はちっぽけなネズミを見下ろした。

「貴様ごとき端者《はしたもの》が、神々の遊戯に名を連ねられるは誰のおかげか、忘れたわけではあるまいな」

「我が身の存続は、ガルデキエ様のお心一つ。忘恩など、思いもよらぬことで」

大洋と大地に吹き荒れる嵐の化身にして、戦を司る神、〝覇者《はしゃ》の威風《いふう》〟ガルデキエは、小神の中で最も権勢を誇る神の一柱だ。

とはいえ、嵐や風、戦を司る神など、汎世界には無数に存在する。その中から抜きん出るために、彼もさまざまな術策を張り巡らせる必要があった。

その下支えをするのが、こちらの役割だ。

「ともあれ、縁《えにし》は結ばれました。今後は耳寄りなお話をお伝えできましょう」

「疫風が耳元に囁くなど、ぞっとせんがな」

嫌味でこちらの報告を引き取ると、嵐の神はうそぶくように声を漏らした。

「疫風といえば……そろそろ我が所領でも、神意を示す時期が来たようだ」

「また、〝疫神《えきがみ》〟のお仕事を頂戴できますか」

「痴れ者」

素っ気無い一言と共に、分厚い右足がネズミの体に深く突き刺さる。

衝撃と共に体が宙に舞い、込められた神威に、イヴーカスの魂魄が激しく痛んだ。

「――――っ！」

肉の身を持たない神にとって、神威を打ち込まれるというのは、存在を否定されるのと同義だ。強烈な苦痛に耐えながら、体を地面に押し付けるようにしてかしこまる。

「そろそろ〝穢闇《えやみ》の運び手〟が、我が所領を荒らしに来る。我の申したきことはそれだけぞ」

「し、失礼を……いたしまして」

「追って沙汰を申し伝える。下がってよいぞ」

「は、はいっ」

去り際、盗み見るように視界に入れた嵐の神の目じりは、嗜虐に緩んでいた。竜神に傷つけられた矜持を、無力なネズミをいたぶる事で拭ったのは明白だ。

その一切を黙殺し、何事も無かったかのように、別の神に歩み寄る。

「〝誓約《うけい》の烽火《ほうか》〟グリニアル様」

「何用か」

その神は揺らめく炎をまとったような姿をしていた。定命の者が目にすれば、魂さえ残さず燃やし尽くされるであろう、神火の化身は、いとわしげにこちらを眺める。

「〝疫神〟として、御領内へと赴く件でございますが」

「日取りは打ち合わせどおりにせよ。せいぜい悪疫の喪裾を引き、民草に恐れを刻み込んでやるがよいぞ」

「ははっ」

現在、天の神が治める領内に、魔族は存在しない。

神々の遊戯と同時に締結された休戦により、世界は一応の平穏を保っている。結果として『悪に対抗する至善』という役割を、神が演じる機会もまた減じていた。

平穏が続くのは望むところではあるが、神の威光を示す機会がなければ、崇敬を得る機会も失われ、やがては信仰さえも枯れ果ててしまう。

その問題を解決するべく行われたのが『疫神《えきがみ》』という慣例だ。

「この前もよい甊《たお》れぶりであった。此度はもう少し派手にするゆえ、程よく我が炎で燃え尽きてくれ」

「こ、心得ております」

神々の間で取り決めを行い、別の世界で悪の役割を演じる。その悪神を祓う姿を見せることにより、信仰を強く太くする。神同士での取り決めであるから、その被害は限りなく小さく、穏健に勢力を強めることができた。

「よき働きを期待しているぞ、〝穢闇《えやみ》の運び手〟よ」

「お心に叶いますよう、見事にしとげて見せましょう」

もちろん、疫神などという役割は誰もやりたがるものがおらず、イヴーカスのような位も低く、取り立てて力無い存在が行うような流れができあがっていた。

「そういえば、例のコボルトの居所は、掴めたか」

「現在はモラニア大陸南西部、ノビレ山中にて潜伏している模様でございます」

「……他の神で、動かれるものは？」

イヴーカスは息をつめ、ゆっくりと首を振った。

「動くどころか、ムロアーブ様の敗北を受け、今は静観の時とお考えの様子。ガルデキエ様からも、間者として〝平和の女神〟と交誼を結べと、令を頂戴いたしました」

「あの髭将軍殿がか。奴にしては、ずいぶんと弱気なことだ」

炭火が爆ぜるような笑いを漏らし、炎の神格が嘲りを向ける。髭の大神は、青い肌の海洋神と、何かを語らっているようだった。

「湿った空気で膨れた風船頭と、性根まで磯臭いウミウシめが。そうやって粘着質に陰謀でも練っているがいい。その間に、我が勇者が、例のコボルトを焼き尽くしてくれよう」

言い終えると、炎の神は冷ややかな光を湛えた目で、イヴーカスを睨んだ。

「この件は、内密にな」

「心得ております」

炎の神が揺らめきながら去り、ほっと息を吐く。

この前の決闘におけるコボルトの勝利は、神々に少なくない衝撃を与えていた。

奇襲を用いたとはいえ、最弱のはずの魔物も次第に実力を付けつつある。

あの魔物の持つ大量の経験値と、女神が手にしたゼーファレスの所領。二つながらに手に入れるのはどの神か、小神たちの争点はそこに収束していた。

「精が出るな〝爛《ただ》れ呼びの東風《こち》〟よ」

物思いから醒めると、目の前には青い肌の海洋神が立っていた。

「これはこれは。〝波濤《はとう》の織り手〟シディア様」

自分が使える嵐の神、ガルデキエと並び称される実力者の一柱。公には、協力者として共に活動していたが、水面下で生臭い駆け引きを繰り返していた。

「ガルデキエ殿から聞いたぞ。彼の女神と交誼を結んだとか」

「はい。とはいえ、毒にも薬にもならぬことを、お話できるのがせいぜいと申し上げたところ、だらしのない奴めとお叱りを受けた次第で」

「くくく。まぁ、あのお方ならば、言いそうなことではあるな」

細めた視線の奥に、かすかな侮蔑が浮かぶ。それを上手に押し隠し、青き神は小声で囁いた。

「そのことだがな、ガルデキエ殿の後でよいゆえ、我にも少しばかり、女神の内情を聞かせてくれぬか」

「それはお許しください。ガルデキエ様より、きついお咎《とが》めが」

「そう言いながら、他の神々にもそれとなく、情報を漏らしておるのであろうが」

イヴーカスはその顔を少し引き締め、小さな顎を押さえた。

「それも全て、ガルデキエ様に役立てればと、思い定めたゆえのことにございます。どうかご寛恕《かんじょ》いただきたく」

「ふん……」

勘気の強い嵐の神とは違い、海の神はこちらをじろりと睨んだだけだった。その視線が圧力に変わり、有無を言わせない気配に変わるのを察すると、イヴーカスは根負けしたように口を開いた。

「……ですが、私は少々、うっかりしたところがございます。それゆえ何かの折に、よからぬことをうっかりと、漏らしてしまうこともありましょうな」

「うっかりか、んふふふ。うっかりな」

「はい。できればそのような粗相を、他の神々には、ご内密に」

海洋神が黙って頷くのを確認し、イヴーカスは暇乞いをして合議の間を後にした。

途中、何名かの神とすれ違ったが、大抵はこちらのみすぼらしい姿を敬遠し、蔑んだ目を向ける。

その一切を無視し、自らの神座に入ると、イヴーカスは長く深いため息をついた。

「ああ、忌々しい」

言った端からぼろぼろだった服が見事な法衣に変わり、薄汚れた毛並みも清潔そうな小麦色に戻っていく。

神座の中は、部屋というよりはどこかの蔵のように見えた。足元にはいくつもの財宝や宝飾品、壁際にはうずたかく積みあがった食料や酒の樽、あらゆる富と栄光を象徴する品々が収められていた。

まるでドラゴンの住まう洞窟のように見える世界の奥、そこに作られた玉座に腰掛けると、腹の上で指を組んで瞑目する。

「さて……」

天界は今、揺れている。

モラニア最大の敵対者と目されたゼーファレスの勇者が滅び、その衣鉢を継ぐ形で、はるかに弱い勇者が誕生した。

誰も予想しなかった事態。それを好機と捉えるもの、慎重に事を進めるもの、それぞれの思惑で動いている。

今までのこと、そして今後の行動、その一つ一つにどのような対応を取るべきか。

彼は虚空に水鏡を浮かばせ、その向こうに声を掛けた。

「どうだい悟《さとる》、調子の方は」

鏡の向こうに映る勇者に笑いかける。こちらの姿は見えないはずだが、こうした所作の一つも気をつけなくてはならない。

『うん。言われた通り、みんなには戻って来てもらったよ』

まだ幼さの残る声は淀みなく、こちらの言葉に答えてくれた。

『もう、あのコボルトの見張りはいいの？』

「後は他の勇者に任せよう。ガルデキエ様の勇者は、今どうしてる？」

『なんか、近くの村がモンスターに襲われて大変だからって、そっちにいくみたい』

勇者の報告に頭の中に地図を思い描き、それぞれの動きを確認する。事態は遅滞無く進んでいる、そのことを頷くと言葉を継ぐ。

「そうか。また力を貸してあげることになると思うから、その時はよろしくね」

『でもいいのかな、僕、手伝わなくて』

「君のレベルはまだ高くない。かえって足手まといになるなら、行かないほうが良いさ」

水鏡の向こうを見つめながら、イヴーカスは口元を歪めて、笑った。

『そうだね。じゃあ、これからどうする?』

「そこから西の方に良さそうなダンジョンがある。そこでトレーニングするといいよ」

『分かった。ありがとう』

「それじゃ、私は仕事があるから、何かあったらすぐに呼んでね」

勇者と繋がった水鏡を消し、ネズミは玉座に背を預けた。

彼は順調に育っている。その身に宿した奇跡を使い、着実に。

それでも、まだ足りない。

「……よかろう」

イヴーカスは手を合わせ、何かを掬い取るような形に整える。

掌中におぼろな形が現れ、やがて一匹のネズミの姿を取った。彼によく似た小さな獣は造り主の手を離れ、虚空へと姿を消す。

「どうやら、私も賭けに出る時か」

眠るように目を閉じ、ネズミの小神は己の分身へと意識を乗せる。

その視界に広がったのは、雲壌《うんじょう》の世界だった。

05 雲の上の合議

白い絨毯のように、どこまでも続く雲の大地。

歩けば足に柔らかく、転べば全てをやさしく包みこんでくれる、真綿のような塊。

天にはさわやかな青がどこまでも広がっているが、在るべきはずの太陽というものは存在しない。

ここは大神の住まう世界であり、彼らの存在こそが太陽そのものであるからだ。

本来なら、小神が一歩たりとも足を踏み入れるべきでは無い場所。遊戯の始まった折に形成された、上位の存在のみに許された秘所だ。

その雲の一部を掘ると、小さな体をさらに縮めて、待ちの姿勢を取る。

ネズミの視界の先、合議の間にあったのと似た扉が一つ。その先にあるはずの御座を思いながら、何者かが通りがかるまで、忍び続けるつもりだった。

だが、変化は意外に早く、訪れた。

「……やれやれ、また私が先か」

何の前触れもなく扉が開かれ、一柱の神が、立ち現れていた。

主だった神々が好む、ゆったりとした上衣ではなく、計算された直線で構成された服に身を包み、眼鏡を掛けた赤髪の神。片手には書籍らしきものを携えている。

彼は雲の平原を見渡し、その殺風景に眉をひそめていた。

「無骨者の闘神や、奔放な道化などに場を設えられるのは我慢ならんが、自らが率先して座を設けるという殊勝さを、身につけて欲しいものだ」

そんな愚痴をこぼしている間に、彼の周囲で世界が劇的な変化を始めていた。

雲の地面は磨きぬかれた黒曜石と大理石のモザイクで作られた床となり、神々の歴史や偉大な武勲を示すレリーフが刻まれた壁が現れる。

それらが一瞬で緑の蔓や色とりどりの花々で覆われた庭園に囲われ、小高い岩山と流れ落ちる滝、その水際に憩いの東屋などが作り上げられていく。

ネズミの隠れていた場所も、あっという間に緑の草原に変わり、変化に巻き込まれぬよう、神殿の柱の陰に飛び込んだ。

その間もその神は顔色一つ変えず、神殿の中を歩き回って仔細にモザイクや床のできばえを検分し、いまや雲の地平の彼方まで広がっていく庭園の遠景を測っていた。

「うひゃー！　なになに、どーしたのこれー!?」

ぱたぱたと軽い足取りでモザイクの床を走る姿。背は小さく、どう見ても十四、五歳の人間の少女にしか見えない。

「見たよ見たよルカっち！　なにこれ宴会場!?　みんなで宴会するの!?」

「〝万世諸王《ばんせいしょおう》の美姫《びき》〟声無く踊る影〝掴みえぬ者〟、〝愛乱《あいらん》の君《きみ》〟マクマトゥーナよ」

完全に苦りきった表情で、男は眼鏡を直し、目の前の女神を睨む。

「いくら我らの時が限りなしとはいえ、遅参とは感心しませんな」

「えへへー、ごめんねー。そんなことより、なんで宴会場なんて作ったの？」

「この建築様式を見てそんな発想が出るとは、やはり貴方はどうかしている」

「あれー、怒られちゃった。あははははは」

女神の方はひらひらとした薄桃色のドレス、のようなものを身につけ、笑いながらくるくると回ってみせる。髪の色も同じような色で、神格の威厳などひとかけらも感じない。

「そもそもこの壁のレリーフを見て、これが上古の神魔騒乱の図絵であり、今回の会議に合わせたものであると理解できれば、そのような感想は」

「おお、これは見事な宴会場だ！」

眉間に皺を寄せた神の後ろに、巨大な壁がそそり立つ。

「だが、ちと凝りすぎだな。相も変わらず堅苦しいことだ、なぁフルカムトよ」

「〝天地開闢《てんちかいびゃく》の拳《こぶし》〟大乱《たいらん》の嚆矢《こうし》〝絶破《ぜっぱ》の戦鎚《せんつい》〟神鳴《かみな》る黒剣《こくけん》〝覇業《はぎょう》の体現者《たいげんしゃ》〟、〝闘神〟ルシャーバ殿」

定命のものなら、見ただけで魂が消えるほどの異形。まるで火山岩を彫りぬいて作ったようなごつごつとした顔に、頭からは髪とも角とも見えるものが生えている。

赤黒い肌と分厚い胸板、太い腕、両手両足には引き裂く爪が備わり、竜を思わせる長大な尻尾がゆるゆると揺れていた。

「そのように申されるのであれば、貴方が先に来て、場を設えるがよろしいでしょう」

「とはいえなぁ、俺はこのような場を作るのは苦手ゆえ、全面的にそなたに任せているのだ、なぁ？」

「そうそう！　第一あたしたちが作ったときは、あれがダメだとかこれが気に食わないって、散々文句付けたじゃない！　だから、ルカっちに全部お任せしてるんだよ！」

異口同音の不平に、赤毛の神は嫌そうに顔をしかめた。

「それならば、決められた刻限を守り、この場で待っているのが礼というものではありますまいか？」

「申し訳ありません、〝才知を見出す方〟青き書の守護者〝測りえざる者〟万略《ばんりゃく》の主《ぬし》、〝知見者《ちけんしゃ》〟フルカムト・ゲウド・ネーリカ」

苛立つ神に声を掛けたのは、その三柱から比べれば、地味と言ってよかった。

白の長衣で身を包んだ、短い黒髪の青年。優しげに細められている栗色の瞳や、整った顔立ちは、確かに衆目を集めるだろうが、人の世にまぎれれば一瞬で消える程度の美だ。

「今後は僕もお手伝いさせていただきますので、収めていただけないでしょうか」

「〝英傑神《えいけつしん》〟シアルカ殿」

フルカムトは吐息をつき、肩を竦めた。

「皆が皆、貴方のように礼を重んずるようであったなら、私とてこのようなことで怒る必要もないのですが」

「でもシー君も遅刻だよね？」

「彼の神は、きちんと遅参の報を届けてくださいましたからな。どなたらかと違って」

「ほうほう。それはなんとも礼を失した話だ、なあマクマトゥーナ」

「そうだねーシャー君ー」

むっとした顔のフルカムトは、それでも神殿の中に出来上がった、正方形の卓の一辺についた。他の者もそれに習い、本を手にした知恵の神が口を開く。

「それでは、ここに集いし〝四《よ》つ柱《ばしら》の神々〟による、割譲の会議を始める。おのおの、己の心に腹蔵なく、真実のみを述べるべし」

「誓おう」

「あたしもいいよー」

「宣誓を捧げます」

神々の遊戯を実質支配している〝四柱神《よんちゅうしん》〟は、峻厳な面持ちで宣誓を述べた。

同時に、卓の上には巨大な地図が広がる。その上に無数の黒い駒が散り、妖しげな気配を漂わせる洞窟や砦、城などが浮き上がる。

さらに、その上を飛ぶ巨大な岩の塊が浮かび上がったところで、知恵の神は満足そうに頷いた。

「では、誰から?」

「俺から行こう」

闘神が声をあげ、地図の上に視線を落とす。世界は北半球に三つの大陸、南にもう一つの大陸、その東に接する群島で構成されていた。

「知っての通り、俺の勇者は西大陸へデキアスの、ここから出立している」

小ぶりの白い駒、徒手の青年らしい彫塑が施された駒を、西の大陸のさらに西端にどかっと置いた。

その駒の周囲、すべての地形がどす黒く汚れている。その汚れの向こうに見えるのは現実の世界、荒れ果てた農地や毒で汚染された湖沼、人一人居ない暗黒の世界に見えた。

「現在はここまで到達し、さらに侵攻中だ」

下弦の月を思わせる大陸を、白い駒はじりじりと北東に向けて進んでいく。その前に立ち塞がるダンジョンや砦などが跡形も無く砕かれていく。

「この大陸を支配する吸血王の攻略には、どのくらいかかりますか」

「まぁ、一月は見てくれ。何しろうちの勇者は一人、それなりに時間が掛かる」

「ならば、私の報告をした方がいいでしょうね」

フルカムトは眼鏡を直し、手をテーブルの上に振るう。

途端に無数の白い駒と、その中央で光り輝く大きな駒が、ゆるい円錐型の中央大陸、東側を埋め尽くした。

「うわぁー、すごーい！」

「我が『聖光の兵団《レイディアント・ミリテース》』は約十万となりました。いささか小規模ですが、この辺りを治めていた諸王との約定も取り付け、勢力は拡大中です」

その辺りにあったあらゆる黒い軍勢は、圧倒的な数の暴力に粉々になり、踏み荒らされて消失した。

「現在は拡大した戦線の収拾と、軍の再編を行っていますが、近々中央大陸を掌握の予定です。無論、西大陸への遠征も視野に入れております」

「尻を叩きに来たな。よかろう、遊びはやめて将を射るよう、勇者に伝えるか」

「じゃあ、次はあたしだね」

彼女は手に一枚のカードを取り、中央大陸の東南部沖にある、いくつもの島々で構成されたエリアに投げつける。

深々と紙片が刺さった場所には、海から突き建つ巨大な城があったが、それが崩れ去って残骸と成り果てていく。

「南の海魔将はやっつけといたからねー。今はざんてきそーとー？　って感じ」

「それはありがたい。私の軍勢でも海を越えさせるのは一苦労でしたからね。これで移動も侵攻も楽になります」

「いかんなぁ、これではフルカムトに一人勝ちされてしまうぞ」

いかにも嬉しそうにルシャーバが笑う。だが、知恵の神は奢るそぶりすら見せず、黙していた最後に残った神に視線を投げた。

「僕のほうは、いつもと変わらずです」

彼の駒は握り拳のような形をした南大陸、ケデナに置かれた。

そこは北の大陸のいずれよりもどす黒く、彼の置いた小さな白い駒だけが唯一の汚れないものとなった。

その侵攻は闘神のものより遅く、知恵の神の輝きにも劣り、未だに小さな砦一つ落とせないままに居るように見える。

「なるほど。大分難渋しているようだ」

「シアルカ殿のやり方では、今回の遊戯は荷が勝ちすぎたようですね」

「ですが、まだ始まったばかりです。この後どうなるかは分かりませんよ」

「うわー怖い怖い。あたしもヒミちゃんに、もっとがんばれーって言っとかないと」

お互いの実績を交換し合うと、神々は杯を手に地図の様子を追っていく。

「軍勢を指揮する利点は、やはり多方面の戦場から経験値を得られることですね。収穫効率で言えば、我が勇者は他の追随を許さぬものかと」

「だが、薄く広げた加護など、束ねた力の前には紙の楯同然、俺はそう見るが」

「忠言痛み入ります。一匹狼の勇者には気をつけることにしましょう」

「それはいーんだけど、東大陸はどうするの？」

繊細な女神の指が歪んだ三角形の形をした東大陸、モラニアを突付く。

「ああ、しばらく放置してもいいでしょう。そこは空白地です」

「モラニアは確か、ゼーファレスが平定すると息巻いていたではないか」

「そういえばゼーちゃん、負けちゃったんだって？」

そっけなく放り出された言葉に、ルシャーバは眼を細めて東の大陸に太い指を添える。

「大した勇者もおらず、治める魔将も並程度と、鼻息荒く突っこんでそのざまとはな。で、奴の勇者を倒したのは誰だ、〝覇者《はしゃ》の威風《いふう》〟あたりか」

「女神サリアーシェ」

黒髪の青年神の言葉に、女神と闘神は面食らったように、顔を地図から上げた。

「サリアーシェ……久しく聞かん名だ。まだ存続していたとは」

「へー、サーちゃん、お兄ちゃん倒しちゃったんだ。でも元気でよかったよ」

それなりに思うところがあったのか、二人の神はほんの一瞬、過去の記憶を手繰る。

「しかし、いくら増長が過ぎた見栄坊の神とはいえ、廃神《すたれがみ》に過ぎぬものに倒されるとは。あの小娘め、どんな魔技を使ったものやら」

「見事な戦いでした。彼の女神が使役したのはコボルトの若者、確かシェートという名であったはずです」

シアルカの言葉は、天界でその話題を聞き及んだものなら、誰でもする反応を生んだ。

当惑、そして、爆笑。

「ふ……は、ははははは、コボルト!? あの小さな魔物がか!?」

「あはははははっ、やだ、そんないくらなんでも、あはははははは！」

「ですから、空白地だと申したのです」

つまらなそうに告げると、フルカムトは申し訳程度の小さな犬の駒を置き、その周囲に別の白い駒を置いていく。

その数は次第に増え、十を超え、五十を過ぎ、そして百に届くほどとなった。

「東大陸の勇者達は、一匹の畜生を狙って群れ集まりつつあります。いずれ、その力を奪い合う醜い争いが始まるは必定。そのころには、サリアーシェなどという女神のいた痕跡など、完璧に消失しているはず」

「ゼーファレスに勝っただけでも金星であろうよ。あれも哀れな身の上、小神くらいには所領を手にできればよいがな」

「……そう、ですね」

「なにか、気になることでも？」

問いかけに英傑神《えいけつしん》は首を振り、地図から視線を上げた。

「会議はここまでにして、そろそろ宴席に移りませんか」

「提案を容れましょう。これ以上はお互いの目標を完遂して後に、ということで」

英傑神《えいけつしん》と知恵の神の言葉に、闘神と愛乱の女神は相好を崩した。

「やっぱり宴会じゃない！　じゃあ、うちの舞子たち呼んでくるね！」

「フルカムトよ、この前の宴で出た火酒を所望したいのだが」

「そこまで面倒を見るつもりはありません。ご用命なら御身が差配をなされますよう」

「僕は少々席を外します。勇者の動向を確認した後、戻ってまいりますので」

それぞれの理由で三柱の神がその場から消え、フルカムトだけがその場に残る。

「それで」

その眼に冷たい光を宿し、彼はこちらに近づいてきた。

一切の気負いもなく、気軽とも言える歩みで。ただそれだけの所作で、分身越しに魂魄が震えるほどの威圧感があった。

「薄汚い本性を晒し、光為す神々の前にまろび出た罪、承知しているのだろうな」

『し、重々……承知しておりますれば』
分け身越しでも分かる圧倒的な神威に震えながら、それでもイヴーカスは口を開いた。
『お願いしたき儀があり、罷《まか》り越しました。〝銘《な》すら呼《よ》び給《たま》い得《え》ぬ方《かた》〟よ』

06 ほしのがみ

両手に持ったボロの塊を、シェートは目の前に上げてみた。細い繊維でできたそれは、自分が身につけていた上着だったものだ。

元々は縦横に糸目が走った、しっかりとした布地だったのだが、ほつれちぎれて、まともな衣類としては着られそうもなかった。

「だめ。ほぐして使う、思ったけど……」

『そうか……』

あきらめて地面に投げ捨てる。ごろごろと大振りの石が転がる川原、水浴びをするついでに確かめてみたのだが、結局自分の持ち物が、また一つ無くなったことを理解したに留まった。

「しばらく、上着ない。蔦、木の皮で服作る」

『……その前に、矢を初めとした武器を作らねばならぬだろう。そこまで手が回るか？』

サリアの指摘にシェートは力なく、その場に座り込んだ。

「サリア、他の勇者、どこいるか分かるか」

『分からぬのだ。聞けば教えてくれるというわけでもなし、そなたに探知の能力を授けようにも、必要な加護が不足している』

「それ分からない、すごく困る」

自分の使っているものはすべて森から取れる。とはいえ、取ってすぐ使えるわけではなく、材料の選別、乾燥や煮沸などの下ごしらえを経て、ようやくといった具合だ。

本来なら集落で仲間と分担し、時間を掛けてやるべきこと。それをすべて自分だけで賄わなければならない。

その上、日々の食料集めも切実な問題だ。いざという時に保存食の類も持っておきたいし、それだって作るのには時間が掛かる。

「鍋、壷、篭、なめし台、砥石、そういうの、全部足りない」

『あったとしても、持ち歩くわけにもいかんしな……』

旅に出たとき、仲間たちとの別離は感傷的な意味のみだった。しかし今は、生活の面で仲間が居ない辛さが身に染みていた。

『拠点でも作れればまた違うのだろうが、そこに定住していると分かれば、また勇者が襲い掛かってこようからな』

「サリア、勇者、あと何人いる？」

『聞きたいか？』

疲れたような、半笑いの声。その中にこもった疲労感を嗅ぎ取ってうんざりするが、それでも手を振って、その先を続けてもらう。

『百人を超える勇者が、今回の遊戯に参加している』

「……え？」

『大半は兄上の勇者以下の力しか持っておらぬがな。そして、そのほとんどが、このモラニアで行動している』

「ちょっと待て！　勇者そんな居て、なんで散らばらない！」

『弱いからだ』

すでにあきらめの境地に達したのか、サリアは淡々と解説をつけてくれる。

『小神の使う勇者は、ろくに加護も与えられず、レベルアップ後の増強を頼みに行動している。だからこそ、魔物の侵攻が比較的緩やかな場所に投入されていく。そして、その魔物の弱い地域が』

「俺、居るとこか」

『いくら強くなったとはいえ、味方もないコボルトのお前だ。うまくすれば討ち取れる、そう考えても不思議ではないのだ』

そこでようやく、シェートにも事態が飲み込めた。なぜ勇者達が躍起になって自分を狙おうとするのかを。

要するに、どこも台所は火の車、ということなのだ。

『とはいえ、その全てを一度に相手取ることはないのが、唯一の救いだ』

「……ああ。獲物取り合うからか」

そう口にしてから、コボルトの口が事態の皮肉さに歪む。

いつの間にか自分は狩りの獲物になっていた。森を我が物顔でのし歩く、凶暴な熊か何かのように、目の敵にされて。

『誰かが先に我らを討ち果たすのは困るが、迂闊に手を出すこともできんというわけだ。我々は逃げ回り、居場所を悟られぬようにする。そして、襲い掛かるものだけを狩ればいいのだ』

「そうだな……」

だが、それは長期戦を強いられるということでもある。長く、厳しい、待つ戦いを。

不毛な事実を確認したところで、シェートの腹の虫が、食事を催促し始めた。

「飯、取ってくる」

『今日は魚ではないのか？』

「気、変わった。肉食って、精つける」

矢筒と弓を腰につけ、歩き出す。上着が無いせいで胸元の石と、その下の無毛の部分がはっきり見える。勇者の剣で裂かれた傷痕は、再生の力を持った今でも消えていない。

それだけではなく、割と大きな怪我を負った部分はひっつれた肉の盛り上がりになり、腕や太股にも、毛の生えない部分ができていた。

進めば進むほど傷は増え、生きれば生きるほど、それが難しくなっていく。

自分もいつか、脱ぎ捨てた上着のように擦り切れ、大地に打ち捨てられる時が来るのだろうか。

暗い考えを振り払うように、緩やかな丘を登り、そのまま森の中に踏み込んでいく。

初夏の風に揺れる梢に青い葉の匂いをかぐと、少しだけ気分が落ち着いてきた。狩人として森に入る、そのことが無性に嬉しかった。

数日前に降った雨のせいか、地面の土にはきのこが群れ固まって生えている。胞子も大分撒き散らしているせいか、匂いで獲物の足跡を辿るのは少し難しそうだった。

反対に、こういう柔らかくなった地面に足跡はくっきりと残る。腐りかけた枯葉を踏みしめたウサギの足跡を見つけて、シェートはほくそえんだ。

「サリア、ちょっと黙ってろ」

一応声を掛け、獲物を辿る。弓を引き抜き、矢を番え、じりじりと足を進める。

密生した枝で日もほとんど差さない森、その中で耳をそばだて、歩み進む。

無意識のうちに、弓が引き絞られた。

走れば二十歩の距離、前足を上げ、鼻をひくひくと落ちつかなげに動かすウサギ。鏃が頭から首筋へ、それから腰と足の付け根辺りにぴたりと合わさる。

何を警戒しているのか、ちらりとそんな思いが頭を掠めた瞬間、獲物がバネを溜める。

ふつ、と矢が空を切り、獲物に喰らいついた。

「なに!?」

喰らいついた、その言葉を思い浮かべたのは、文字通り〝それ〟がウサギの首筋に深々と牙を突きたてたから。

『狼だと!?』

自分の弓とほぼ同時に飛び出したそいつは、がっぷりと獲物をくわえ、黄色に輝く瞳でこちらをにらんだ。

「まて！　それ、俺のだ！」

「……ぐる……るる……」

狼はすぐには立ち去ろうとせず、不満そうな顔で見つめてくる。毛に纏わりついた枝葉から、自分の正面にある茂みからウサギを狙っていたらしい。

「矢、刺さってる！　仕留めた証拠！」

「るるる……るる……」

『見たところ、彼も同じ気分らしいぞ。追い詰めたのは自分だ、といったところか』

「ぐ……」

とはいえ、自分の矢もウサギの足を完全に殺している。狼の牙が間に合ったのは、多分自分の弓のおかげだ。

「分けっこ、するか？」

「ぐる……るる……」

全部取られるわけではないと分かったのか、狼は地面に獲物を横たえ、それでも不満そうな顔を崩さない。

「半身、どうだ？」

「…………」

「わたもつける」

「…………」

「皮と片腿くれ！　これ以上、ダメ！」

それで満足したらしい狼は、獲物の前に座り込み、緊張を解いた。

「……お前、がめつい」

「うぉふっ」

当然だ、といわんばかりの顔で吼えると、あくびを一つ。そこでシェートは、狼の額に銀に輝く星のような毛が生えていることに気がついた。

『星狼《ほしのがみ》か』

「こいつら、頭いい。昔、村の猟師、飼ってたことある」

そろそろと獲物に近づくと、山刀で身を裂いていく。その様子を真剣な顔で見つめる星狼に、シェートは皮と片腿を除く部位を、折り取った木の枝に載せて差し出した。

「これでいいか」

「うぉん」

「狩り、邪魔して悪かった」

一つの獲物を取り合った場合、狩人は互いの落としどころを決め、その後互いの非礼を詫びる。どちらかの権利のみを主張することはしない、それが山の取り決めだ。

それを理解しているかのように、星狼は鼻面を近づけ、こちらの手の甲を舐めた。

「俺、もう行く。肉ありがとな」

「うふぅっ」

言いながらシェートは立ち上がり、

「避けろ！」

絶叫よりも早く狼が飛び、シェートの体が地面を転がる。その影を焼くように閃光が虚空を走った。

「くそ、外したかっ」

素早く立ち上がると、土谷千里《つちやせんり》は素早く狙撃位置を離れ、移動を開始した。

『馬鹿が。確実に仕留めろと言ったろう』

「ゼッタイ当たると思ったんだよ！　くそっ！」

肩に杖を担ぎ、全速力で森を駆け抜ける。コボルトのほかに狼もいたようだったが、すでに逃げ去っている。

「勇者か!?　サリア！」

素早く弓を構え、辺りを警戒するコボルト。

だが、姿消しのマントと、足跡も音も消してくれるブーツのおかげで、コボルトはこちらの位置を見失ったままだ。

「また姿消しか！」

どうやら自分の神様に、こちらの事を確かめさせているらしい。だが、神器として作成されたものは、神の目を持ってしても見抜くことはできない。

「またって、他の勇者も透明化取ってんのか」

『取っていた、というべきだろう。あちらは周囲の光景に同化するものだったがな』

「ギリースーツなんて時代遅れだな。今や光学迷彩の時代だぜ」

相手から少し小高くなった位置にある茂みに隠れ、杖を相手に突き出す。その構えはスナイパーライフルを扱う動きとそっくりだ。

この杖自体は銃器ではないが、照星と照門が金具として埋め込まれている。地球で扱っていたものと同じように。

「〝ショット〟」

そう言った途端、杖の先から白光が奔る。

「くっ！」

寸前でコボルトが顔を逸らし、かすかな煙と共に顔が焼け焦げるだけに留まる。今度は舌打ちもせず、千里は素早く別の狙撃位置に移動を開始した。

『何をしているセンリ！　もっとよく狙って』

「っせーな！　ここからはやり方を変えるよ！」

自分を召喚した神、グリニアルはすぐに熱くなる性質だ。こっちが要求した神器に対しても、最後まで文句を言っていた。

『こそこそ隠れて戦うなど、勇者にとって恥ずべき行為！　お前はこの戦をどう心得て』

『アンタこそ、これが多対一の戦争だって、わかってんの？』

もちろん、自分だって戦争に行ったことなんてない。その代わり、膨大な時間をFPS《ファーストパーソンシューティング》に費やしてきた。だからこそ、神々の遊戯の本質が分かる。

『要するに、この神様のゲームって、MMOってよりは、マルチのFPSみたいなもんだろ？　だったら』

隠れ潜み、相手を出し抜き、キルマークを積み上げればいい。確かにスナイパーはやっかみの多い兵科だが、それは遠距離狙撃からくる生存性と、一撃必殺のヘッドショットがあるからだ。

「どこだ、どこ居る！」

「誰が教えるか、バーカ」

手ごろな石に杖の先を載せ、腹ばいになって射撃姿勢を取る。引き金こそ無いが、これは自分の愛銃だ。強力な魔力弾を放つ、レーザースナイパーライフルのようなもの。

「まずは足を潰させてもらうぜ」

息を整え、心を静かにして、相手の動きを見る。

コボルトは弓をしまい、両手で顔を覆うと、唐突にこちらへ突進してきた。

「なに⁉」

『逃げろセンリ！』

「くそがぁっ」

反射的に放った一発がコボルトのアームブロックに激突する。小柄な体が吹き飛ぶと同時に、千里は大急ぎで更なる狙撃ポイントへ向かった。

「畜生、あてずっぽうで、こっちに向かってきやがって！」

あちらは腕に酷いやけどを負ったが、体勢を立て直してこちらの動きを察知する構えを取る。ブーツは足回りの秘匿《ひとく》はできるが、茂みを揺らしたりすれば位置がばれる危険性がある。

千里は焦ることなく、木陰に隠れた。

ゲームと同じだ。相手のマークが外れるまで待ち、隠密状態になってから撃てばいい。

でも、あいつの意識はいつそれる？　ＣＰＵ戦なら警戒レベルをゲージで示してくれるが、対人戦はそうもいかない。

こういう時のために、アクティブデコイかスタングレネードでもあれば――。

「うがうううううっ！」

突然、咆哮と共に、歪んだ犬面が視界一杯に広がった。

「うおおおおっ⁉」

寝転がっていたために、立ち上がるのが間に合わない。白い狼の牙が肩に喰らい付く。

「ひ、いぎゃああああ、あっ、ああっ！」

めきめきと鎖骨が噛み砕かれ、肩口の肉が引きむしられる。激痛で耳が詰まり、金属音のようなものが脳裏に響く。

「あっ！　ぎあああっ、ああああああ！」

吐き気、頭痛、むしられる肉の感触、手足がめちゃくちゃにばたつき、視界が遠のく。

嵐のような苦痛の中で、千里は自分の姿を、上から見下ろしていることに気が付いた。

まるで、FPSの死亡シーンのように。

よくあるスナイパーの末路。位置を気取られて、背後からの暗殺《アサシネイト》。

予想外の一撃を受け、薄れていく意識の中、千里は悪態をついた。

「ふざ、けんなよ……クソ、が」


びくり、と体を緊張させた少年は、大量の血を溢れかえらせて、動きを止めた。

呆然とするシェートの目の前で、勇者を喰らった狼がたたずむ。

「お、お前……」

「ぐるるるるるるる」

未だに興奮が収まらない顔で、星狼は倒れ伏した死体を睨んだ。軽い旅装だけを身につけた体には
マントが掛かり、それが当たっている場所だけ地面が透けて見えていた。

『透明化を掛けた神器。それと、〝陽穿衝《ようせんしょう》〟の魔法を込めた杖といったところか』

「……助けてくれた、のか」

「うふぅ……」

名も知らない異世界の勇者が、光の粒子になって消えていく。その光景を見て狼は少し驚いたよう
だったが、気遣うようにこちらの腕に鼻面を近づけた。

「うるる……」

「大丈夫だ。すぐ治る」

焦げた腕もどうにか動かせるようになってきた。軽い痛みを吐息と共に吐き出し、シェートは腰に下げた腿肉を地面に置いた。

「うふっ」

「いいんだ。これ、礼な」

少し迷うそぶりを見せた後、狼は興味を失ったように背を向けて去っていく。

『勝手に助けただけだから、気にするな。といったところか』

「ああ」

『折角だ、勇者殿の残していったものも使わせてもらおう』

余りに人間臭い行動に口元が緩む。もしかしたら、以前誰かに飼われていたのかもしれない。そんな感慨にふけっていたシェートに、女神が笑いを含んだ声を掛けた。

「神器、つかえるのか？」

『いや、すでにそのマントはただの布切れに過ぎん。だが、上着の代わりに使うことはできよう。それに、水袋と保存食もな』

たしかに、血で汚れている部分を切ってしまえば、服としても利用できるだろう。山刀で真ん中辺りに穴を開け、貫頭衣のようにして被る。

近くに転がっていた背負い袋には、サリアの指摘どおり、水と食料がいくらか入っている。中身をあらため、焼き締めたパンや干し肉に毒が無いのを確かめた。

「これで、少し楽だ」

『この調子なら、勇者の持ち物を奪って生き抜けるかもしれんな』

「勘弁しろ、そのうち俺、黒焦げだ」

軽口を叩きながらも、シェートはさっきの戦いを思い返していた。

単なる透明化だけなら対処のしようもあるが、ああした遠距離からの攻撃を組み合わされては、こっちには手の出しようがない。

状況は、徐々に不利になっている。武器が欠乏し、食料が欠乏し、反対に敵には自分達の情報が蓄積されていく。

もし、星狼の不意打ちが無かったら。

「……サリア」

『どうした？』

喉まで出かかった言葉を飲み込み、シェートは努めて明るく振舞った。

「腹減った。飯、食うぞ」

自分の誓いを、自ら破らないために。

森に囲まれた街道に、夕日が生み出す濃い影が差す頃。

いつものように脇の茂みに座りながら、星狼は落ち着かない気分を味わっていた。

理由は、多分さっきの狩人だ。いや、厳密にはそうではない。

す、と立ち上がり、もう一度さっきの場所に走っていく。

さっき食い殺した不思議な人間の匂いと、ちぎられた布切れの残骸、それから長い棒っきれが転がっていた。

丹念に棒を嗅ぎ、それから地面を、そして布地を嗅ぐ。

何かに気がついたように、狼は執拗に布を確かめた。何度も、何度も。

「……うおおおおおおおおぉおおおぉ」

気がつくと、長い吼え声を上げていた。湧き上がる気持ちを抑えられず、森の中に自分の想いを迸らせる。

やがて、星狼は街道を背に、森の奥へと歩んでいく。

この日を境に、街道を守る星狼は永久に姿を消した。

07 奢りと誤り

シェートが夜更けの世界に安らいだのを見ると、サリアは素早く神座から出た。

基本的に勇者が夜に行動することはない。奇襲を掛けてくる場合は別だが、兄神との一戦以来、夜の森で狩人に戦いを仕掛ける愚を避けているのだ。

竜神の神座への扉を目指しながら、サリアは勇者が持っていた物のことを思い出し、暗い気持ちになっていた。

異世界から呼び出された彼らは、そのほとんどが野外の生活経験を持たない。

神に召喚され、勇者として異世界で戦うという非常識。それを受け入れられる思考を持つ者という条件を満たすために、ある程度の文明を持つ世界から呼ばれるためだ。

さらに、神に対する『信心の薄さ』も重要な選定理由だった。下手に特定の信仰を持っているとコミュニケーションに齟齬が出るし、場合によってはこちらが悪魔呼ばわりされかねない。

そのためか、彼らのほとんどが〝日本〟と呼ばれるエリア、あるいはそれに近似した世界から呼びつけられるようになっていた。

彼らには少ない加護でも意外な能力を設定する知的柔軟性があり、それによって小神でも勝ち抜く可能性が上がるという面も、彼らが受けている理由の一つだった。

だが、その優位は自分の狩人の行動によって揺らいでしまった。

泥臭く、地味で、人間の生理に訴える方法は、手間を厭わなければ見た目のレベル差を埋め得る。眠らなければ判断は鈍り、食べなければ人は死ぬ、その当たり前こそが力となるのだと。

この前のような手は、二度と通用しないだろう。熱心な神などは、食べられる野草や簡単な狩猟罠の作り方を教え、あるいは仲間にエルフや地元の狩人を引き入れるなどの徹底した『対策』を練っていた。

たった一度の勝利で、シェートの能力の大半が見切られた。破術についても何らかの手で防ぐか、あるいは無視できる方法を講じるだろう。

「案内を請いたい！」

内心の苦渋を押し殺し、サリアは扉に声を掛ける。両脇に侍る森の乙女《ドライアド》は、こちらの言葉を待って沈黙している。

「〝万涯《ばんがい》の瞥見者《べっけんしゃ》〟にお目通りを！」

『暫しお待ちを』

周囲から、抗議と敵意の視線が突き刺さる。

構うものか、無言の背中でその全てを跳ね返し、目の前の扉を睨んだ。

『お通しせよと、承りました』

扉は開かれ、足早に中へと入り込む。世界は一瞬で暖かな火の灯る、居心地の良さそうな洞窟へと姿を変えた。

「ずいぶんと思いつめた顔をしているな、サリアよ」

「……ええ。恥ずかしながら」

巨大な書見台に顔を落としたまま、竜神はページを手繰りつつ声を掛けた。

「この前はすまなかったな。煩い小童どもをあしらうので手一杯であった」

「いえ、こちらこそ、私のために、お手をわずらわせてしまいました」

「そのような詰まらぬことを謝罪するために来たのではあるまい。早く用件を済ませよ」

驚くほどに不機嫌な声。とはいえ本来この竜神は気分屋としても知られており、こんな対応も日常のことだった。

「お知恵をお借りしに参りました。いかにして我が配下を生かすべきか、そのための手管を探すために」

「儂に何か意見せよと？」

「いえ。書庫の瞥見をお許し願いたいのです。特に、過去の遊戯について分かるものがありましたら、それを重点的に」

現状は八方塞りだが、それに足を止めている暇はない。加護を使わないのなら、それ以外のことでシェートを補佐すればいい。

「確かに、儂の個人的趣味として、過去の遊戯についての資料は作らせてある」

「では……」

「だが、以前にも申したと思うが、儂は遊戯には参加しておらぬ。それを弁えた上で言っておるのだろうな」

「それでも恥を忍んで、ご教授をと」

ようやく書見台から顔を上げると、竜神は鼻の上の眼鏡を置いて、顔を向けた。

「そなたと配下のコボルトの状況はわかっておる。だが、思い悩む意味はあるのか?」

「意味、ですか?」

「そなたは大神の身の上となった。現状を打開するならば加護を使って、新たな力を授ければ済むことではないか」

「できぬのです」

「なぜだ」

そう問う声は硬く、冷たい。

鋭い視線を浴びながら、それでもサリアは昂然と顔を上げた。

「星と世界を贄とする加護は、使いたくないのです」

「使いたくない、だと?」

「あれは、見ず知らずの者の命を、勝手に扱う行為」

竜神は何も答えない、静かに喉を鳴らす音だけが空間に響いていく。

「私は、そしてシェートも、そうした遊戯を許せないからこそ、兄上の勇者と争ったのです。それを、ここで翻すようなまねは――」

それ以上、口にすることが出来なかった。

自分の周囲に、強烈な圧力を持った、何かが爆ぜる。

それは燐火、触れた全てを焼灼せずにはおれない、竜の怒りの欠片。

そして、目の前の竜は、ぱくりと口を開けた。

「この……馬鹿者が！」

竜神の体が、声と共に巨大に膨れ上がる。その瞳には劫火が燃え、周囲で作業していた小竜たちが必死に、弾ける主の怒りから本を守った。

「何を奢《おご》っておるのだ、そなたは！」

「わ、私は奢ってなど」

「自らの使役した者の力量も省みず、星の加護を使わずに勝てるなどと、増長以外の何がある！」

「それでも押し通さねば、我らの義が通りませぬ！」

「それで、あのコボルトが死んだとしてもか」

烈火から反転、極北の冷たい怒りが、竜の喉から迸る。

その指摘に、それ以上の反論が急速に萎えていった。

「いくら加護を与えたとて、種族本来の力を飛び越えることなど、容易いことではない。それに、あやつには仲間の一人もおらぬはず。その穴を埋めるためには、加護を以って当たるより他にあるまい」

「それでも……私は……シェートの心を汲みたいと」

「そして高みから知識だけを降らせて、後は己で何とかせよと言うつもりか」

竜神の言葉は、事実だった。

側にいられない自分が、シェートにしてやれることといえば、結局加護という形が最も有効だ。それに、今日の戦いを見ても、これ以上、彼一人で行動させるのは限界だった。

「泥を被れ、サリア」

竜神の声には、もう怒りはなかった。ただ、乾いた事実だけが洞窟を振るわせる。

「あのコボルトがなんと言おうと、そなたが選んで加護をつけてやるがいい。そなたとてあの者が疲れ果て、ぼろくずのようになって死ぬのを見るは辛かろう」

「あやつは……受け取らぬ、でしょう」

「なにを腑抜けたことを言っているのだ、そなたは！　それならば神として強制せよ！」

何も答えられなくなったサリアに、大きくかぶりを振り、竜神は深くため息をつく。

「廃神《すたれがみ》としてさすらう間に、地の者との交わり方すら忘れたか。力を持ち、それを振るう我らは彼らの友ではない。時として、その意思を曲げてでも、良き方へと導くことを求められるのだ」

頭では理解している、意地など命より軽い。何かを為すために犠牲にしなくてはならないものがあるのも分かる。

それでも、サリアはつかえを吐き出さずにはいられなかった。

「私は、簒奪者です。その私に彼らを、兄上の世界を捧げる資格など」

「もうゼーファレスの物ではない、あれは〝そなたの世界〟なのだ」

実感の湧かない事実だ。

イェスタにも、そのように告げられていた。ゼーファレスの世界では、すでに『主神の更改』が行われていると。

遊戯によって奪い取った世界では、その支配者の神が変わると同時に、信仰の対象が書き換わっていく。それは長い間を経てなじみ、完全に入れ替わった時点でその神の支配地と化す。

「だから嫌なのです！　そんな風に奪って、奪われて、世界が手玉に取られていくのが！」

「そして、そなたが負ければ、今度はその世界の人間達にとって、更なる更改が強制されることになる。それがどういう意味を持つか、分かっておるのか」

竜神は虚空に水鏡を浮かばせ、そこに映像を結ぶ。

「これはゼーファレスの治めていた星の一つだ。その様子では、実際に見るのは初めてであろうな」

「こ……これは……」

大地は、争いに満ちていた。

とはいえ、血で血を洗う争いではない。聖堂の中、幾人もの聖職者達が意見を交わし、お互いの存在を糾弾していく。

片や軍神である兄神を指示するもの、その存在を否定し、世界に平和を敷こうとする女神である自分を掲げて。

「そなたの神性に接合したものが、主神としてサリアーシェを祭り、ゼーファレスを異端として排斥しているのだ」

水鏡の向こうの景色は、刻々と変わっていく。いくつかの聖堂が緩やかに、また別の聖堂では主神の像の破却という形で、ゼーファレスの威光が朽ち果て、サリアーシェという神への信仰へ塗り換わっていく。

「こんな、ことが……」

「そなたがもう少し名の知れた神性であれば、変化は緩やかになったろうが、それでも、こうした混乱はどこでも起きうる」

分裂の火種はやがて世界に広がるだろう。

もっと実際的な「戦」になることも。そう思うとやるせない気分になってくる。

「やはり、私は反対です。こんなことを続けていけば民は疲弊し、結局は誰も我らを省みなくなる。崇敬は尊信から生まれるもの。地の塩を軽んじれば、いつか我らもこの世界から消え果てましょう！」

「だからこそ、一つの神が長く世界を治めるのが肝要なのであろうが」

水鏡を消し、竜神は大分表情を和らげてサリアを見た。

「彼らを使うことに抵抗があるなら、こう考えるがよい。自らの支配が長く続くことで、彼らも安寧を得られると。そなたが遊戯に勝つということは、庇護に入った人々の安らぎにも繋がるのだと」

「それを、痛み止めとしろと？」

「どうしてそう頑固なのだ、そなたは」

書見台を脇にのけると、竜神はふてくされたようにその場から身を起こした。

「ここまで言って分からぬようなら、もう知らぬ。後は好きにせよ」

吐き捨てるように言うと、竜神の巨体が虚空に消えていく。おそらく自分の領土にでも行くのだろう。神の世界に、いや、愚かな女神に愛想をつかして。

悄然としたサリアに、朧になった竜神は最後の言葉を投げた。

「そなたはもう無一物ではない。それを良く考えてみることだ」

広場に出ると、サリアはそのまま回廊を歩き始めた。自分の神座へではなく、そこから遠ざかるように。

竜神の言葉は正しい。

自分の考えの間違いを正そうとしてくれるのも分かる。だからといって、そう簡単に首を縦に振る気にはなれなかった。

遊戯の全てに正当性を求めることができるなら、なぜ、私の世界は滅び去ったのか。

遊び場として自らの世界を開放され、自分は手出しすら許されず軟禁され、ようやく帰りつけたときには、何もかもが死に絶えた後だった。

あの時の無念を思い、死んでいったものの事を考えるたびに、遊戯のもたらす破壊と欺瞞が、そのルールに乗ることをためらわせる。

それでも、自分はその遊戯に参加しているのだ。ただでさえ難易度の高いところへ、それ以上の縛りを入れることに何の意味もない。

それでも、なお。

「シェートのことは言えんな」

皮肉を一杯に込めて、サリアは自らを嘲笑った。

「自分も相当な頑固者だ」

「それがサリアーシェ様の強さの源、と言うわけですな」

いつの間にか傍らを歩いていたネズミは、突然の登場の非礼を詫びつつ顎をしごいた。

「困難に対して一歩も引かぬと言うのは、中々できることではありませんからな」

「根が意固地なだけです。その挙句、目の前の問題に立ち往生してしまう」

「……竜神殿とのお話は、うまくいかなかったようですな」

何も答えないこちらに頷くと、イヴーカスは〝洞〟を探し当て、その奥へと入っていく。今度は小さな入り口と奥まった広い空間を持つ、地下聖堂のような空間にたどり着いた。

「密会する場所としては、こんなところでしょうかな」

「接合されている〝洞〟は、汎世界の景色を素材に作られているそうですが、イヴーカス殿は、こうした事物にお詳しいようですね」

「これでも、さまざまな世界の神々と懇意にさせていただいておりますので。こうした見識が身につくのですよ」

少しばかり誇らしそうな表情をしたネズミは、この前と同じように饗応の支度を済ませて、同じように対面に座った。

「それで、一体竜神殿とはどのような？」

「こうした場を設けていただいた上に、このようなことを申すのは心苦しいのですが」

「なるほど、言えぬと。ただ、そのような申されようでは、答えを言ってしまっているのと同じですがね」

遊戯に関することであると知れることは初めからわかっていた。ただ、自分が『加護を使いたくない』と考えていることは、知られないようにするべきだろう。

「選択肢が多すぎたので、何かお知恵をお借りしようと考えたのですが、遊戯の参加者でないものに聞くことではないと、お叱りを受けまして」

「なるほど。唐突に大神の身となられれば、そのような悩みもおありでしょう。それで、今後はどのように？」

「……それをお尋ねになりますか」

イヴーカスは笑っている。こちらがうっかり口を滑らせるようならよし、と言ったところだろう。

「残念残念、このような手には乗られませぬか」

「いくら猪のごとき頭でも、その程度の罠には気が付きます」

「ですが、もう悠長なことは言ってられますまい。加護が決まらぬままでは、あのコボルトの若者も、いつか擦り切れてしまうでしょうな」

「それは……」

イヴーカスの口調には、こちらの窮状を理解している口ぶりがありありと見て取れた。実際、この前の決闘の様子を見れば、誰の眼にも明らかだっただろうが。

「とりあえず、仲間でしょうな。それか、何か武器を与えてやるのがよいでしょう」

「イヴーカス殿？」

「ああ、これはネズミの浅知恵ですゆえ、お聞き流しになられればよろしい」

出入り口を閉じると、イヴーカスは飲み物を口にしつつ、いくらかの知識を開陳して見せた。

「神々は、勇者を仕立てるとき、加護のいくらかを仲間に振り分けるのが常です。腕のよい傭兵や魔術師などに天啓を与え、あるいは国全体に預言を示し、好意的な者を勇者の側に置くのです」

「ですが、シェートは魔物。そのような通例は使えませぬ」

「ならば同じ種族の者を使い、協力させればよいでしょう」

「それは……」

そのやり方では、確実にシェートは受け取らないだろう。それどころか、烈火のごとく怒るに違いない。

こちらの沈黙を軽く流し、イヴーカスは続けた。

「では、いっそのこと神器を与えては。ゼーファレス殿がしたような無敵の鎧と武器さえあれば、戦いも楽になりましょう」

「それも考えましたが……あれはシェートには向きませぬ」

「それはどうして？」

「コボルトは体も小さく、膂力にも恵まれません。強力な障壁で身を守っても、それを支えて押し返す力が足りない。それに、衆を頼みに押し包まれれば、我々が勇者にしたことを逆に返されるばかりです」

魔法の腕輪にしたところで、シェート自身に魔法の素養がないため、使いこなすのは難しいだろう。異界の勇者達はさまざまな娯楽で『魔法を使う自分』というものをイメージしているから、ああした行動が取れるのだ。

「彼の動きに合った道具を与える、理にかなっておりますな。それで……その具体的な形は見えておられるので？」

その問いに対し、何も答えられない自分に気が付いた。

竜神への相談と今の会話をつづり合わせれば、シェートに与える神器のアイデアなどないと分かるはず、否定したところで無駄なことだ。

「どうやら一つ、他の神々に報告できることができたようですね」

「そのようですな。実にありがたいことです」

こちらの苦笑にイヴーカスは笑って頷く。ここで気の利いた神なら、自分の持っているものを割き与えて、口止めでもするところだろう。もちろん『無い袖は振れない』が。

このままではただ奪われるばかり、サリアは半ば捨て鉢な気分で、一歩踏み込んだ。

「では、イヴーカス殿はこの話を手土産に、どの陣営へ売り込まれるのでしょうか？」

「それではただの質問、私めが答えたいと思うようには仕向けられておりませんな」

ネズミは肩を竦め、それから卓の上に置かれた果物からブドウを一房取った。

「僭越ながら、交渉事の基本とは何か、お考えになったことは？」

「さぁ。私は直線的に、信頼のやり取りばかりを考えておりますから」

「その通り。信頼のやり取りこそ、交渉の第一義となるもの。全ての基本です」

「……これは驚いた。てっきり如何に抜け目無く振舞うかを説かれると」

イヴーカスは手にしたブドウの粒を房から外し、赤紫の実を卓に並べていく。

「交渉における信頼とは、交渉に立つもの全てがブドウを『独り占めしない』と約束することを指します。でなければ、最初から暴力ですべて奪えばいいのです」

「交渉事にも暴力はありましょう。詐称や欺瞞が」

「無論のことです。しかし、そうした暴力も、一度振るわれれば相手は警戒し、次がなくなります。やがてはその存在は孤立し、より低次な暴力に頼らざるを得なくなる」

低次な暴力、という言葉が耳に痛い。確かに、自分がやってきたのは、交渉とは程遠いレベルの行動だったろう。しかし、それ以上に低次な暴力を振るったものは、自分よりも高みに座しているのだという矛盾も、また事実だった。

「とはいえ、低次な暴力にも効果はありますな。交渉するべき相手を滅ぼし、全てを剥ぎ取ってしまえば、次など考える必要はありませんからね」

「その好例が私、と言うわけですか」

「譴責《けんせき》する意図はございませんでしたが、失礼をお詫び申し上げます。ですが、それもやり方の一つと言うわけです。私と配下の勇者から、収奪なされますか?」

イヴーカスは、確実に自分の弱みを流し続けるだろう。彼を倒して、憂いを絶つという手もあるかもしれない。

だが、サリアは首を振った。

「とりあえず、今はする気はない……いや、できないと言うべきでしょうか」

こちらの言葉にネズミは笑顔で頷いた。

「ええ、そうでしょうとも。孤立したサリアーシェ様が、他の神々の動きを知るには、このネズミを使うほかは無い。以前申し上げた通りです」

「ふふ、貴方のように賢しい頭を持っていれば、私もこのような羽目に陥らずに済んだかもしれませんね」

「〝狡猾は武に勝る力なり〟、私の身上です。そうでなければ木っ端のようなこの身など、すぐに吹き飛びましょう。おっと、それよりも」

ネズミはさっきのブドウを大きいものと小さいものにより分け、小さい方を自分に、大きな方をサリアの方へと置いた。

「交渉の第二義は、相手の欲しがっているものを見極める目です」

「……神々の欲しがる物と言えば、新たな所領と信仰でしょうね」

「それは根本的な理由です。が、それをあなたから奪うためには、持っている力が大きすぎる。うまみはあるが、おいそれと手が出せないわけです」

小さなネズミは仔細らしく顎をこすり、まるで出来の悪い生徒を教える教師のように、丁寧に言葉を重ねていく。

「私の持つ小さな粒と、サリア様の大きな粒。二つの価値は等価ではありません。大きく熟れたものを一粒手に入れたいなら、最低でも小さなものをまとめて出す必要がある。これでは小さな粒を持つものは、常に〝損〟するほかはない」

「……なるほど。小さな粒しか持たない者は、それとは別に価値あるものを用意し、取引するというわけですね。だからこそ、相手の欲しがる物を見極める、と」

「その通り。私もそうやって神々の欲するものを提供し、交流を重ねました。おかげで、情報を売り買いする身分となれたのですよ」

イヴーカスの話を反芻し、サリアは首をかしげた。

彼は小さな所領を持つだけの小神に過ぎない。信者も少なく、その信仰を他の神に提供するようなことは不可能だ。後は、自身の司る特殊な権能を、他の神に請われて振るうことぐらいしかない。

そこまで考えて、サリアは顔を曇らせた。

「その……お気を悪くされたら申し訳ないのだが……御身は、疫神の役割をなさっておられるとか」

「はい。恥ずかしながら」

「疫神の役割をすることで、他の神々の信用を得、遊戯に参加しても協力や休戦を結ぶこともできる。そして、私に接触してその情報を流すことも可能ということですか」

「その上、疫神とはいえ信仰を集める神格。たとえ遊戯で破れたとて、その一部を捧げれば廃れずに済みましょう。そして、疫神は誰もが嫌う役どころ、ということです」

驚くほどに練られた仕組み。確かにイヴーカスのような手を使えば、位の低い小神でも遊戯に参加し、それなりの成果を残すことも出来るだろう。そして、万が一敗れても疫神の名であれば簡単に取り戻せる。

「今のところ、他の神々はサリアーシェ様の持つ所領を奪うことに躍起になっておられます。しかし、正面からぶつかっては勝てない。つまり、皆様が欲しているのは『所領』そのものではなく『サリアーシェ様から所領を奪う方法』です」

「貴方はそれを神々に売れる。私の所領というブドウを得るための別の果実を、他の神々に提供できるのですね」

「交渉の第三義は、損得を勘定することです。第一義の『信頼』で作り上げた情報の命脈を元に、第二義の『眼』で他者の欲を見極める。そして、自分にとって何が『損得』であるかを考えること。この単純な方法を重ねるのが、交渉なのですよ」

「貴方にとって、疫神の名は損ではなく得なのですね」

「無論、忌々しいとは思いますがね」

サリアは、イヴーカスのどこか誇らしげな顔を見つめた。

多分、この神は自分の想像も付かない泥を被り続けてきたのだろう。それでも、こうしてひとかどの物を積み上げ、自分よりも位の高いものと渡り合おうとしている。

「貴方を見ていると、形ばかり大身になった己が恥ずかしくなります」

「私などは、こうするしか術が無かっただけのこと。それにサリアーシェ様とても、兄上との交渉は見事であったではありませんか」

「あれは……その……」

「兄上の恋情と、譲れない矜持を餌に釣り上げ、対等の場に引きずり出す。私の言葉などなくとも、貴方は見事にやり遂げておられましたよ」

あの時の必死さを思い返し、自分を省みる。確かに奢っていたかも知れない。余りに多くの加護を得たこと、その意味も考えなかったことを。

そして、まだやれることは数多くあるはずだ。

「イヴーカス殿。よろしければ、御銘《みな》を頂戴したいのですが」

「〝穢闇《えやみ》の運び手〟〝陰《かげ》なる指《ゆび》〟〝爛《ただ》れ呼びの東風《こち》〟いくらでもありますよ」

「いいえ」

彼は言った。交渉の第一義は信頼だと。

ならば、今それを示せるものが一つある。

「できれば、疫神のものではない、御銘を」

その言葉にネズミは少し言葉を詰まらせ、それから笑顔で頷く。

「〝黄金《こがね》の蔵守《くらもり》〟、絶えて久しく呼ばれない銘ですが」

「ご教授感謝します〝黄金《こがね》の蔵守《くらもり》〟よ」

「このようなことでよろしければ、いくらでもお話いたしましょう。おお、そうだ」

イヴーカスは席を立ち、洞の入り口を開け放った。

「折角ですので、サリアーシェ様とも盟を結ばせていただけませんか」

「私の信頼を得たとなれば、情報の価値は一層高まる。神々に売る品も増えるということですね」

「それだけではありません。もし、御身が勝ち続けるのであれば、いつでもサリアーシェ様に鞍替えできるようにしたいのですよ」

相変わらず、狡猾なのだか、腹蔵が無いのだか分からない言葉。とはいえ、それが額面どおりではなく、自分の歓心を引くための対価であることも承知していた。

「では、その盟を結ぶにあたり、神々がいかなる動きをなさっておいでか、お教えいただきたいものですね」

「そうそう。交渉は相手が欲しいと言った時に札を切るのです。言わなければ言わせるように仕向けるのも一つの手でございますよ」

去り際、狡猾なネズミの神は、神妙な顔でこちらに振り向いた。

「近々、〝知見者《ちけんしゃ》〟の御印《みしるし》が東征を行う由。それを受け、〝覇者《はしゃ》の威風《いふう》〟並びに〝波濤《はとう》の織り手〟の二つ柱を頭目に頂き、遊戯に参じたる神々が邪神討伐に乗り出す運びとなっております。御注進までに」

「〝知見者《ちけんしゃ》〟の動きまでご存知とは……貴方は、一体」

「さて、ネズミというものはどこでも入り込むものですゆえ。それでは」

そして彼は去り、沈黙が洞の中を支配する。

残されたサリアは、言葉の意味を反芻した。

遊戯において絶対の権威を持ち、その勝敗を分け合うという高位の四柱神。

その内の一柱である〝知見者《ちけんしゃ》〟フルカムトは、強大な勇者の軍を率いて遊戯に臨んでいると聞く。

ゼーファレスが居なくなった空白の地を併呑し、さらに力を伸ばそうとすることは十分に考えられた。

そして、サリアの持つ所領を飲み込もうとするのも至極当然のことであり、小神たちにしてみればその前に、シェートを討ち果たしたいと思うだろう。

「状況は一層厳しく、というわけか」

猶予の無さを実感しつつ、それでも迷いない足取りでサリアは洞を抜けた。

「狡猾は武の力に勝る、か」

あの神のようには振舞えないだろうが、今の自分にもっとも必要な言葉だろう。

具体的にどうすればいいとは分からないが、頭を働かせ、奸智を扱うくらいでなければ、これからの戦いに勝ち残ることは難しい。

だが、サリアはその言葉の響きに、不思議なものを感じていた。

初めて聞いたとは思えない、それでいて記憶に違和感を生じさせる諫言。

何かが間違っている、正しいと感じるはずの言葉なのに。

「いや、今は目の前のことだ」

疑問をしまい込むと、女神は自らの神座へと向かおうとした。

『サリア』

虚空に届くかすかな呼び声に、サリアは一瞬足を止め、小走りに門へと向かう。

「どうしたシェート？　何があった！」

返事はない、というより別の何かに気を取られている雰囲気が漂う。嫌な予感を抱えながら神座に飛び込んだサリアは、水鏡に映る姿を見て絶句した。

薄暗い街道の真ん中、ゴブリンの死体を挟み、傷だらけの人間を前にうな垂れるコボルトの姿に。

「何があったのだ！　シェート！」

08 宿命の重さ

夜明け少し前、空がようやく濃い藍色に変わり始めた頃、シェートは自然と目を覚ましていた。

地面につけていた耳に、遠くからの地鳴りが響いている。大きなものではないが、荒々しく地面を踏みつける馬蹄の振動。

「サリア？」

声を掛けるが、反応はない。おそらく神座という場所から離れているのだろう、暗い森の中で周囲の匂いをかぎ、直接自分への脅威がないことを確かめる。

弓を手に隠れ場所から抜け出す。街道から少し離れたこの場所に届くほどの蹄の音、その事実が胸を不安にさせる。

そして、森の梢を透かして西の方に、ちらりと立ち上る火明かりが見えた。

「あれ……」

それに気を取られた瞬間、いななきが大気を震わせた。

蹄と車輪が街道を削り、今にもバラバラになりそうな振動を撒き散らして馬車が走っていくのを感じる。

そして、もう一つ。

「ひゃあっ！　にげろにげろおおっ！」

「おおおおっ！　いけいけいけー！」

はやし立てる下卑ただみ声。荒々しく鳴り響く車輪と、それを引く駄獣の叫びが、先行する馬車に追いすがっていく。

「た、助けてくれっ！　だれかぁっ！」

明け方の森に悲鳴が木霊する。明らかに魔物に誰かが、人間が追われている。

どうする、弓を握り締めたまま、シェートは自問した。

自分にとって、人間の生き死になどどうでもいいことだ。むしろ自分達コボルトを狩ってきた、因縁浅からぬ相手でもある。

助ける義理など、ない。

矢のたくわえも少ないし、相手が多勢であれば自分の身を危険にさらすことになるだけだろう。

「うわああああっ！」

「ぎゃははははは！　おれのゆみ、めいちゅうっ！」

「にんげんはいっぴきもにがすな、まおうさまのめいれいだ！」

だが、勘に障る。

あの独特の、しわがれた、嗜虐心に満ちた声と、追い詰められた悲鳴が。

気がつけばシェートは矢を番え、音も無く森を走り始めていた。

粉々に砕けた荷台の残骸が、自分の命を救ってくれた。だが、自分の傍らに身を投げ出している馬は、耳の裏を射抜かれ、ひどい形相のまま泡を吹いて息絶えている。

しかも、肩口がひどく痛んでいる。投げ出された時に付いた傷が、次第に強烈な疼きを伴って苦痛を訴え始めていた。

「けけけ、おにごっこ、たのしいなぁ」

「ひひ、ほら、はやくにげろ」

無毛の顔にいやらしい笑みを浮かべ、意外にきれいに磨かれた小剣を手に、小鬼達が迫ってくる。

昔、村の老人に聞いたことがある、ゴブリンは鎧の手入れは苦手だが、武器は大層ぴかぴかに磨き上げることができると。

「く、くるなっ！」

腰のベルトにつけた小刀を抜き、必死に構える。それでも連中は歪んだ笑みのまま、じりじりと距離を詰めた。

「ほら、もっとにげろ」

「にげたらおまえのせなか、これでさす」

「おれもさす」

「おれも」

「おれはゆみだ」

武器は相手を痛めつける道具。

だからゴブリンは、武器の手入れだけは心を込めて行うと。

「や、やめろっ！」

以前、魔王の侵攻があった土地を通り抜ける時、街道脇の木に吊るされていた死体を思い出す。皮をむかれ、内臓をむき出しにされ、残酷に痛めつけられた死体。その作り手たちが、満面の笑みを浮かべて、武器を振りかざそうとした途端。

どっ。

重く、鈍い音が、突然耳朶を打った。

「が……ぁ？」

一番後ろに控えていた弓持ちのゴブリンが、膝を突いて地面に伏す。

ひうっ、という風鳴りが響き、

「あがっ！」

次いでもう一匹が、

「ごっ！」

さらにもう一匹、

「だ、だれぐっ」

振り向いた一匹の眉間に、一本の矢が深々と刺さる。

あっという間に五匹の追っ手は一匹を残し、物言わぬ死体になって転がった。

薄暗い街道の先に、誰かが立っている。

背がひどく小さいが、弓の腕から子供ではないことは分かる。村の傭兵はみんな死んだはずだ、それならこうして自分を救うために現れた、この影は？

答えは、ひどくあっけなく顔を出した。

薄紫に染まっていく薄明の世界の中、犬そっくりの面立ちをした魔物が、影の中から浮かび上がってきた。

「な、なにをする！　おまえ！」

一匹のコボルトは再び矢を番え、無言でゴブリンに敵意を示す。

「おまえ、こいつひとりじめするきか⁉」

苦々しげに言い放ち、それでもゴブリンは、下卑た笑いを浮かべた。

「へ、へ、わかったよ。こいつ、おまえにやる。にげたにんげん、まだまだいっぱい、むらにもいっぱい、こいつぐらい、おまえにやる！」

相手が強いと分かれば即座に下手に出る、話に聞いていたゴブリンの本性に胸がむかつく思いだが、痛みと恐怖で動くこともままならない。

だが、コボルトのほうは奇妙な顔でこちらを見て、それからゴブリンを見た。

「……そいつ、俺、くれるのか」

「そ、そうだ！　にんげんいためつけるの、たのしいからなぁ。おまえに、こいつをやるよ」

「そいつ、お前のものか？」

「そ、そうだ！　こいつはおれのもの！」

コボルトの問いかけに、ゴブリンは嬉しげに叫んだ。

「こいつはにんげん、しかものうみん！　とってもよわい！　つよいおれたち、こいつらをてにいれる！　こいつらよわい、だからおれのもの！」

「……そうか」

それは、深い、腹の奥底から搾り出された言葉だった。

「「ひっ」」

期せずして、自分とゴブリンの喉が、同じ悲鳴を搾り出す。

コボルトの顔は、怒形に変じていた。

歯を食いしばり、犬歯をむき出しにし、目に殺意を漲らせて。

番えた弓の先、目が痛くなりそうな白光が結集する。

「なら、弱いお前、命、俺のものか！」

「や、やめろ！　おれたちはなかま」

ばぢゅんっ。

そんな風に聞こえる鈍い音が、厭らしい魔物の顔を完全に吹き飛ばす。

何も言わなくなったゴブリンの体ががっくりと膝をつき、地面へと汚らしい体液をぶちまけた。

コボルトがこちらに近づいてくる。弓を収め、魔物の死体を蹴り退けて。

その顔は未だに険しく、自分を値踏みするように見つめている。

「大丈夫か」

かけられた言葉に、自分の喉は、正しい言葉を放った。

「よ……よるな！　化物！」

伸ばそうとしたシェートの手が、途中で止まる。目の前の人間は怯え、震えていた。

「ま、まて、俺」

「ちくしょう！　どいつもこいつも、俺らをバカにしやがって！　な、なにがよわっちいだ⁉　だから俺のものだって⁉　ふざけるな！」

手にした短刀を突きつけ、罠にかかって死に掛けたキツネのように、男は涙を流して絶叫した。

「この化物め！　クソッタレの魔物め！　誰がお前のものなんかになるか！」

「あ……」

分かっていたことだ。人間にしてみれば、結局自分も魔物に過ぎない。この一幕も、目の前の獲物を勝手に取り合っただけの、仲間割れとしか映らないだろう。

『何があったのだ！　シェート！』

かけられた女神の声に、ふと顔を上げる。男はそんな動作にすら驚き、こちらを見つめていた。

「なんでもない」

『なんでもないではない！　一体その男はどうしたのだ！　それに、その魔物の死体は』

問いかけに答えず、男に背を向ける。

歩み去って数歩、男が刀を取り落とし、すすり泣くのが聞こえた。

『……この付近にある村が、侵攻を受けたようだな。彼はそこの住民だろう』

「そうか」

『彼を、助けたのか』

「違う」

言い知れない憤りが、胸を疼かせる。

続けた言葉は、泥沼のシチューのように、黒く煮えたものになった。

「俺、ゴブリンの声、聞いた。それ、気に入らなかった。だから、ゴブリン殺した。それだけ」

『……そうでは、ないのだろう？』

「違う。それだけ」

本当にそれだけだ。それ以上の意味も価値もない行為。

『だが、それでも、結果的にお前は彼を救っている。それは、良いことだと思う』

「……そうか」

辺りに、寂しげないたわりの薫りが漂う。透き通った花のようなそれを嗅ぎ、シェートは少しだけ顔を緩めた。

『それで、逃げたものは彼だけか？』

「ゴブリン、言ってた。村、捕まった人間、まだいる」

『……シェートよ。少々酷なことを願うが、よいか？』

「村、救え、か？」

サリアは深々とため息をつき、言葉を続けた。

『さすがに、そなただけではそれは無理だ。だが、情勢を見て、魔物の軍を混乱させるくらいはできるかもしれん。せめて様子だけでも確認したい』

「そうか。分かった」

『すまない』

気は重かったが、足を無理矢理に速め、森に入って村の方向を目指す。その間も、さっきの男の顔が、頭から離れない。

それでも進むことだけを考え、シェートは森の端にたどり着き、瞠目した。

「う……っ」

朝凪が終わり、風が渡るこの時間。

さわやかな冷たさに混じるように、物の焼ける臭いが交じり合って吹き付けてくる。

元は小さな集落だったその場所は、破壊の限りを尽くされていた。

村を囲う、石造りの胸壁は粉々に砕かれ、手近な家が巨大な質量に押しつぶされ、半壊していた。

木造の家には例外なく火が放たれ、黒く焼けた残骸となって朝日に照らされている。

その惨状を飾るように、いや、飾るためだけに人間達の死体が陳列されていた。

焼け残った木々に吊るされた死体。

井戸のつるべに桶の代わりとして掛けられた生首。

壁に貼り付けられ、射的の的になった傭兵。

食いちぎられ、踏み荒らされた子供の群れ。

真っ先に火を放たれたらしい畑には、消し炭になった麦の穂の上に、案山子として貼り付けになった農夫たちがいる。

自分の立つ場所のすぐ近く、村を貫く通りにも、無数の人間が転がされていた。

「う……あっ」

それまでの苦い気持ちが、ずるりとシェートの中で剥がれ落ちる。

この惨状は、まるで。

「俺の……村、同じ」

『魔王の軍は、容赦などしない』

サリアの声は平板で、だからこそ周囲に爆ぜるきな臭い怒りの匂いが際立っていた。

『彼らは、殺し、壊し、飲み込んでいくだけだ。そうすることに何の抵抗もない。それが役割なのだから』

「役割……」

化物の役割。それは、人を殺し、恐れられること。

「俺も、そうか？」

『そ……それは……』

サリアは、何も言わないまま、ただ悲しげな香りで語った。それでも、その慰めもむなしく感じてしまう。

シェートの視線の先、人間の死体に混じって転がる、コボルトの死体。

追い立てられたか、あるいは自分の意思か。

片手に錆びた剣を握ったまま、鋤《すき》や鍬《くわ》などの農具で頭を割られた者がいる。

それでも背中を斬られた死体が圧倒的に多い、あるいは無造作に刺されたものも。

「俺達の、役割、あれか」

『シェート……』

再び風が吹き、肉のこげる不快な臭気が漂う。

それは、弱者の臭い。

追いやられ、押しつぶされ、楽しみのために絞られた者の放つ臭い。

『……シェート！　気をつけろ！』

「どうした」

鋭い叱責に、腰を低く落とす。目の前の光景に囚われていた心が、村はずれの喧騒を捉えた。剣戟と、魔法の解き放たれる脈動が大気を震わせた。

「だれか、戦ってる⁉」

『勇者だ』

サリアの緊張がこちらに伝染する。とはいえ、自分以外のものと戦っているなら、こちらには気がついていないのだろう。

音は次第に激しくなり、その片鱗が突如として小屋の一つを吹き飛ばした。

「っ⁉」

それは、巨大な剣。その切っ先に吹き飛ばされて、鎧を身に着けたオーガがなすすべも無く崩れ落ちた。

ありえないほどの長大な刃渡りを持つそれを、軽々と振り回すのは、黒を基調にした鎧をつけた、異世界の青年だ。

『彼は見たことがある。〝覇者《はしゃ》の威風《いふう》〟ガルデキエ殿の勇者だ』

「強いのか?」

その問いかけが白々しく感じるほどの光景が展開されていく。巨躯を誇るオーガとトロールを数体向こうに回しても、まったく威力の衰えない一振り。

他の仲間も精強で、魔術師が二人と神聖騎士を一人という、攻撃を重視した布陣になっていた。

周囲の被害を一切省みず、爆炎がはじけ、大剣が一切をなぎ倒していく。

それでも、こんな崩壊した世界の上で繰り広げられる闘争の図絵は、悪逆の限りを尽くした魔が討ち滅ぼされていく英雄譚そのものだった。

あっという間に敵が駆逐され、囚われていた人々が解放されていく。

「……勇者様」

「ありがとうございます、勇者様」

「勇者様ぁっ!」

「我らの救い主! 勇者に栄光あれ!」

仲間を従え、生き残った人々を前に賞賛を浴びる青年は、どこか誇らしげで。

シェートはそれを、ただ物陰から見つめ続けるしかなかった。

足下に累々と横たわる、魔物と人間の死体を。

それを隠すように生み出された人垣を。

そして、朝の光を浴び、青空を背景に立つ勇者たちを。


気がつけば、シェートは森の中を歩いていた。

頭の中には今朝見た光景の全てが、ぐるぐるとめぐっている。

魔物の侵攻につぶされていく人間達の世界と、生み出されていく憎悪。

その一切を打ち払う勇者の存在。

「サリア」

ふと立ち止まり、シェートは空を見上げた。

『どうした』

「俺、一体、なんだ?」

唐突な問いかけに、返す言葉もない女神に、コボルトは続けた。

「俺、魔物。でも、女神の力、持ってる」

『そなたは、そなただシェート』

「でも俺、バケモノ!」

言葉が響き渡り、静かな森に吸い込まれていく。鳥が僅かに騒ぎ、小さな獣達が散り去っていく。

「人間、俺、魔物言う。勇者、俺、レアモンスター言う。神の勇者、する。それでも、変わらない！」

言葉にするたびに、事実が食い込んでいく。

自分の取った行動など、世界にとっては何の意味もないと。それは死に掛けで村に転がっていたときと、少しも変わらない事実。

コボルトという、世界にとって取るに足らない、弱い魔物であるという事実。

「俺、魔物殺す。仲間割れ、それだけ」

ただの殺害、野の獣が争う程度の意味しか持たない。

だが、勇者は讃えられ、崇められる。

その一方で、自分はレアモンスターとして狙われ、追い詰められて擦り切れていく。

「勇者、魔物殺す、人間喜ぶ。魔物、コボルト、殺されて喜ばれる」

『シェート……』

「サリア」

食いしばった歯の間から、シェートは苦鳴をしぼり出した。

「俺……死ぬが、いいのか」

『そんなことある訳がなかろう！　そなたはあの時』

「そうだ！　俺、生きたかった！　でも、それ、許されない！」

その叫びに、心の中がぱくりと裂け、声があふれ出す。

『慈悲をかける必要はありません。あれは魔物です』

『殺し殺されはこの世の理さ。アンタだって魔物だろう？』

『そなたもその苦界の一員、願いがどうあれ、魔物で在る以上看過はできぬのだ』

『今ここでこいつを殺したい。殺せないまでも、シュウトのために一矢報いたい』

『どうしてお前は、勇者を殺したんだ』

『決まってるだろ！　そいつが魔物だからだよっ！』

『よるな、化物！』


「みんな、俺に、死ね、言う」

ただのコボルトでいたときには感じなかった、世界の声。必死に、追い払おうとしたそれが、あふれ出していく。

『だからなんだ！　私はそなたを生かしたいと思ったのだ！　シェートというお前に、生きるなどと、誰にも言わせるものか！』

「それ、サリアだけ！　俺、もう誰も居ない！　母ちゃ！　弟達！　仲間！　ルー！　誰も！　誰も居ない！」

死者への弔いは、勇者の死で幕を閉じた。その先に待っていたのは、誰も共に居ない世界だけ。

仲間は皆死んだ。そして今日も仲間になれたかもしれないものが、村の瓦礫の中、意味もなく死んでいった。

「どうして、俺、生かした」

うずくまり、コボルトはしぼり出した。

「どうして俺、生きてる」

しぼり出しながら、心のどこかで自分をあざ笑う。

『それは、お前がひどい魔物だからだ』

体を丸め、心に浮かぶ言葉に押さえつけられながら、それでもシェートは自問した。

どうして、自分は生きるのかと。

09 たくらみごと、たばかりごと

「良くやった」

そう言って、勇者を労うガルデキエを、イヴーカスは黙って見つめていた。

「なに？　……まぁ、よかろう。だがあまり救護に時間を掛けるな。一刻も早く魔王を討伐することが貴様の使命、焼けた村などに構う暇などないぞ」

水鏡には、荒れた村落を背景に彼の勇者が映っている。魔物を駆逐する勇者の姿は全てここで見ることができた。というより、あえてガルデキエが見せびらかしたのだ。

ゼーファレスのことを見栄坊と言っていた本人がこれでは、こみ上げてくる皮肉な笑みを、誰にも気付かれぬようかみ殺す。

報告を終え、水鏡を消し去ると、ようやく嵐の神は背後に向きなおる。

「くだくだしく述べるつもりはないが、斯様《かよう》な戦いこそが、我らの勇者に求められておるのだ。魔を滅ぼし、悪を討つという戦いがな」

そこに居並ぶ神々の顔は、大分うんざりした表情をしていた。他の神の勇者が戦功を立てる姿など、見ていて面白いものではない。とはいえ、風船頭の方は、そんなことに頓着するような性質でもない。

「聞け！　我が言の葉に集いし神々よ！」

豊かな顎鬚を揺らしながら、壇上の嵐の神は、一堂を見回して声を上げた。彼の神座は巨大な円形闘技場を模しており、会合にはもってこいの場所だった。

「時は一刻の猶予もならなくなった。彼の〝知見者《ちけんしゃ》〟は軍馬をまとめ、海を渡りてモラニアの地を平定せんとの心積もりだ！」

身の詰まった体は押し出しも良く、こうした集まりではひときわ映える。自分では決してこうはいかない。

「その折、邪神めを征伐に掛かるは、当然の仕儀となろう！　しかし、彼の神の手を煩わせることはない。我らの手によって兄神を弑逆《しいぎゃく》せし、邪なる女神を誅するのだ！」

嵐の神の言葉に、一堂は盛大な歓声を上げた。その数は百に届くほどで、おおよそモラニアに勇者を使わした神々の、ほとんどが会していた。

「魔を滅ぼし、邪を罰し、過ちを犯したものを誅するのだ！　大義は我らにある！」

この戦に大義などはない。

そもそもゼーファレスは、神々にとっていつかは蹴落とすべき敵でしかなく、その傲慢な物言いに反感を持っていた者も少なくなかった。だが、あえて彼の復讐という錦旗を立てるのは、後ろめたいからだ。

たった一匹のコボルトを、衆を頼んで押し包む。その理由はただ一つ、サリアーシェがどのような加護を以って相対するか分からないから。下手に手を出せば返り討ちにあうのが落ち、だが勇者が一団となればその脅威は分散するだろう。

みな必死に自分の利益を守り、最大限に儲けを引き出そうとする。だが、それを露にするには、あまりにも敵が小さすぎた。

故に立てられたのだ、邪神討滅という御旗が。

「それはいいのだが、ガルデキエよ。彼の女神の配下は行方をくらませ、所在も分からぬと聞くが」

「アノシュタット平原を抜けたところまでは分かっておる。その後は、まぁ俺に任せよ」

優越感に目じりを緩ませ、尊大に言い放つ嵐の神。この男は、見ていて本当に滑稽極まりない。こちらがもたらすサリアーシェと勇者の情報、それの使い方をまるで理解していないのだ。

神々に協力を要請している以上、敵の情報を自分だけが所有しているという状況は避けなければならない。それぞれが対等の立場である、という建前があるのに、ことさら自分が優位であると誇れば、それが反感となって関係に亀裂を生じさせる。

現に、彼を見る視線は不満と苛立ちに濡れていた。あれが憎しみや裏切りに変わるのもそう遠い話ではないだろう。

「まぁ、ガルデキエ殿に任せておいて損はあるまい。自らの勇者にのみ功を与えるなど、二つ名に恥じるような真似は、決してなさらない方よ」

青い肌の海洋神がいいタイミングで口火を切る。その通りだと、笑って頷くひげ面に浮かんだ怒りは、巧妙に押し隠されていた。

実質、この集まりのとりまとめをしているのは彼で間違いない。食えない男だが雰囲気を敏感に察知し、嵐の神の緩い足をすくっては、自分を印象付けている。

「それよりも、此度の戦は勇者のみで戦わせる、というのは如何なものかと思われるが」

ただ、自分の利益のことになると、途端に我が強くなるのがこの男の難点だ。これさえなければ、もう少し信を置いてもよかったろう。

「その話はもう済んだではないか！　〝波濤《はとう》の織り手〟よ！」

神々の中から不満の声が上がり、さらに別の神が言い募る。

「元々、勇者の仲間に仕留めさせた場合、魔物から得られる経験値は少なく算定されるのだ。その上、討伐に参加したものに等しく所領を割譲するとなれば、仲間を入れずに勇者のみに参加させるというのが実際的というもの」

「しかし、勇者の中には仲間を支援して戦う技を得手としているものもおり」

「だからこそ、こうして集ってるのであろう！　早めにそなたの勇者にも通達し、他の者と連携を取られればよいではないか！」

結局、海洋神はそのまま押し切られる形で沈黙していった。おそらくこの場は引いてみせ、協力関係を取り付けた神と抜け駆けでも画策するのだろう。最終的には、その神の勇者すら出し抜いて。

その感情が透けて見えるからこそ、この神とは誰もが距離を置く。嵐の神ほど嫌われているわけではないが、最終的にはその側に誰もいなくなっていくのだ。

「それで、具体的な仕掛けはいつ頃に？」

「魔物は森を拠点に動いておる。それさえ考えれば居場所はおのずから絞れよう。分かり次第即座に通達するが、できれば大陸中央の各都市に勇者を進めて貰いたい」

「しかし、これほどの大所帯、連絡はどうする？　合議の間で角を突き合わせては、サリアーシェにも我らの動きを知られよう」

「お許しいただければ、それがしにお任せを」

途端に神々の眼に嫌悪が宿る。それでも、イヴーカスは影から躍り出て、衆目を集めた。

「何をしにきた、疫神ごときが」

「皆様の仲立ちをさせていただくべく、参上仕りました」

「貴様がか？」

「私の分け身をお使いいただき、それを通して連絡を取り合っていただければ、彼の女神にも知られぬように、それぞれの神座にあって策を進められましょう」

神々の眼が一瞬だけ色を変えたのを、ネズミの目は見逃さなかった。自らの神座で他の神に悟られぬよう状況を判断できる、そのことを喜色をもって受け入れたことを。

「だが、貴様はサリアーシェとも懇意にしていると聞く。よもやあやつにも我らの策を流し、裏切りを企てているのではあるまいな」

「もし、サリアーシェ様に御味方が一柱でもおありであれば、そのようなことも考えたでしょうな。ですが御身を、そしてその傍らにおられる神々をご覧ください」

小さな体は常に不利だ、武においても知においても。

だが、それはあくまでまっとうに生かした場合のこと。

「大きく、凜々しく、そして力ある神々です。そのような衆に、小さく、弱く、頼りないこの身が、何を好き好んで逆らいましょうか」

「口ばかり達者な奴め」

だが、疑念を口にした神の眼にも安堵が匂っていた。どんなに油断しないと考えているものでも、小さいという、ただそれだけで『脅威ではない』と判断する。

それが『油断』なのだとも気付かずに。

「この分け身をお持ちください。何事か見せられぬものがあれば、覆い付きの籠にでも入れられれば宜しい。お言葉をおかけくだされば、即座にお役に立ちましょう」

自分の小さなネズミ達が、神々の懐に入っていく。

「それでは、今日の集いはこれまでとする。皆、これ以降は神座から、イヴーカスを通して連絡を取るのだ、よいな」

嵐の神の宣言に、神々が散っていく。そして、自分と神座の主だけが残った。

「良くやったな」

「はい。これですべての情報はガルデキエ様がお手に握られます」

「なるほど。こんなことでもなければ、遊戯を行っている神の下に、配下など忍ばせようもないということか」

神座は、外部からの侵入を防ぐために、完全な封印が施されているため、容易に連絡を繋ぐことは出来ない。気を許した間柄であれば、配下や分け身を通して会話が可能だが、大抵は合議の間を使って会話を行うのが常だった。

「貴様の位の低さも幸いしたか。俺の栄達も、もう少しといったところだな」

すでにこの神の頭の中では、『自分の策』によって優位に立ったことになっているのだろう。〝知見者《ちけんしゃ》〟の動きが誰によってもたらされ、策が誰によって献じられたのかもすっかり忘れて。

「何か分かれば逐一知らせよ、よいな」

「はい。ところで、策が成りました後の割譲の件は」

「分かった分かった、うるさくねだらなくとも、忘れておらぬわ」

それだけ聞き終えると、イヴーカスは神座を辞する。

どうせ口約束。たとえ、百億に一つの間違いが起こり、あの風船頭が全てを手にしたとしても、自分には鐚銭《びたせん》一枚とて払う気はないのは明らかだ。

扉から出たところで、青い姿がすっと近づいてきた。

「イヴーカスよ、少しいいか?」

「何でございましょう」

何気ない振りをして歩いていく海の神。しかし、こんな待ち伏せのようにして話しかけてくるようでは、何も隠せていないのと同じことだ。

だが、彼は嵐の神ほど容易い存在でもなかった。

「そなたの勇者のことだ」

「私の、ですか?」

「ああ。今のところ、そなたの配下は名も成さず、モラニアにいるというだけしか分からぬ。それがちと気になってな」

ごまかせば不信を生み、それがあだになるだろう。だが、これは一つの好機でもある。

イヴーカスは、隠し持っていた言葉の刃を、そっと抜き放った。

「ガルデキエ様は、全て承知されております」

ぽつりともらした言葉が、青い顔に雷のごとく轟き渡る。

彼の神の後塵を拝することを、どうにも我慢ならないという心が、浮き上がる。

「魔物の居場所を奴が知っているというのは、そなたの勇者の働きによるものか？」

「先ほど彼の神に、我が働きに対する戦後の割譲のことをお伺いしました」

返事にならない言葉。

だが、雷鳴はもう一度轟き、海洋神は薄く笑いを浮かべた。

「あのお方の事だ、そなたの働きに痛く感じ入り、上にも置かぬ扱いであったろうな」

「はい。真に良きお言葉を頂きまして」

「そうか……そうか……ふふふ」

含み笑いを漏らしつつ、シディアは何事かを思案し、こちらの耳に口を寄せた。

「奴を見限れ」

「仰る意味が分かりませぬが」

「先の合議を見たであろう、奴には誰もついてこぬ。ここが潮時、そなたらネズミは沈む船にその身を置かぬはずだ」

たっぷりと意味ありげな間を置き、イヴーカスはこくりと頷いた。

「我が勇者の力は動物や魔物を操るもの。翼を持つもの、地を駆けるのが得意なものを使い、彼のコボルトをつけているのです」

「その力、我にも貸し与えよ」

「では、後ほど勇者に伝え、差配を行いましょう」

歓喜を抑えようともせず、彼は満足に体を震わせる。嵐の神に対して差をつけたという想いから。

「では、私からも一つお願いが」

「なんだ、申してみよ」

「ガルデキエ殿の情報が、我が勇者からもたらされたものであることを、他の神にもお流しいただきたいのです」

「隠しておくわけにはいかぬのか？」

あからさまに不満な表情、イヴーカスは首を振って先を続けた。

「今後はシディア様の下で、その力を振るうと、御付け加えください。そうすれば」

「なるほど。こちらが公明正大に情報を流すとなれば、あやつの発言力も激減すると」

「お伝えする神々については？」

「任せておけ。ガルデキエと懇意のものを除いて知らせてやる」

そして、満足げに去っていく海洋神を見送ると、イヴーカスは神座へと戻り、玉座に腰を下ろす。

『帰っておるか、疫神よ』

「お、これはホルベアス様、どうなされたので？」

分け身を通して届く声に愛想よく応じてみせる。向こうの様子は『見えない』が、それでも相手の表情は手に取るように分かった。

『どうせあの風船頭の参謀役を務めておるのは貴様だろう。この際だ、あんな吹き上がった奴など見限って俺につけ！』

「これは切り口上な。ですが私は」

『腹芸など受けるか！　もし背くものなら貴様の勇者を打ち倒し、疫神としての銘も取り上げてくれようぞ！』

お話にならない、これならまだガルデキエの方が百倍はましだ。

「分かりました。しかし、即座にお返事は出来ませぬゆえ、しばしお待ちを」

『ふん！　ネズミの分際で駆け引きとは！』

それきり途絶える声。

しかし——

『〝膿《う》み腐《くさ》れる妖蛆《ようそ》〟よ、聞こえるかや？』

「これはこれはミジブーニ様」

『おるか、〝病《や》み枯《から》らす黒禍《こっか》〟』

「はい、聞こえております、ディーザ殿」

引きも切らず、神々の声が届けられる。その一つ一つを丁寧に応対し、重要なものとそうでないものを選別していく。

「はい。ですが、いきなりそのようなことは――」

「ええ、分かっております。その暁にはぜひとも――」

「もちろんでございます。それで私はどのように――」

そのどれもがガルデキエ、あるいはシディアとの縁を切り、自分の下に来るようにとの誘い。常から多くの神々と懇意にし、あるいは疫神として仕えてきた結果が、目の前で花開いていく。

もちろん、その全てが自分を利用し、上位の神を蹴落とそうとしてのこと。

やがて、騒々しい陳情の全てを捌き切ると、ネズミは玉座の中に沈み込んだ。

「やはりな。誰一人、俺のことなど信用しておらんか」

当然だろう、八方に愛想を振りまき、誰の尻にでもついて回るネズミに好意など抱くものはない。

だが、『どの神にもついて回る』という性質から、敵の弱点が知れればという望みを掛けて、連中はこの身にぶら下がり続けるのだ。

思案から明け、玉座から降りると、イヴーカスは捧げ持つように水鏡を生み出した。

「〝銘《な》すら呼《よ》び給《たま》い得《え》ぬ方《かた》〟よ」

『どうした〝百《ひゃく》の忌《い》み名《な》の王《おう》〟よ』

水鏡を隔てた向こうからも伝わる威圧、それでも身を奮い立たせて言葉を搾り出す。

「御威光を下賜頂けた事、深き謝意を示させていただきます」

『別に貴様のためではない。元々東の大陸は併呑するつもりであった。あのやかましい〝愛乱の君〟の勇者により、海魔将が滅ぼされたと聞いてよりな』

「そ、それでも、御力なかりせば、此度のような振る舞いは思うにも叶うまいと」

『世辞はよい。せいぜい楽しませよ』

雲壌での邂逅で、イヴーカスは一か八かの賭けに出ていた。

それは、〝知見者《ちけんしゃ》〟に対するモラニア東征の奏上。


『我が軍に、モラニアへ侵攻せよと？』

『モラニアはゼーファレス様亡き後、空漠の狩場となっておりますれば。御身におかれましても更なる勢力の拡大が』

『……小神の疫神風情が、上位なる我に意見をするなどという愚を冒すには、それなりの目論見と覚悟があってのことであろうな？』

『そのお眼には、我が小ざかしき策など、掌を見るより明らかでございましょう。ですから、もしこの道化の跳ね回りがお気に召しますれば、なにとぞ、なにとぞっ』


『少なくとも、サリアーシェの無様な振る舞いよりは、貴様の小ざかしき策のほうが面白みがある。あれは所詮、勝負の綾を拾った凡愚、貴様は……少しはましな部類だ』

「は、ははっ、ありがたきお言葉」

『だが、今一つ駒が足りておらぬ。違うか？』

見抜かれている、そのことを恥とは思わない。相手が上位であれば素直に自分の弱さを認める、それが生き延びる秘訣だ。

「はい。我が勇者に与えられるものはすべて与えましたが、確かに駒が」

『そなたの勇者に、今居る地点より東に一〇キロのところへ向かえ、と伝えろ』

「そこには、何が？」

『強き魔物の住み着く迷宮が一つ』

思いもよらぬ助言に、水鏡の向こうを凝視する。赤髪の男は薄く笑い、頷いた。

「あ、ありがとうございますっ」

『正式な侵攻は一月後、先遣隊は二週間後にはつくと心得よ。コボルトの討伐が始まりし折には、我も見物させてもらうとしよう。励めよ』

それきり会談は終わる。

だが、小神たちの言葉より、はるかに大きな成果が残った。

「悟、聞こえるかい」

『ん？　なに……？』

「ああ、まだ寝ていたのか、ごめんよ」

寝ぼけまなこの勇者に、イヴーカスは優しく語り掛ける。

「起きて早々悪いんだけど、そこから東に一〇キロ行ったところに、一つダンジョンがあるんだ」

『今度はそこの攻略？』

「ああ。多分、強いモンスターがいるから、それを仲間にするといいよ」

『分かった。でも、クリスタルがそろそろ無くなりそうなんだ』

「そうか……それなら、ちょっと待っててね」

勇者とのつながりを一旦絶ち、イヴーカスは虚空に視線を投げた。

「イェスタ殿」

「ご機嫌麗しゅう、〝百《ひゃく》の忌《い》み名《な》の王《おう》〟」

「……それは〝知見者《ちけんしゃ》〟様に頂いた銘。今はまだ呼ばわるには早い、控えられ給え」

「失礼を。それで、如何なる御用で御座いましょう哉《かな》」

イヴーカスは低く笑い、それから目的のものを告げた。

「確かにご用意できますが。対価は、如何なされます」

「我が〝持てる物〟を全て」

「よろしいので？」

相変わらず笑ってばかりの審判者に、ネズミの神は頷いた。

「ちっぽけなネズミでも、このような賭けに出ることはあるのですよ」

「左様で御座いますか。では、私も楽しみに拝見させていただきます」

黒い姿が去り、つかの間、イヴーカスはその顔から表情を消した。これまでのことを思い返し、冷静に評価を下していく。

気ばかり大きい小神どものあしらいも、緊張を強いられた大神との謁見も済んだ。勇者への指示も滞りなく済んでいる。

残るは、ただ一つ。

「サリアーシェ様」

廃神と嘲られ、それでも小さな配下と共に奇跡を為した者。

兄を弑して大神となり、その勲しから邪神とそしられる者。

そしてただ一柱、自分を古き銘で呼んだ神。

息を一つ吐き、そして水鏡を一つ浮かばせた。

「ガルデキエ様」

虚空に結んだ鏡に呼びかける。その時には、イヴーカスの顔には虚無の欠片も無く、いつもの気の良さそうな笑顔だけがあった。

『どうした』

「〝知見者《ちけんしゃ》〟の兵団の侵攻、一月後とのこと。先遣隊は二週間後には到着の予定と」

『でかした。その旨、皆に伝えよ。貴様の勇者に魔物の位置を割り出させるのだ』

「はい。正確な割り出しのため、サリアーシェ様に接触を図りますが」

『構わぬ。他の者にもそのように言っておけ』

ガルデキエへの水鏡を消すと、イヴーカスは百の水鏡を一斉に浮かび上がらせ、分け身の向こうへと語りかける。

「御身にお伝えしたき儀がございます。我が新たなる主よ」

そこから覗く神々の顔は、どれも欲に浮かされた、満足そうな顔をしていた。

10 再誕

『〝知見者《ちけんしゃ》〟の侵攻は、一月後のことと決まりました』

イヴーカスの報告は淡々としたものだった。

『それにあわせ、おおよそ現地の日時で一週間ほど後、神々はサリアーシェ様の勇者を討ち果たす心積もりです』

その時、自分が何を答えたのかは覚えていない。多分彼は、他の神々に自分の憔悴しきった様子を嬉々として伝えたろう。

とはいえ、それにあまり意味があるとも思えない。

『どうして、俺、生かした』

血の滲むような言葉達を、シェートは吐き出した。それは積もりに積もった自分という存在への疑念。

走り続け、目的を果たすためには見えなくてもいい事実。

復讐者として刃を振っている間には、気がつかない現実。

コボルトは魔物であるという、そのことを。

「なぁ、シェートよ」

階の中段に腰掛けながら、サリアは呟いた。

「私は、お前から何もかも、奪ってしまったのだなぁ」

確かにあの時、命を救いはしただろう。

だが、そのことは彼をコボルトという役割から、引き剥がしてしまった。

弱者であるという役割、弱いままで生きて、死んでいける世界から。そしてその弱さのままに、強者の世界へと放り込んでしまった。

仲間も無く、力も無く、それでも必死に抗い続ける、その辛さの中に。

あの時、炎の中に没すれば、死の忘我の中で仲間たちの腕に抱かれたかもしれない。

あの時、勇者の刃にかかって死ねば、勇者と魔物の無慈悲な闘争の渦に揉まれずに済んだだろう。

「それでも、そなたは願っていた、私にはそう見えたのだ」

生きたいと、そう願っていると。

だが、それは自分の勝手な思い込みだったのかもしれない。炎の中に朽ちていく際に、草木が身を捻りながら天へと身を伸ばす動きを、生の躍動と思い違えるような。

「イェスタ」

「はい」

すっと傍らに差した影に、サリアは生気を失った声で問いかける。

「遊戯の辞退をすることは、出来なかろうな」

「それは禁じられております。一度他者を喰らえば、その身が滅ぼされるか、たった一つ柱になるまで、遊戯に興じていただきます故。決闘中であれば、不戦敗という形で処理させていただきますが」

「登録した勇者を変えることは」

「それも禁じられております。それを許せば加増された加護を以って、強き者を自在に呼びつけられます故」

光差す庭の光景を、サリアは眺めた。

そこに群れ集う神々は、先ほどからこちらに視線を向けこそすれ、それ以上の関心を向けようとはしない。

そのことに、サリアは意地の悪い喜びを感じていた。

自分もシェートと同じになっていると。

「今、持てる全ての加護を使い、シェートに人間の味方を作ることは、出来るだろうか」

「考え違いをなさっておいでですので、修正を。神々の布告は天啓という形で降らせなくてはなりません。それが人々にたやすく受け入れられるものであれば、実現も可能でありましょうが」

語っていく時の女神の声は、とてもとても、優しかった。

「コボルトを勇者として認め、馳《は》せ参じよ。と命ずることがいかなる困難か、御身は考えたことがありましょう哉？」

「信頼は、あらゆる攻撃を凌ぐ防御の鎧よりも、高くつくという訳か」

「むしろ、同族に布告を与え、かのコボルトに力を貸せと述べる方が、まだしも」

同族、その言葉にかすかに心が揺れ動く。

「今ある星の加護を使い、それを成すことは？　そして、シェートについてゆける力を身に着けさせることは？」

「呼びつけることは可能でありましょう。力に関しては、どうにも」

「どうにも、とは？」

「コボルトは心根の弱い生き物。それに強力な武器を持たせたところで、どこまであの過酷な旅程に耐えられましょう」

そうだ、たとえ一時の熱情とはいえ、シェートは自ら過酷を選んだ。それを何も知らない一介の弱い魔物に、同じような心を期待することはできない。

考えれば考えるほど、加護の力が頼りなく思えてくる。

結局、コボルトというのは穴の開いた木桶のようなものだ。必死に補修したところで、それよりも良いものと比べれば、最初から選ぶ価値の無い代物に過ぎない。

「心身をいじる付与も、禁じられているのだったな」

「恐怖心を払い、勇気を与える程度は認められておりますが、記憶の操作や感情・行動の完全な制御は、結局のところ神の操り人形を作り出してしまうだけですので」

「思う以上に融通がきかぬのだな」

「ですから遊戯なのです。ルールの隙を突き、自らを有利に進めることで勝利を得る」

そなたには分かるまい、口に出さずにサリアは毒を吐く。

その楽しいゲームのコマにされ、身を切るような痛みに耐え、それでも自分を否定されるものがいることなど。

「よく分かった。下がって良いぞ」

「それでは」

辞して消えていくゲームマスターを省みもせず、サリアは立ち上がる。そのまま西面の扉へと向かい、案内を乞う。

「〝万涯《ばんがい》の瞥見者《べっけんしゃ》〟にお目通りを」

『……もうしわけありません、サリアーシェ様』

声は森の乙女《ドライアド》ではなく、小竜のものだった。どこかすまなさそうというか、困り果てているといった風情で返事が来る。

『我が主はただいま現界中ですので、お入れすることができかねます』

「……いつごろ戻りに？」

『分かりかねます。主様《ぬしさま》のことですから、パソコンのパーツでも漁っているか、稀覯本《きこうぼん》でも漁っておいでなのでしょう』

竜神の放浪癖は有名で、最近では人の身に混じって世界を彷徨しているらしい。それでなくてもサリアの関係者と目され、やらなくてもいい交渉をする羽目になっているのだ。

「ありがとう。お帰りなられたらまた参じることにしよう。竜神殿には、ご迷惑をおかけしたと伝えてくれ」

『いえ。あれはもう、サリアーシェ様とは関係ないというか、一向に最高神の一つ柱であるという自覚を持っていただけない、あの方に全面的な問題が……』

愚痴り始めた小竜に暇を告げ、苦笑しながら自らの神座を目指す。

神座へ繋ぐよう声を掛けようとして、サリアはふと、思い直す。

今、シェートに何かを言おうとしても無駄だろう。それに、自分も気の利いたことを言える自信も無い。

「幾星霜、神域を守る美しき緑の乙女よ、我が意を聞き届け、愛しき地への門を開け」

開いていく扉の向こう、赤錆びた自らの星が見えていく。

皮肉な話だ、以前は絶望を象徴するはずだったその赤さを、今では自分の配下となったコボルトの苦しみを分かち合うためのよすがにしようとしている。

心根の身勝手さにあきれながらも、サリアはその光景の中へと進んでいった。


いつの間にか、朝が来ていた。

シェートはそっと手を顔に当て、それからごしごしと擦る。

毛皮には濡れた跡は無い、泣いているかと思った一瞬もあったが、そんなものはとうに枯れ果ててしまったのかもしれない。

胸の痛みは一晩たって、鈍いものに変わっている。

それでも、やはり変わらないものはあった。

「どうして、俺、生きてる」

起き上がり、背を幹に持たせかけ、ふっとため息をついた。

森は今日も穏やかで、風がこずえを揺らしていく。ことさら耳や鼻を使わなくても、周囲の様子が感じ取れた。

枝に掛かった巣の小鳥達は、もうそろそろ巣立ちだろう。鳴き交わす声は親鳥とそれほど変わらない。こちらに興味があるのか、リスたちが巣穴を行ったり来たり、頭の上にある枝を何匹かが駆け抜けていく。

風に乗ってやってくるのは、そろそろ盛りの時期を迎えた鹿の体臭。それと、ウサギが地面をぱたぱたと叩いて掛けていく振動が腰に伝わっていた。

このまま弓を手に歩き出せば、狩りは始まり、日の落ちるまで山野を駆けるだろう。

ただ、そうしているだけで、良かったのに。

何の悩みもなく、穏やかに日々を暮らせたら。

「どうして、生きられない？」

それは自分が、コボルトだからだ。

魔物であり、人類の敵対者であり、そして最弱の存在だから。

結局、答えはそこに戻ってきてしまう。

「どうして、コボルト、殺される？」

そのように作られたから、そう作ったものがいるからだ。そんなことは分かっている。

だが、そんな定めを誰が作り上げたのか。

望んでもいないものに、そんな役割を押し付ける者は誰なのか。

『お前、むつかしいこと、考えたな?』

忘れかけていた、遠い声が蘇る。腰に手をやり、引き抜いた山刀を目の前にかざした。

「父っちゃ」

鋼は木漏れ日を跳ね返し、表面に浮き立った粗い粒子が鈍く耀いている。

この刀を貰うほんの少し前、父親は狩りの負傷がもとで床に伏せっていた。その時に同じことを聞いたことを思い出す。

『どうして、俺達、弱い。魔王、そんな俺達、作った』

『そうだな。俺もそれ、思ってた』

口数は多くなかった。昔のこともあまり語ろうとせず、元々群れにいたわけではなく、どこか別の土地からさすらってきて、母親と出会ったと聞いた。

『俺達、食い物か、みんなの』

『……そうだろう。俺、確かにそう思った。魔王の軍、いたとき』

自分以外、誰も入らないよう言い渡された天幕の中、語られた言葉。

力も弱く、魔法もつかえないコボルトの父が、それでも軍の中で生きられた理由。

山野草の知識、山の動物の知識を使い、ゴブリンの魔術師に仕え、さまざまな所業に加担してきたことを。

『毒、作った。拷問道具、作った。どうすれば、生き物、長く苦しむか、あっけなく殺せるか、知った。そして、分かった』

実験の末に殺されていく同族たち、人間達。そんな自分達の弱さ、命の脆さを。

その果てに、父親は逃げた。ゴブリンの魔術師を、毒で殺して。

『俺達、そうあるよう、作られた。弱いもの作る。それ、いじめる。そうして、軍の乱れ、少なくなる』

『じゃあ、俺達、殺されるため、生きてるか』

その時の父親は、その言葉の重さから逃れるように、天を仰いでいた。

『でもな、シェート。俺、生きたかった』

山刀を収め、シェートは立ち上がる。

記憶の中の父親は、どうしようもない感情を抑えられないまま、涙を浮かべて笑っていた。

生きたい、生きていたい、お前達と一緒に。

そう語りながら、結局父親は、あっけなく死んだ。

狩人よりは薬師として名を知られていた父親のことを、誰もが悼んでくれた。


『生きろ、シェート』

自らの一振りを手渡し、今わの際に父親はそう言った。

『俺、生きたい。それより強く、お前達、生きていて欲しい、思う。イルシャ、弟達、頼んだぞ』


その約束は果たせなかった。母親も弟達も、恋人も守れなかった。

それでも、自分は、生きている。

「父っちゃ……俺、どうして、生きてる？」

どこへというわけもなく、歩き出す。

その一歩ごとに湧き上がる、昔の記憶と共に。


赤く色づいた星に降り立ち、サリアは天を仰いだ。

照り輝く太陽は白く、世界を暖かく包み込んでいる。止むことのなかった風は、すっかりと凪いでしまっていた。

「な、なんだ……これは……？」

苛烈な大気はすっかりと和らぎ、潤いすら漂っている。

そして、サリアは感じていた。

「水の匂い……だと」

気がつけば、むき出しの岩肌にも、錆びて崩れた大地にも、赤以外の色合いが混じりこみ、薄い地衣類の繁茂が広がり始めている。

呆然と歩き出したサリアの前に、それは姿を現した。

満々と水を湛えた、大海原。

門による転移に間違いはない。それに、世界は確かに自分の神威に満ちていて――。

「まさか……」

遊戯の勝利者が獲得するのは、世界を統括する権利と、信者の信仰心だ。

その二つが神に力を与え、治める世界へ神威となって放たれる。

それは神の、消すことの出来ない、切っても切れない本性。

「兄上の所領から流れ込んだ信仰心が……私の世界を、潤したというのか⁉」

呆然と呟いたサリアの心に浮かび上がる一言。

『無一物』

あの時、イェスタは笑っていた。

『そう思われるなら、そのような事でありましょう哉』

このことを知っていたからこそ、笑っていたのだ。

「は……」

サリアは両手を、知覚を大きく広げた。まるで世界を抱きとめるように。

その感覚が伝えてくる、死に絶えたはずの世界が蘇る、無垢の産声を。

「はは……」

まだ生命と呼ぶにはか弱く、頼りない者達が、少しずつ芽生えていくのが分かる。暖かな海の中に抱かれ、繰り返す波の中にたゆたいながら。

「はは、ははははは、はははははははは！」

それら全てが鳴動し、自分に伝えてくる。

生まれたと。

私達は今、生まれたと。

「……まったく、なんてひどい女神だ、私は！」

ひざまずき、空を仰ぎながら、サリアは泣き笑った。

「無辜《むこ》の命を使いたくないと嘯《うそぶ》きながら、こうして自らの世界を潤しているとは！」

その声を聞いた世界が、主の帰還を寿ぎ、ふつふつと沸き立った。

私達は生まれた、主よ、と。

「ああ、そうだとも。お前達は、生まれたのだな」

自分の浅ましさを嘆きながら、それでもサリアは喜びを抑えられなかった。

死と無意味が拭われ、生と意味とが生まれ始めた星の上で。

「どうしてくれような、シェート。こんな罪深い私を」

気がつけば、何一つ失いたくないと思っていた。こうして新生した世界も、それをもたらしてくれた小さな魔物も。

潤った地面に大の字に寝そべり、女神はさらに大きく知覚を伸ばした。

その意識ははるか彼方、兄神が治めていた星々にまで届いていく。

人々が、祈っていた。

朝に、夕づつに、昼のさなかに。

聖堂で、社で、街中で、野原で、家々で。

あるものは敬虔に、あるものは邪に、またあるものは有るか無きかの希望を求めて。

兄神の神性によって、長く戦の絶えない世界であったかの地が、自らの神性によって平和と平穏を取り戻し、緩やかに傷を癒していこうとしている。

日々の暮らしと、安らかな生を求める人々が、祈りを上げていく。

女神よ祝福を、と。

「ああ……皆に、祝福を」

それは久しく忘れていた感覚だ。

世界を想い、世界に想われる事。そのつながりこそが、神を神たらしめる要素。

崇め、祈る者の無い神など、存続する価値は無い。同時に、その祈りを掛けられるだけの神威を、世界への愛を与え続けることが神の存在意義。

「イェスタ」

「ここに」

黒の女神は、いつの間にか傍らに座っていた。その姿に目をやり、そっと笑う。

「一言あっても良さそうなものだと思うがな」

「御身は自ら気が付かれました。差し出がましい諫言など不要でしたでしょう」

笑顔を崩さない女神に、サリアは空を見上げ、言葉を継いだ。

「そなたに仕事を頼もう」

「ありがとうございます。して、それは如何なる？」

「簡単なことだ」

サリアは立ち上がり、笑った。

「私の存在を買い戻してくれ」


涼しい木陰を歩きながら、シェートは思い出していた。ただの立ち木一本からも思い出せる、父親の声を。

『木、良く見ろ。それでその森、何が採れる、分かる』

差し掛かる梢達には、幅の広い葉が生い茂っている。こういう木々で出来た森は、動物も多い。尖った葉を持つ木々ばかりの森は、命の数も少ない。

その代わり尖った葉の木は、加工すれば家を建てる資材や、丈夫な道具を使う材料に使うことができる。

森を歩きながら、父親は色々と教えてくれた。実のところ、村のガナリよりも森のことを良く知っているくらいで、何度かガナリに推挙されたこともある。

『森、良く知る。それ、生きるコツ』

そう言って、父親の幻が幹を指差す。そこにあったのは、木の皮が何かに擦られて出来た擦過だ。

『この時期、鹿、気立ってる。雌と番う時期、縄張り、広くする』

狩るべき獲物であっても、気を抜けばこちらが狩られる。そのことを教えてくれたのも父親だった。

経験の浅い若い狩人をかばい、鹿の角に掛けられたのが、死の原因だった。

繰り返し繰り返し、教え込まれた生きるための力。

考えてみれば、自分が勇者を倒せたのも、父親が仕込んでくれたからだ。

『シェート、狩人、必要なこと、なんだかわかるか』

初めて弓でウサギをしとめたとき、そんなことを問いかけられた。


『いい弓か？』

『いや、道具より大事』

『仲間か？』

『もちろん、仲間大事。でも、同じくらい、大事』

『……分からない。一体、なんだ？』

『ここだ』


笑いながら、父親はシェートの頭を突付いた。

『考えること。どうやって狩れる、どうやれば生きられる、そう考える』

言葉が蘇って、シェートは呟いた。

「分かった」

どうして自分がずっと考えていたのか。自分の生きる意味を。

「俺、生きたい。だから、考えてた」

自分に死ねという世界に、抗うために。

「俺、生きたいんだ」

考えてみれば、いや、難しく考える必要など、無かったのかもしれない。

狩られるウサギですら、最後の一瞬まで駆け抜けるのだ。狩られるのを良しとせずに。

理屈ではなく、ただそう在りたいから、そう在る。

弱くても、定めでも、そう在りたいと願って抗うことは、どんなものにも許されているはずだ。

罪であろうと、悪であろうと、コボルトであろうと。

「じゃあ、どうする?」

それでも自分がコボルトで、狩人でしかないのも事実。

『シェートよ。狼狩りのコツとはなんだ?』

ふと、サリアの言葉を思い出す。

あの時まで、自分はただの狩人で、弱い生き物だった。

だが、弱い生き物であることが、弱い狩人であることの裏づけにはならない。自分の中にある力を使い、それを生かし続けようと考えたからこそ、あの勝ちが拾えたのだ。

あの時まで、自分は考えるのを止めていたのかも知れない。

でも、自分の技は、生きる力になると、もう分かっている。

「父っちゃ」

シェートの心が、思い出よりも深くに秘められた、それに手を伸ばす。

「俺、使うぞ」

それは父親から授けられた、もう一つの知識。

使うことなく朽ち果てていくはずだった、父親の秘伝に。


「シェート」

神座に戻ると、水鏡の向こうでシェートは何事かをやっていた。太い蔓や小石などを集め、それを結んだりしている。

『ああ、サリアか』

「留守にしてすまなかった……大丈夫か?」

『うん。もう、大丈夫だ』

その姿を見て安堵したものの、抱えてきた二つの報告をどう伝えたものか、さすがに迷ってしまう。

『何、あった。不安、すごく匂うぞ』

「まったく、隠し事が出来んというのも厄介だな……。率直に言おう、そなたを狙って勇者達が一気に攻めてくる」

こちらの言葉に、さすがにシェートは色を失った。それでも、その顔はすぐに真剣なものに変わる。

『山狩り。狂い熊、狩る、同じ。俺狩るか』

「だが、安心せよ。何とかそなたを守れる算段はついた」

『加護……使うか？』

その声は不満よりも、意外そうな雰囲気をかもし出している。

「少し考え方を変えてな。そなたを失うよりは、積極的に使うことにした」

『生きるため、みんな、捧げるか』

言葉に非難はない。どこか達観したような、それでいて諦めよりも意思が先に立つような語気。

「シェート、何かあったのか？」

『ない。でも、お前、そう決めたら、俺、従う』

「……勘違いするな。私は人など捧げない。世界もな」

そこで初めて、コボルトは空を見上げた。

『俺、レベルアップ、まだだ。それなら』

「案ずるな。空手形など切らん。ただ、少し準備に時間が掛かるから、可能になった時点でそなたにも教えよう。とはいえ、勇者達との対決には間に合うはずだ」

『そうか。ならいい』

黙々とコボルトが作り上げたそれは、蔓に小石や木片をいくつも挟み込んで作った一本の綱。下手に握れば使用者を傷つけかねない代物だ。

とても狩りの道具とは思えない、異様な形状。

「な……何を作っているのだ？」

『サリア、やっぱり、俺、何かあった』

どこと無く凄みを増した気がするコボルトは、訥々と思いを漏らし始める。

『俺、考えた。どうして生きる。みんな、俺、死ね、言うのに』

綱の具合を確かめ、先端に大き目の石を結びこむと、ゆっくりと振り回し始める。

『でもそれ、関係ない。俺、生きたい、だから、生きる』

回転が速く鋭くなり、顔が険しくなる。

『ふっ！』

呼気と共に綱が放たれ、目の前の木の枝に結びつく。小石や木片が枝に食い込み、小さな体が渾身の力を込めて綱を引いた。

耳に痛い擦過音が水鏡越しに伝わり、巻き付いた綱がシェートの足元に戻る。

そして、枝にはずたずたに裂けた傷跡が、深々と刻み込まれていた。

『生きたいから。生きるため、俺の全部、使う』

「シェート、それは……」

『父っちゃ、教えてくれた。大事な物、守る時、使え。言われた』

「そんなこと、今まで一言も……」

『これ、狩人の技、違う。父っちゃ、絶対、誰も教えるな、言った』

考えてみれば、先のゼーファレスの勇者の時、武器や罠の類はほとんど無意味なものになっていた。

しかし、今回の戦いに絶対防御の障壁は入り込まない。そして、シェートは自らの意思で、どう戦うかを考え始めている。

全てを見て、サリアは思い秘めていたことを口にした。

「シェートよ。そなたに一つ提案がある」

『なんだ？』

「この戦い、勝とう」

一瞬、コボルトの顔が不審に傾けられ、こちらの言葉の意味にぽかんと口を開けた。

「今まで私はどこか自分を捨てていた。廃れ、省みられなくなった神として、いじけておったのかもしれん。だが、私には守るものができた。私の世界と、お前だ」

『サリア……』

「重ねて願う。シェートよ、我と共に全ての勇者と魔王を降し、この戦いに勝利しよう」

『……先、言われたな』

苦笑しながら、コボルトは照れくさそうにマズルを掻いた。

『俺、前も、そんなこと言った。あのとき、勢いだけ。でも……今、違う』

目の前の小さな魔物は、すでに弱さを捨て去っていた。

言い訳なしの自分の力で、立とうとしている。

『俺、この戦い、勝つ。全ての勇者、そして魔王、狩り尽くす』

「そうか。それなら、もう一つ教えておこう」

『もう一つ?』

「勝者の権利についてだ」

以前なら思いもよらなかった、そのことが容易く口に出来る。

「戦いに勝利した勇者は自らの望みを一つ、叶えることができるのだ。世界の王でも、使いきれぬほどの財貨でも、絶世の美女でも。例外は、あるがな」

『死んだ奴、生き返らない、か』

「すまん」

『……なら、俺が欲しい、一つだけ』

コボルトはそっと囁くように願いを口にした。

『俺達、仲間達、誰も殺されない森、ひとつ、欲しい』

それは小さな、切なる願い。

胸に刻み込むと、サリアは頷いた。

「行こう、我がガナリよ。全ての敵を狩るために」

『ああ。一緒にやろう、ナガユビ』

こちらに触れるように、小さな手がのばされる。

サリアは水鏡に同じように手を伸ばす。

二つの手は、時と世界の隔てを超えて、誓いを乗せて触れ合った。

11 力の結集

新たな朝が来て、シェートは洞の出来た根方から起き上がり、歩き出した。

そのまま森の中を歩き、その一角で足を止める。そこには蔓罠に引っ掛けられ、逆さづりになったウサギが一頭。

まだ息があるらしく弱々しくもがいているが、すでに死に掛けていた。その頭蓋を軽く持つと、手早く頚骨を捻り折る。

蔓を外し、獲物を手に、コボルトは歩く。その鼻腔に、目的の地の臭いをかぎながら。

濃く、淀んだ、鼻を突く臭い。

歩み進んだ先にあったのは、くすんだ灰色で満たされた沼だった。その成分の半分ほどは泥で出来ていて、異臭はそこから放たれている。

「サリア」

ウサギの死骸を逆手に持ち、腰の山刀で首筋を断ち切る。そのまま、沼の中へと血を注ぎいれていく。

「仕込み終えたら、もう一つ、禁、犯しにいく」

『それ以外に、まだ何かあるのか?』

「勇者、もうすぐ来る。準備、少し楽したい」

さらに腹を割き、皮をはぐと、もも肉を残し、わたと残りの身を沼にほうり捨てる。さらに、頭蓋を砕いて、脳髄すらも沼に投じる。

「この辺り、コボルト村、あるか？」

『無いだろう。やってくる勇者達の動きもある、付近の魔物は掃討されているはずだ』

「分かった」

悲しみと一緒に、シェートは沼の近くに盛ってあった土を、さらに投じる。そして大きな枝を使い、ゆっくりと練った。

すでに澱みと変わらなくなった沼から、いくつかの骨が浮かび上がる。ウサギだけでなく、ネズミの骨もいくつかあった。

「これでいい。後、一日か二日、置く」

かき混ぜられた沼から、腐った卵のような悪臭が解き放たれる。その臭いに閉口しながらも、コボルトは頷いた。

「そっちの準備、どうだ？」

『これからだ。何かあったらすぐに知らせよ』

「そっちも、何かあったら、頼む」

腰の山刀を確かめると、シェートは走り出した。すでに目的地の目星はつけてある、あとはいかにすばやく動くかだ。

一切の迷いを捨て去り、コボルトは駆け抜けていく。

神座を出るとサリアは周囲を見回し、それから西の扉を目指した。庭園にいる神の数は極端に少ない。遊戯に参加している神々は、討伐の準備に追われているのだろう。

『サリアーシェ様』

回廊の欄干に隠れるようにして、小さなネズミが小走りでこちらに追いついてくる。それを視界の端に留め、それでも顔を向けずに答えた。

「イヴーカス殿、神々の動きは?」

『申し訳ございません、これ以上お話することは』

「我らは大陸中央、エレファス山脈の南端に陣を張ります。山脈北部に陣取った勇者達にその情報をお流しください」

ぎょっとしたようにネズミの動きが止まり、あわてて追いすがってくる。

『そ、そのようなことを申されてもよろしいので!?』

「構いませぬ。所詮逃げても逃げ切れぬ身、それならばいっそのこと、陣を張って迎え撃ちます……しばしお待ちを」

西の扉に立ち、サリアは声を高らかに名乗りを上げた。

「〝万涯《ばんがい》の瞥見者《べっけんしゃ》〟にお目通りを!」

『サリアーシェ様……もうしわけありません、まだ主様は戻られておりません』

「ならば、お帰りになり次第、以前の盟を結ぶ件、申し出をお受けするとお伝えください」

扉の向こうの小竜は一瞬言葉を失い、それからあわてた口調で声を上げた。

『そ、そのようなことを、こんな場所で』

「隠し立てしてもいずれは分かること。ただ、近々大きな戦がありますゆえ、それまでにお戻りにならなければ、お手数ですがそちらで急使を立て、即刻お伝えくださいますか」

『う、承りました！』

多分、かわいそうな小竜に気苦労を積み増ししてしまったろう。そのことを心で謝りつつ、サリアはイヴーカスの分け身に向き直る。

彼の考えも行動も、これまでのことを思い巡らせれば容易に想像が付いた。

だからこそ、ここからは彼を存分に利用し、同時に利用されることが重要になる。

彼のような狡猾さが、少しでも身に備わるように、そう願いながら言葉を紡ぐ。

「どうされました？　お顔の色が優れないように見えますが」

「は、はは、貴方も冗談がお好きなようだ。それで、この後はどうされます？」

「密談とまいりましょう、〝黄金《こがね》の蔵守《くらもり》〟よ」

完全に色を失ったネズミに向けて、サリアは嫣然と微笑みかけた。

まるで別の神格だ、イヴーカスは目の前で座を整える女神を見つめた。

ただの意地だけではなく、強い意思を感じる視線。ついぞお目にかかったことのない、静かな覇気さえ感じる。

すでに彼女は、綾で勝ちを拾った、迷える廃神ではない。自分が交渉するべき大神の一つ柱であり、覇を争うべき対手となったのだ。

「驚きましたな。あのような振る舞いに出られるとは」

古き神殿を模した洞の中、あえて分け身ではなく本体で相対する。他の神々の目が厳しくなるだろうが、そんなことは瑣末《さまつ》ごとだ。

「それは良かった。貴方には飲まれっぱなしでしたからね。ささやかな意趣返しができました」

「ま、まさか、それだけのために？」

「ご冗談を。あれも貴方と交渉するための布石です」

さすがに驚いてばかりもいられない。用意された飲み物を口にし、さっきの振る舞いを思い返す。

「あれほどの情報を大盤振舞い、しかも交渉材料として使わずにあえて公開してみせる……即ち、他の神々への牽制、ですな」

「ご明察。私としては一刻も早く、貴方が他の神に報を持って、馳せ参じて欲しいとすら思っておりますよ」

「やれやれ、薬が効き過ぎましたな。とうとう、貴方も私を使い走りに使うようになられましたか」

「薬、ですか」

こちらの言葉に、サリアーシェはうれしげに笑う。

「その言葉を聞きたかったのです、〝黄金《こがね》の蔵守《くらもり》〟よ」

「何のことでしょうな、こちらには分かりかねますが」

曖昧な言葉で確信を語り、こちらの想像力を刺激する話法。賢《さか》しらな話術の切っ先を見極め、イヴーカスはあえて確証を誘うべく、暗愚を装った。

「腹蔵はやめにしましょう。貴方は私を神々の餌とするべく肥やそうとしてきた。私という存在を高め、貴方の助力なしでは簡単に討ち取れないものとして。そうすれば貴方にはあらゆる機会が転がり込んでくる」

「……なるほど。貴方への評価を改めねばならないようだ」

混じりっけなしの賞賛をこめて、あえて笑顔を引っ込める。

同時に、ようやくそこまで読みきってくれたかという、安堵も沸いてきていた。

「して、そこまでこちらの真意を読んだ貴方は、私に何を望まれますか？」

「あなたの分け身を一つ」

短いその一言に、イヴーカスは、えもいわれぬ快感を感じた。

最後のピースが嵌り、最高の絵図が描き上がるという強い確信も。

自分の手から差し出された分け身を、美しい手がそっと受け取るのを見て、ネズミは微笑んだ。

「これで、貴方と私は一蓮托生、といったところですか」

「沈み行く船に乗るネズミはいない。〝狡猾は武に勝る力なり〟……でしたね？」

こちらが裏切ることを理解しながら、それでも女神は、屈託無い笑顔を向けてくる。腹芸ではなく、こちらへの賞賛すらこめて。

その表情に、ほんのつかの間、思考が白くかすんだ。

「……然様です」

短く答えると、イヴーカスは席を立ち、すばやく背を向けた。

「もう行かれますか」

「情報は鮮度が命ですからな。それでは」

普段なら決してしない、そそくさとした振る舞いで場を離れた。

なんと無様な、そう心の中で己を叱咤するが、それでも、この場にいたくないという気持ちが勝ってしまう。

いや、本当はその逆だ。今までにない心地よさに、この場にとどまりたいと思ってしまう自分を否定するために、足を速める。

これ以上、彼女と話をするのはやめよう、そう刻みこむ。

心に、彼女への好意が満ちる前に。


「女神が竜神と密約だと!?」

役立たずのネズミは、平身低頭して目の前に控える。その仕草も腹立たしいが、この段になって、女神がそんな札を切ってくるとは、思いも寄らなかった。

「まだ、確たることは何も分かりませぬが、広場にいた神々は、しかと聞き届けました様子で……おそらく彼らと懇意の神々は皆、ご存知かと」

「内容は!?」

「そこまでは。ただ、少なくとも討伐の際には明かされるものと、ぐふっ！」

軽々と疫神の体が宙を舞い、石の床に叩きつけられる。

「役立たずが！　何のために貴様をあの邪神と近づけたと思っている！　愚図めが！」

いらいらと神座を歩き、髭を撫で付けながら、ガルデキエは考えを巡らせた。少なくとも女神が陣を張り、こちらと完全に敵対することは分かっている。

ならばその誘いに乗り、一気に押し包めばいい。それに、いくら罠を張り、地の利を生かしたとて、所詮相手は一人だ。

「シディアに伝えよ。我が勇者と汝の勇者を組ませ、討伐隊の先陣を切らせよとな」

「……シディア様は、首を縦に振られますかな」

「そうさせるのが貴様の役割だ。それとな」

弱々しげに笑うネズミに顔を近づけ、ガルデキエは獰猛に歯をむき出しにした。

「奴に何を吹き込まれたか知らんが、俺を裏切るような真似はするな？」

「め、滅相な、何を根拠に、うぐっ」

「あの魚臭い水溜り野郎ごときに何が出来よう！　俺はな、知っておるのだ！」

踏みつけ、ぎりぎりと神威をこめて『圧する』。本来なら決して行ってはならない、神格への攻撃行為も、こんな相手なら思う存分振える。

「風船頭を見限って自分に付けとは！　まったくあの磯臭いフジツボごときが！　それで貴様は、我の情報を売りつけ、したたかに振舞っておるつもりか！」

「そ、そんなことは……ぐうっ」

「挙句、情報源を明かし、俺と他の神々の離間を行うか⁉　まったく、始末に終えん疫病神だな！」

「ぐあああああっ！」

苦しみ悶えるイヴーカスを蹴り捨て、床に転がす。それから玉座に腰を下ろし、惨めなネズミを見下ろした。

「これまで通り、俺に仕えよ。シディアとその勇者には、我と我が勇者が力を貸すゆえ、存分に力を振るえと言え。そして、こう付け加えよ。ただし、裏切ることは絶対に許さんとな」

「は……はい」

「きっとだぞ。次、シディアに相対した折、その言葉を聞いたか問いただす」

まあ、そんなことはどうでも良いがな、そう心の中で付け足した。

事ここに至って、あの神は完全な敵となった。小賢しく動き回り、陰口を吹聴して回るならまだしも、こちらの手駒を引き入れるなど以ての外だ。

この戦が終われば、ネズミにも用は無い。魔物使いの勇者の実力はすでに測ってある、あの程度なら簡単に打ち負かせよう。

神座から臭いネズミを追い払うと、ガルデキエは水鏡を虚空に浮かべた。

「そちらの準備はどうだ、我が勇者よ」

『そちらの準備はどうだ、我が勇者よ』

遠山文則《とおやまふみのり》は、このだみ声が嫌いだった。

一応、この異世界に召喚してくれた神で、今まで夢に見ていたファンタジー世界で、思う存分戦い、勇者生活を送らせてくれるのには感謝している。

ただ、自分のところに来たのが、なぜこんなオッサンの神様なのか、それだけがぜんぜん納得がいかなかった。

「あー、うん。準備って言うか、みんな集まってきてるよ」

そう言って周囲を見渡す。対して大きくもない町の、一軒の宿屋。その一階にある酒場は、まるでコスプレ会場だった。

現地住民の鎧は、大抵鈍色の鉄やアースカラーの皮鎧が中心だが、ここにいるのはみんな神器持ちの勇者ばかり。赤や青、緑やピンク、さらには金ぴかの鎧まで、とにかくバリエーションが豊かだ。

自分の方はごついプレートメイルに幅広の両手剣、どちらも黒でまとめてあるので、この中では、却って異様に目立つ。時々〝黒い剣士〟とか呼ばれることもあるので、ちょっと恥ずかしい思いもしていた。

『この後、正式な布告があろうが、申し伝えておく。今回の討伐は汝と、〝波濤《はとう》の織り手〟シディアの勇者とで頭目を張るのだ』

「頭目って……俺がリーダー!? マジで!?」

『まあ、そうだな。励むがいいぞ』

いきなりリーダーとか、そう思いながらも、文則は少しドキドキした。伝説の勇者の集団の、さらにリーダーをやる。やろうと思っても絶対にできない経験だし、すごくカッコイイ。

「うっわ、なんかこう、中二心をくすぐられるっつーか、いいねいいね！」

『無様はするなよ？　ゼーファレスの勇者は、コボルト風情に後れを取り、ひどい有様で首を取られた。ゆめ、油断はするな』

「っていうか……ほんとにそれ、ただのコボルトなのか？　話に聞く感じじゃ、かなりヤバそうなんだけど」

ここに来るまでの間、ガルデキエは散々ゼーファレスとか言う神様の悪口を言いまくりだった。それ以上にサリアという神様と、コボルトのことはぼろくそだった。

だが、他の勇者達と合流し、もう少し冷静な評価を聞くうちに、気分はすっかり改まっていた。

森の中での戦いを熟知し、相手のリソースを徹底的に叩くやり方。

そういえば、日本のＲＰＧではあまり重視されないが、海外のゲームだとリアルにファンタジー世界を再現したものが多く、食料や呼吸、重力を考慮に入れたものが多かったことを思い出す。そのコボルトも、リアル寄りのデータで考えたほうがよさそうだ。

多分、そのコウジとかいう奴は、そっちの知識が無かったんだろう。

ご愁傷様、としか言いようがないが。

『まあ、レベルは貴様らよりは上だが、所詮一匹のコボルト風情だ。数で押し包めば倒せないことはあるまい』

「追加の神器とか、加護の情報は？」

『入り次第伝えよう。ただ、かの邪神は竜神と盟を結び、なにやら隠し玉を手に入れたと聞く、容易ならざる事態だ』

クエストに入る前に仕様変更かよ、思わず毒づきたくなるのを抑える。

どうも、この神様達は脇が甘い感じがする。ゲームに参加していながら、そのゲームのルールを深く学ばないというか、結局は力押しや、お互いの権力闘争に明け暮れてる感じに見えた。

「まぁ、死んでも家に帰してもらえる分だけ、よくあるデスゲーム物よりはましかぁ」

『何か言ったか？』

「いいえ。誠心誠意、勇者としてがんばりますって言ったんですよ」

『良かろう。ではな』

そう言って、神威が周囲から薄れていく。この調子なら、会議か何かでしばらく帰ってくることはないだろう。

考えてみれば、神様のゲームの駒なんて、不吉以外のなんでもない。どんな創作物でもそういう立場になった奴は、運命に翻弄されて死んだり、悲惨な状態になったりするのが相場だ。

「だからさぁ、せめてそういうときは、美少女の女神さんが来るもんだろ！　なんであんなオッサンなんだよ！」

「あ、あの……」

思わず絶叫した文則の前に、ローブに白銀の篭手やブーツを身に付けた、ショートカットの少女が立つ。

「……えっと、君は？」

「私、シディア様の勇者で、篠原綾乃《しのはらあやの》です。えっと、ガルデキエ様の勇者さん、ですよね？」

小顔で、細身だけど、割と胸はしっかりある。何より優しそうで、両手で抱えるようにして杖を持つ仕草に、思わずドキッとする。

「あ、うん。俺、遠山文則、です。よろしく」

「こちらこそ。ちょっとの間ですけど、一緒にがんばりましょう」

そう言って、ふわっと笑う顔に、文則は崩れそうになる顔を必死で抑えた。

うっわー、やっべー、どうしよー、マジでかわいいよこの子。

ナイスモジャ髭、こんなかわいい子を勇者に選んだ神様と知り合いとか、グッジョブすぎて言葉も無い。

「神様ありがとうっ！　俺やる気出てきたよっ！」

「え？　あ、よ、良かったですね？」

握りこぶしでガッツポーズをとると、さすがにテンションを下げて、綾乃に向き直る。

「と、ところで、あや……篠原さんて」

「綾乃で良いですよ、遠山さん」

「こっちも名前でおねがいしますっ！　って、その、綾乃さんて、あんまり勇者っぽくない感じだよね？」

「はい。私、支援特化型なんです。防御とか付与とか回復が中心で」

それを聞いて、さすがに文則は頭を切り替える。自分に彼女をつけたということは、補い合って攻略目標を落とせということだ。勝ちに行く布陣、誰よりも早く前線に出て、コボルトを倒すことを期待されている。

「そっか。見た感じ、君みたいなタイプは多くないから、今回の作戦の要になると思う。普通勇者って攻撃偏重になるしね」

「みたいですね……文則さんも、そんな感じですもんね」

「あ、あははは！　いや、男はこう、ガツンとやるのが仕事で、綾乃さんみたいな人にサポートされたら元気百倍っていうか！　な、なに言ってんだ俺、あははは！」

考えてみれば、ガルデキエがつけてくれた騎士も魔法使いもどっちもオッサン。神様の趣味かと思って正直げんなりする夜もあった。

しかし、この瞬間、俺は充実している！

「ゼーファレスって神様の勇者がいきなりいなくなって、あちこちの魔物も結構調子こいてたみたいだし。んで、俺も必死であちこち回ってたんですよねー」

「そうなんですか？」

「はい！　ここに来る前も、街道でばったり魔物とあったりして！　結構大変だったんですよ！　あ、なんか飲みます!?」

どこか舞い上がってしまっている自分を感じながら、それでも文則は必死に、綾乃に自分の武勇伝を聞かせ始めた。

惨めな気分で、ゴブリンのキィールは夜の森を進んでいた。出発したときにはたくさん居た道連れも、今はたった三匹だ。

「おい、なにか、くいものあるか」

「うるせえ、すこしだまれ」

背中から掛かる仲間の声すら鬱陶しい。肩口から背中にかけて、焼け爛れた傷が痛んでしかたない。

「うるせえとはなんだ。だいたいおまえ、かいどういくって、いったのがわるい！」

「おまえもいいっていった！　いちいちおれのせいにするな！」

「だまれ！　しずかにしろ！」

先頭を歩くネリギはもっとひどい。敵の勇者に片手を吹き飛ばされ、それでも何とかここまでやってきた。

巨大な剣を振り回す勇者は、まったく容赦なくこちらを切り滅ぼしていった。生きているだけ目っけ物だ。このまま誰にも見られないよう、夜の闇にまぎれて移動すれば、いつか仲間の住む場所にもたどり着けるだろう。

そう思った矢先だった。

「が……ぁっ」

突然、ネリギが地面に崩れ落ちる。

「どうした……ネリギ？」

恐る恐る近づくと、仲間はこめかみに矢を喰らい、息絶えていた。

「て、てき!?」

「ど、どこに、ごっ」

サリの口に深々と矢が突き刺さり、仰向けに倒れていく。

「だ、だれだぁ！　すがたをみせろ！」

そんなことを言っても無駄だと分かっている。今すぐにでも、どこかの物陰から矢が飛んで、自分も仲間と同じように死ぬだろう。

それでも、必死に武器を抜き放ち、周囲を見回す。

茂みが、がさりと鳴った。

「え……」

キィールは目の前に現れたそいつに、呆然とするほか無かった。

一匹のコボルト、弓を収め、暗がりの中で自分を待ち構えていた。

「な、なんだおまえ、どうしておれのなかまころした！」

どうしてコボルトが俺達を襲うのか、その理由がまったく分からない。いじめられた腹いせ？　このチビどもにそんな気概があるわけが無い。

だが、犬の顔をした魔物は、底冷えのするような声で言い放った。

「お前、持ってる物、欲しい」

そいつは、片手から縄のようなものをだらりと垂らし、振り回し始める。

「は⁉　わけわかんねえ！　おれたちなにももってない！　それとも、おれたちのよろい、ほしいのか⁉」

「それもある。でも、俺欲しいの、命」

無造作に振われた右腕、それは真横に振られ、

「あぐううっ⁉」

一瞬で縄が首を縛めた。

「いぎいっ！　いっ、ぐあああっ！」

縄に仕掛けられた尖った何かが、首に食い込んで血を流させる。爪を立て、何とか引き剥がそうとするが、それでも縄はしっかり食い込んでいた。

「や、やべろ！　おれ、おれ、おまえ、なかまっ！」

「仲間？」

コボルトの手に白い光が宿り、それが縄に伝わり、首筋に巡っていく。同時に、焼き鏝でも押し付けられたような灼熱が肌を焼く。

「あっ！　がっ！　ああああああ！」

「俺、お前たち、仲間、思ったこと、一度も無い！」

渾身の力を込め、コボルトが綱を引いた瞬間。

「ごえああああああああっ！」

キィールの視界は、絶叫と激痛の中で、永遠に回転した。

この日のために作っておいた掛け小屋にシェートが戻ったとき、すでに太陽は中天に掛かりつつあった。

『大分、大荷物だな』

「ああ」

背負ってきた物を地面に下ろし、同時に小屋の中にしまっておいたものを持ち出した。

ゴブリンたちの使っていた鎧や脛当て、篭手に兜。

掘りたての草の根や木の実の付いた枝。

きれいに削られた数十本の矢軸の束に、膠で固められた強靭な弓弦。

なめされた鹿や猪の皮、皮ひもの束、それから麻の布がいくらか。

小屋の陰に立てかけておいた木の枝も持ち出して、それぞれをつぶさに確認する。

「サリア、勇者達、どうだ？」

『ありがたいことに、山脈北部に配置された勇者の数が思いのほか多くてな。足並みをそろえるのに二日は稼げそうだ』

黙って頷き、保存食の硬いパンと干し肉を齧り、水で流し込む。

それから、準備に取り掛かった。

兜を逆さにして水を入れ、石組みの炉に乗せ、火を付ける。沸くまでに草の根の土を払い、水洗いし、荒く削りながら兜の中へ。

木の実は枝から摘み取り、皮袋の中に入れると、口をしっかりと縛り、上から石で丁寧に叩いて中身を砕いていく。

炉に掛けた火を気遣いながら、鎧の検分を始める。染み付いたにおいに閉口しながら、汚れを取り、ゆがみを見て、それから自分の体にあてがう。熊狩りの時に胸当てや篭手をつけることはあったから、修繕にはそれほど苦労しない。

辺りにきつい香りが漂い始め、麻布で鼻を覆うと、木の枝で中身をかき混ぜる。とろみが出るほどに水がなくなってきたのを確認し、少しだけ水を足す。

どうにか身に着けられる篭手と脛当てを探し出すと、他は脇へのける。

それから、目の細かい川砂と鹿皮を使い、表面を磨いていく。錆を落とすと同時に、地金がどこまで腐食しているかを確認するこの作業は、おろそかにするわけにはいかない。同時に石を使って自分の体に合うよう、形を調整していく。

「おっと」

煮詰まった臭いのする兜にもう一度水を注ぎ足し、火を少し弱めてから、磨きの作業に戻る。

やがて、篭手と脛当ては美しい光沢を取り戻し、どうにか形にすることが出来た。見繕っておいた猪革とまとめて、一旦小屋に戻す。

兜の中身は、暗い緑と黒の混合物となり、まともに蒸気を浴びれば、そのまま昏倒しそうな臭気を放っている。火から下ろし、上に枝の覆いを掛けて小屋の脇に置く。

そこで一度、背を伸ばし、肉と干しブドウを口にすると、今度は地面に座って矢軸を手に取った。

『シェートよ、その矢軸は、人里から取ってきたものか？』

「猟師小屋」

人間の使う矢なら先端に鏃が付くが、自分はそんな持ち合わせも無いので、いつもどおりの裸矢を使う。山刀で軸先を尖らせ、かえしを入れる。

ただ、今回の矢は返しを多めにしていた。本来なら、獲物を傷つけるので、返しは最低限で抑えるようにしている。

『もう一つ犯すといっていた禁とは、そのことか』

「俺達、絶対、人の物取らない。猟師小屋、狩り道具、たくさんある。でも、しない」

山には人間の猟師たちが、休憩するのに使う小屋がいくつかある。そこには、狩りの消耗品である弓弦や矢軸、暖を取るための毛皮や保存食などが置かれていた。

「手、出す、人間、警戒する。俺たち、居場所、知られる」

『……だから聞いたのだな、近くにコボルトの集落が無いかと』

「ああ」

手早く作業したつもりだったが、すでに日暮れが森に影を落とし始めている。仕上がった矢を紐でくくると、それを手にして歩き出す。

やがて、行く手から激烈な臭気が漂ってきた。森の中に現れた異臭の正体は、自分が仕込んだ『沼』だ。

夕影の中でも分かるぐらい表面が泡立った泥沼。その周囲には地ネズミや小鳥の死骸、それを狙ってやってきた狐が転がっていた。

「……ごめんな」

『これが、秘伝か』

「屍《かばね》の毒」

それぞれの動物の皮膚は、爛《ただ》れて水泡が出来上がっている。苦悶を浮かべて血泡を吹いているものも居る。話には聞いていたが、正視に耐えないむごい光景に、胸が締め付けられた。

「父っちゃ、言ってた。これ、使うとき、自分死ぬ、考えろって」

『動物の死骸と、わざわざ混ぜ込んだ血によって、沼をさまざまな病毒を養う培地に変えたのか……』

「悪い土、一杯入れた。そこで怪我する、傷膿んで、苦しむ土」

狩りの技ではない、ただ相手を、殺すための知識。それでも父親がそれを自分に仕込んだのは、結局コボルトが世界の悪意に飲まれて、死ぬ定めだと知っていたから。

死なないために、殺す知識。

毒をかき混ぜるのに使った枝で、動物の亡骸を端に避け、沼に溜まった泥を、掻き出して行く。

そして、持ってきた矢を解き、泥に、先端を浸す。

「刺さった敵、半日で苦しむ。普通、病気なる、一日、それ以上掛かる」

『そういえば、沼を作るときに色々投げ込んでおったな……』

「ゴブリンの魔術師、見つけた。屍の毒、強くするやり方」

皮肉な話だ、自分にとって仇敵とも言える存在の知識で、自分が生きる道を模索するなんて。それでも、今はこれを使うより他は無い。

「後、明日まで浸す。屍の毒、光浴びる、薄まる。明け方、すぐ矢筒しまう」

『この沼は、どうするのだ？』

「安心しろ。ちゃんと、毒消す」

翌朝、まだ空も白まないうちに、シェートは起き出した。

残った保存食を腹に収め、冷えた兜の中身を毒の実を入れた皮袋にいくらか注ぎ入れると、小屋の奥にしまっておいた小樽を引きずりつつ一緒に沼へ向かった。

泥から矢を引き抜き、慎重に矢筒に収める。全てを収め終えると、泥を沼に戻し、兜の中身を沼に注ぎいれた。

『敵に使うのではなく、消毒のための毒だったのか』

「毒沼、敵使う、困るからな」

ある程度沼をかき混ぜ終えると、今度は小樽の中身を沼に流し込んだ。

「それは？」

「油」

そう言って、火壷から熾を取り出し、放り入れた。

どうっ、と音がして沼が燃え上がる。ところどころ泡だった部分が、火柱を上げて燃えていく。

『死骸から上がるガスと油を燃料にした炎、火による浄化か』

「火、使う。毒の始末、良くなる。父っちゃ、調べた」

ある程度火が燃え広がったのを見て、すばやく下がる。この火から昇る煙にも毒があると教えられていたからだ。

『山火事にならないか？』

「今、若芽の季節、森、水気多い。あと、沼の周り、草刈っておいた」

『……〝狡猾は武に勝る力なり〟、か』

「なに？」

難しいが、不思議と腑に落ちる一言。サリアは笑って言葉を継いだ。

『ある方から教えられたのだ、頭を使い、力を尽くせと』

「……父っちゃ、言ってた、生きる、生きたい、なら、頭使えって」

『弱いからこそ、な』

荷物をまとめ、そのまま宿営地に戻ると、僅かに残った干しブドウを口にして、それから篭手と脛当てを取り出す。

『シェート』

「なんだ」

膠と革を使い、防具に補強を施す。手を休めないまま、緊張した女神の言葉を聞いた。

『侵攻が開始された。おそらく明日には、包囲が行われよう』

「……なんとか、間に合った、か」

『いま少し時間が稼げれば、森に罠の一つでも掛けられたのだがな、すまん』

黙って首を振ると篭手と脛当てを付け、具合を確かめる。補修と当て物のおかげで、驚くほど体にしっくり来る。

「いい。後、細かい仕事だけ」

やれるだけはやった。後は、生きるためにあがくのみ。

黙々と、狩人は準備を続ける。

やがて来る、狩りの時に向けて。

12 大乱戦

行商を終えた後の道程というのは、身も心も軽く感じるものだ。それでいて懐は重たいし、家路を辿る足も自然と速くなる。なだらかな斜面になった森の街道を下りながら、初夏の風に目を細める。

だが、今日の街道は雰囲気がおかしかった。エレファス山脈の辺りは比較的魔物の侵攻も少なく、近くの村から山菜採りに来る人間や、猟師ともすれ違うことが多いのに、未だに誰の姿も見ていない。

「……なんら？」

麓からこちらに向かってくる姿が見える。それも一つや二つではない、鎧やローブに身を包んだ、派手な格好をした数十人の群れ。

「あらぁ……まさか……」

先頭に立つのは巨大な剣を背負った少年と、それに付き従うローブに杖の少女。

勇者の、集団。

「こんにちは……この辺りの方ですか？」

少女は微笑み、挨拶をしてくれる。こちらも会釈を返すと、そのかわいらしい顔に陰りを作り、麓を指差した。

「もうしわけありません。この辺りは戦場になります。早く避難して下さい」

「せ、戦場!?　な、なんら、魔物の軍でもくるらか!?」

「違うよオッサン。魔物討伐やるんだ、俺達」

砕けた口調で少年は言うと、背後の隊列を確かめ、片手を挙げる。付き従っていた集団はいくつかの塊を作り、道を外れて森に入っていく。

「討伐……て、この辺りさ、そったら恐ろしげな魔物、いたらすか？」

「どうだろうな。少なくとも油断は出来ない相手、らしいぜ」

真剣な表情でそう言うと大剣を背中から外し、準備を始める。その傍らに居る少女も杖を構え、付き従った他の勇者達と一言二言、声を交わした。

「反対の人たちも、準備できたそうです」

「分かった。それじゃ……行こうか」

少年の号令に、全員が街道を登っていく。その姿を呆然と見送りながら、商人はふと、以前傭兵から聞いた話を思い出していた。

『それが傑作なんだ！　そいつらが狙ってるってのがな、一匹のコボルトなんだとさ』

まさか、そんなバカな。

コボルト一匹を狩るのにこんな大所帯で、しかも神の遣わした勇者が。

「はぁ、世の中、わけ分からんことばかりらすなぁ……」

ため息をつき、山道を下る。確かに世の中は魔王だ勇者だと騒がしいが、自分達のような人間には、直接被害が無ければ遠い世界の話だ。

「んえ？」

そんなことを考えていた彼の目は、もう一つおかしなモノを捉えた。

勇者達の後を追うように、斜面を駆け抜けて森に入っていく白い毛皮。長く太い尾を振りたてたその姿には、見覚えがあった。

「あれ、ほしのがみ、けぇ？」

おそらく間違いない、街道守の星狼は、何かを求めるように茂みに消えていく。

すっかりついていけなくなった事態に首を振りつつ、商人は道を下った。

その後に起こる、戦禍の果てにある結末を、知ることもなく。


「さすがに、これからコボルト狩りですよ、なんていえねーよなぁ」

文則のぼやきに、隣を進む綾乃も苦笑しつつ頷く。

「そのコボルトさんて、どんな人なんでしょうね」

「え？　あ、いや、人っつーか、コボルトですよ？」

「……そう、ですよね」

綾乃は結構不思議な感じの子だった。もちろん言動はちゃんとしているし、かわいくて頭も良くて、いつも笑顔で。

ただ、なぜか自分の倒した魔物のこととか、これから対峙するはずのコボルトについて気に掛けている雰囲気があった。

「聞いた話なんですけど、そのコボルトさんって、家族を殺された恨みを果たすために、勇者さんと戦ったらしいんです」

「……マジで?」

「詳しくは分からないですけど……」

モジャ髭はその辺りのことを一切語らず、単に兄神の勇者を倒した魔物、とだけしか説明しなかった。詳しい事情を聞いてこっちの気勢がそがれるのを嫌ったのか、それとも単に興味がなかったか。

「それって、そのコウジとか言うのがコボルトの村を突付かなきゃ、こんなことにはならなかったってこと?」

「どうでしょう……コボルトさんたちは、魔物からもいじめられる存在みたいですから」

「もしかして、綾乃さんて、こういうの苦手?」

言いにくそうにしながら、彼女はこくりと頷いた。

「その、私、ゲーム的なっていうか、そういうファンタジーって、苦手で」

「……あ、もしかして『指輪』とかあっち系好きな人?」

「シディアさまに誘われたときは、『はてしない物語』とか、想像してたんですけど」

なるほど、彼女はファンタジーはファンタジーでも、俗っぽくない方が好きだったらしい。多分、イメージと違うことが多すぎて戸惑ったに違いない。

思わず文則は天を仰ぎ、それから何とか笑顔を作った。

「嫌だったら、下がっちゃってもいいと思うよ。そういう拒否権とか、あるわけだし」

「でも、ちゃんと傷を治したり出来るの、私くらいしか居ないみたいですし」

パーティのメンバーをチェックしたとき、そのことがはっきりと分かった。自己再生や簡単な治療は出来る人間はいたが、毒消しや状態異常回復を完璧にこなせるのは彼女だけしかいない。

誰にも聞こえないよう、文則は吐き捨てた。

「せめて僧侶系の仲間ぐらい認めろってんだよ！　クソが！」

実際、そのバランスの悪さを指摘されたガルデキエは、そっけなくこう言っただけだった。他の勇者の回復役には戦闘能力を持つものも少なくない、うっかり助太刀などされては経験値の分配に問題が生じると。

要するに、天界の権力闘争で、現場の混乱が生じているわけだ。コボルトの持つ大量の経験値と女神の持つ領地、それをあわよくば独り占めするために。

独り占め、その言葉に背筋がぞくっと凍る。

考えてみれば、この寄せ集めの勇者の集団は、いつかはお互いを倒し、ただ一人の存在になるように定められている。

この戦いも、コボルトが倒れた後、バトルロワイヤルになだれ込むかもしれない。

もし、もしもこの戦闘の最中に、あのモジャ髭から、綾乃を殺せと言われたら。

「綾乃さん」

「はい？」

「綾乃さんは俺が守ります。何があっても、絶対」

きょとんとした綾乃は、少し悲しそうな顔をして、それから笑った。

「分かりました。私も文則さんを、皆さんを、全力で支えますね」

正直、嘘みたいだ。こんな会って間もない、いつかは敵同士になるかもしれない女の子に、こんな気持ちになるなんて。

こういうのを、なんていうんだっけ。跳ね橋効果だっけ？

「それを言うなら〝つり橋効果〟だと思うんですけど……」

「え!? あっ、あれっ！ き、聞こえてた!? あっ、あはは」

いつの間にか口にしていた言葉を聞かれて、顔が熱くなる。しかも、間違いを突っ込まれるなんて恥ずかしすぎるだろ。

「おいリーダー、爆発しちまえ的リア充中に申し訳ないんですけどね」

背中から掛けられる余計者の声に苦笑いしつつ、片手を挙げた。

「爆発すんのはマジ勘弁。で？」

「ちゃんと前見てますかー」

「ああ……見えてるよ」

剣を構えなおし、街道の先を見る。

そこに、そいつは居た。

木漏れ日を浴びてたたずむ、小さな犬めいた姿。

額には幅広の布を巻き、肩から腰辺りまでを覆うマントをつけている。両腕と両足には毛皮で補強された篭手と脛当て、背中にくくりつけられた矢筒と左手の弓。

腰にちらっと見えるのは多分ショートソードくらいの刃物。そしてロープのようなものを結わえて提げている。

口を結び、意思に耀く瞳でこちらを見下ろす姿は、旅の途中で倒してきたコボルトとは規格が完全に違っていることを示していた。

「お前が、例のコボルトか」

「そうだ」

子供のようにも聞こえる声、それでも篭った力強さは隠しようが無い。

最初は、どこかで侮っていた。あの神様連中じゃないけど、コボルト一匹になにを大げさな、と。

そういう気分が完全に消し飛んだ。

「こういうときは、ちゃんと筋を通すべきだよな」

大剣を構え、腹に力を込めて、名乗る。

「〝覇者《はしゃ》の威風《いふう》〟ガルデキエの勇者、遠山文則。推して参る」

「女神サリアの〝ガナリ〟、シェート」

矢を番えると、コボルトは宣戦を布告した。

「勇者、狩る!」

三段重ねの加護の矢を、シェートは名乗りを上げた勇者に叩き込んだ。

「んなもん喰らうかっ!」

構えていた剣が正面に立てられ、幅広の刀身に当たって火花を散らす。その音を合図に勇者達が動き始めた。

『これからは絶対に足を止めるな！　少しでも動きが鈍れば押し包まれて殺されるぞ！』

「ああ！」

背を向けて一気に走り出す。サリアの目を信じて、一切後ろは振り返らない。なだらかな街道は脇にいくつか茂みがあるが、身を隠すには頼りない。

『シェート！　大剣の一撃が来る！』

警告と一緒に背筋が凍り、同時に勢いよく右方向へ飛んだ。

「くらえっ！」

腹に響く破裂音と共に、衝撃が今まで自分の居た場所を深々とえぐった。むき出しになった黒土を見れば、下手な防御など無意味だと分かる。

『ガルデキエ殿の勇者は大剣より衝撃波を飛ばし、鎧にも強力な防御を掛けてある。単純だが相対しにくい存在だ』

「衝撃、どこまで届く!?」

斜面を駆け上がりながら視線を走らせる、山の上からの増援は無い。斜面から人の帯を作りながら、ジグザグに駆け上がってくる色とりどりの勇者の群れ。

『距離は刀身の三倍程度、下がれば下がるほど威力も抑えられる！　それに密集した隊形では使いにくい能力だ！』

「ああ！」

下から迫る一団の中から一歩下がっていく姿。その片手に握られたモノを見て、シェートはすばやく弓をしまい、マントのすそを掴んだ。

「いけっ！【梓弓】！」

射手の身長ほどもある長弓から放たれた光の矢。全身の加護をマントに集約、勢い良く射線に振り立てる。

マントに当たった矢が弾け飛び、二射目を撃とうとするそいつに向けて、お返しの一矢を叩き込んだ。

「うがあっ！」

『ミジブーニ殿の勇者は絶対必中の弓の持ち主。それ以外の能力は無いが、矢に特殊な効果を持たせ、遠距離の狙撃で敵を倒すそうだ！』

「楽しすぎだ勇者！　道具頼るやつ、道具、裏切られるぞ！」

こちらの矢を喰らってもんどりうっている姿。その脇を抜けて杖を構える魔法使い。構わずさらに走り、森を駆け抜ける。

「〝凍月箭《とうげつせん》〟バースト！」

魔法使いの周囲に踊る光の球、それが十、二十、百と恐ろしい勢いで増え、一気に解き放たれる。

「くっ！」

『シェート！　どんぐり！』

空気を引き裂いて飛来する銀の流星群、その威力が自分に殺到する瞬間。

シェートの右手が放った、一掴みの加護付きどんぐりが、全ての威力を叩き落す。

「な、なんだよあれっ⁉　木の実⁉」

『フェリマイナ殿の勇者は小さな魔法を強化できる。だが、凍月箭ごとき、こうして加護を付与した礫で、当たる寸前に迎撃してしまえば問題ない！』

「やる俺大変！　すごく怖い！　マント使わせろ！」

『マントも篭手も消耗させるわけにはいかん！　度胸を見せろ！』

手厳しいサリアの声に閉口しながら、それでも斜面を駆け上がる。次第に勇者の隊伍が乱れ、あからさまに疲れて動きが鈍っているものも見えた。

『自動回復持ちと、そうではないものの差が出たな。体力の減少を抑える方法としては有効だが、加護を食うので余裕が出たときにつける神々も多いと聞く』

「どうする⁉　反撃するか⁉」

『まだだ！　隙を見て射掛ける場合のみ、後はひたすら逃げよ！』

「分かった！」

流れるように一矢を放ち、上がってきた炎の剣を手にした勇者を転倒させると、シェートは山腹を横切る軌道を描きながら駆け抜けた。

「おのれ、ちょこまかと！」

水鏡の向こうで繰り広げられる戦いに、ガルデキエはぎりぎりと歯噛みをするしかなかった。こちらの勇者側にたいした損耗は無いが、コボルトの方はいまだに健在で、傷一つ負っていない。

「イヴーカス！　これはどういうことだ！」

神座の中を見せぬように、蓋付きのつぼに入れておいた小ネズミをつまみあげる。

『どういうこと、と申されますと？』

「奴の動きだ！　ああも正鵠《せいこく》を射るが如く、勇者の攻撃を見切れるものか!?　よもや貴様、サリアーシェに我らの情報を流したのではあるまいな！」

『はい。そのとおりでございます』

あっけなく言い放たれた裏切りに、一瞬、二の句が告げなくなる。

「き、貴様ぁっ！」

『勘違いなさらないでくださいませ。これも策でございます』

「なんだと!?　我らの勇者の能力をあやつに明かして、何が策だ！」

『ではもう一度、水鏡をご覧ください』

水鏡の中では斜面を必死に登り、やや平坦な森の中に入ったコボルトの姿。相変わらず必死に勇者の攻撃をかわし、打ち落とし、また逃げていく。

「これがどうした！　奴は我らの攻撃を完全に……」

防いでいる、しかし、そこから反撃の一矢が入ることは極まれだ。しかも、森の中には得意の罠の様子も無い。

「まさかこやつ」

『はい。こちらの情報に基づき、逃げ、攻撃をかわす算段をしているのみです』

「なるほど。こちらの勝負を受けると見せて、何らかの方法で包囲を抜ける腹積もりか」

『正確には、そう仕向けたのですがね。おそらく頃合いを見て、西の滝の辺りから逃れるつもりでしょう』

イヴーカスの指摘に、改めて山の地形を確認する。

中央を貫く街道を挟み、現在コボルトが逃げている側には複雑な地形になった山肌、下生えも少なく、見通しは比較的良い。

反対に街道から西には、崖や岩肌が多いエリアが広がり、その先には山腹から流れ落ちる滝と、それを源にするエレイン川の急流がある。

「夜半まで、この下らぬ鬼ごっこを続け、闇の中を一気に西まで行く腹積もりか」

『いかなサリアーシェ様とて、これだけの勇者を討ち滅ぼすは至難。いまだ使われざる加護も、おそらくこちらの勇者の力を防ぐために温存なされるでしょう。生き延びれば勇者の力を理解したコボルトが一層有利になるかと』

「……竜神はまだ戻らぬか？」

唯一の懸念を口にすると、ネズミの分け身は首を横に振った。

『いまだお戻りになったという報は。ですが、すでに急使は立ったでしょう。あまり時間もないかと存じます』

「イヴーカス、神々に触れを。他の勇者をこの場に集めよ。奴の足を止めさせるのだ」

『かしこまりました』

ネズミを壷に戻し、ガルデキエは髭を撫でながら戦況を見守る。

確実にイヴーカスは自分を裏切っているだろう。サリアーシェに肩入れをしているそぶりも感じた。

だが、戦況を見れば、確かにコボルトの行動は防戦一方で、手にした装備を徒に消費しているようにも見える。

「読めた」

この討伐に、イヴーカスの勇者の姿は無かった。そして、サリアーシェに最大限利するような動きをしつつ、こちらへの決定的な誤報は行わない。

つまり、二つの勢力の疲弊した時点で、どちらも喰らおうというのだ。

「くっくっくっ。浅い浅い、ネズミごときが俺を出し抜こうとするとは」

モンスター召喚の能力を持つ勇者は、本体の勇者が脆弱であることが多い。無論、それなりの強さを持つ者もあるが、所詮はちっぽけな疫神の使役する勇者だ。

「しかし、どうする?」

こうなっては、イヴーカスの存在も常に意識していなければならない。乱戦の最中に勇者を狙われては、万が一の可能性もある。

「ふん」

ガルデキエは立ち上がり、神座を出る。そして、少々の驚きをもって、自分を待ち受けていた神々の姿に目を細めた。

「〝覇者の威風《はしゃいふう》〟よ、貴方もネズミ臭さに嫌気が差した口か」

「〝波濤《はとう》の織り手〟よ、そなたはもう少し、頭の回転が鈍いと思っておったぞ」

シディアとのやり取りに、気持ちを同じくした他の神々も笑いあう。考えることは皆同じ、いやこの場に現れぬものこそ、愚か者の証拠だ。

「これより我らで盟を結ぼう。かの邪神と、無知蒙昧な疫神を叩きのめしてくれん」

ガルデキエの言葉に、他の神も納得づくといった風情で頷く。

「よかろう。我が勇者に〝覇者〟〝波濤〟の勇者に従うよう申し伝える」

「我もそうしよう」

「勝利の暁には、平等な割譲を願いたいものだな」

ちらりと周囲を見回し、ネズミの視線が無いのを確かめる。とはいえ、知られていたとて、これだけの神々が盟に参ずるなら、レベルの低い魔物使い程度どうとでもなろう。

憂いの無くなったガルデキエは、どっかりと腰を下ろし、水鏡を映し出す。周囲に車座になった神々も、それを眺め始めた。

コボルトは必死に攻撃を避けながら、幾人かの剣士系勇者に矢をいかけ、矢傷を負わせただけで下がっていく。

その無様な逃げ振りを見て、ガルデキエは満足そうに髭をしごいた。

「さて、ネズミよ、どう出るかな?」

薄暗い神蔵の中、玉座に背をもたせたイヴーカスは、音を伝えなくなった水鏡のいくつかに視線を向け、そっと肩をすくめた。

「なるほど、意外に早かったな」

ガルデキエ、シディアの両名はもとより、何柱かの神がつながりを絶ってくるのは分かっていた。こちらの動きがあからさま過ぎるのだ、当然といえば当然だ。

しかも、水鏡を通して声を掛けてくる神々の数も激減している。おそらく、こちらの意図に気がついたは良いものの、外に出て他の神との直接交渉まで踏み切れないか、あるいは独自で何とかできると考えているものだろう。

「ここまでは計画通り」

元々、自分の分け身による通信など、どこまで信用されるかは分からない代物だったのだ。本来狙っていた目的は、すでに達成されている。

権益の拡大を狙いコボルトを追う神々に、共同戦線など張り切れるわけは無い。ガルデキエを旗印に、一瞬でも全ての小神を一つところに集める、それさえ済めばいい。

しかも、自分の分け身を使うことで、情報のコントロールと寸断が一瞬でも行えた事が大きい。もし、これ以前に自分のたくらみに誰かが気づき、神々に流布されていたら、自分はこの場に無かっただろう。

「バカどもめ。すでに計画は八割方終わっているとも知らずに」

サリアーシェが他の神との交流を断ち、肥え太った羊のようなその身をさらしていたときから、この計画は始まっていた。

いや、本来の計画を更に大きなものにする餌として、彼女の存在はうってつけだった。

その時、水鏡が浮かび上がり、勇者の不安そうな顔が映し出される。

『ねえ、僕、まだ出ちゃいけないの?』

「……ごめんね。出番はまだ先なんだ、もう少し待っててくれるかな?」

絶対にお前を出すわけにはいかないんだ、なぜならこの仕掛けは、たった一度見られただけで終わってしまうから。

しかし、一度でも大きな成果を上げたなら、あとはもう誰も自分を止められない。

『分かったよ……』

「ごめんね。でも、この戦いが終わったら、必ず君はスゴイ勇者になるよ」

『うん』

それきり黙った勇者に満足すると、たった一つ繋がったままの水鏡に顔を向けた。

「サリアーシェ様、もうしわけありません。どうやら、繋がりが気づかれたようです」

ネズミの口から語られる言葉を聞き、それでもサリアは水鏡から目を逸らさない。

無数の銀光をどんぐりで叩き落し、弓で勇者達をけん制し、マントを翻して攻撃を避け続けていくシェート。

「そうですか。それなら思う存分、他の勇者の能力と弱点をお教えいただけますね」

『たいした胆ですな。ようやく百の神を捌く苦役から放たれたと思えば、恐ろしい女神殿の補佐役に抜擢とは』

「存分に働いていただきますよ。というより、そろそろ本当の指示をお出しください」

逃げ続けているシェートの顔には、疲労が漂っている。歯噛みを抑えきれず、それでも声だけは不敵に平静を保つ。

『そのようなお言葉をいただけるとは、ですが、よろしいのですか？』

分かっている、これを告げるということは、獅子身中の虫にどうぞ内臓を食い荒らしてくださいと頼むようなものだ。

それでもこれが唯一の、そして絶対の突破口。

「貴方の勇者の害になる者をお教えください、〝黄金《こがね》の蔵守《くらもり》〟イヴーカスよ」

『ならば……イェスタ！』

その声に従い、時の女神が現れる。

おそらく同じようにかの神の元にも彼女は現れているだろう。その瞳は静かにこちらを見つめ続けている。

『宣言を。我が勇者と決闘を行うとき、新たな加護を与えぬことを。その代わり、それが始まるまで、偽り無く力を貸しましょう』

「ではこちらも同じ誓いと、決闘を行う前に半時の休息をお約束ください」

『イェスタ、宣言を受けてもらいましょうか』

「承りました」

時が刻まれ、約定が結ばれる。これでこちらの勝ち目はせいぜい三割、準備万端の罠を仕掛けている相手は、これで九割方準備を終えたというところだろうか。

シェートの動きはまだ衰えていない、それでも勇者の数は増え、すでに麓への道は完全に絶たれている。

「ここからは伸るか反るかです。少しでも楽をして勝利したいのなら、使いこなして御覧なさい、この愚かな女神を」

『貴方はこれまで見たどんな神よりも聡明で、気の狂ったお方ですよ。サリアーシェ様』

賞賛を受け、サリアは水鏡の向こうのシェートを見つめた。考えてみればひどい話だ。いくら相談しているとはいえ、こちらの都合で彼を動かしているのだから。結局自分はシェートを手玉に取り、楽しい遊戯に興じているだけなのかもしれない。

それでも、百人の勇者を相手にする労より、たった一人と戦うほうが、まだしも生き抜く可能性はある。

「もうよいぞ、シェート」

『やっていいのか』

「守りの時間は終わりだ。ここからは、攻める！」

サリアの宣言にシェートは息をついた。この辺りは背の高い木々が生えた土地で、岩や低木樹などの遮蔽物もほとんど無い。

「仕掛けどうする⁉」

『そなたに任せる。ただ、こちらが指定するものを優先で頼む！』

「分かった！」

打ち合わせはすでに済んでいる。協力者を得るまで時間を稼ぎ、それが完了したら一気に攻勢に転じる。しかも、協力者の望む標的を中心にだ。

これは罠であり、こちらに不利になるともサリアは話していた。

だが、それでも構わない、自分はそう言った。


『いいのか』

『サリア、それで俺、生きられる思った。そう考えた、ならいい』


攻勢、コボルトの脳裏にその言葉が閃いた途端、全てが別の意味を持って、立ち現れてゆく。

包囲は狭まっている。下から上がってきた勇者達は半円に自分を囲い、前線に近接型の武装を持った者を、その壁で魔法や弓を使うものを守りつつ、攻撃する構えだ。

陣が形成され、こちらを包囲する網が出来つつある。大剣を持った勇者はあえて後ろに下がってこちら見ている。隣の杖を持った女を守るように。

自分の周囲にある地形を確認し、すばやく弓を収め、逃げ足を遅める。

「サリア、山から勇者は？」

『まだだ。だがそう遠く無い位置に居るはず……ああ、もうすぐ山を越えるそうだ』

「それ、協力者が？」

『そうだ。心強い敵からの助言だ』

サリアの笑いは炭火のような熱い香りを伴っていた。焦燥と高揚の臭い。

彼女の熱を感じ、シェートも笑う。その顔に、囲みを狭めようとしていた勇者達の動きが一瞬止まった。

シェートは右手を伸ばし、綱の結び目を解いた。

「っおおおおおおおおおっ！」

先端を地に垂らして一気に反転、勇者へ殺到する。

「なんだ!?　武器を変えてきた!?」

驚く勇者たちを一瞥、狙うは大剣使い、ではなくその手前に居る火の剣を携えた剣士。

「しっ！」

綱を肩に担ぎ、急ブレーキを掛けた勢いで、肩掛けの袋を振り落とすようにして一気に引き抜く。

「があああああっ!?」

頬を掠めた先端の石が風を切り、剣士の顔面に赤い花が咲く。そのまま体を旋回させ、綱の先端を、隣に立っていた勇者の群れに向けて振う。

「うわあああっ！」

「ひあああっ！」

「いいでええっ！」

先端に仕込まれた石に顔を切り裂かれ、肉をむしられた者が、もんどりうって尻餅をつく。更に一歩踏み込み、一人の勇者の首に綱を巻きつけた。

「があぁっ!?」

こちらの引く力に抵抗して無意識に突っ張った脚が、綱を更に首に食い込ませる。

同時に、こちらも力を込めて、ぐいと引きつけた。

「がっ、げうっ！」

「ば……バカ！　やめろおおっ！」

事態の恐ろしさに気がついた大剣使いが、綱を切ろうと駆け寄り、剣を振り上げる。

だが、二つの加護とシェートの反応が一瞬だけ早い。

びんっ、と綱が引かれ、

「おげえええあああああっ！」

攻撃と防御の加護で、鋼の硬さと焼き鏝の灼熱が加わった綱が、勇者の細い首をずたずたに裂き切り、その体が回りながら大地に叩きつけられる。

血にまみれ、仕込んだ石や木片に、肉をこびりつかせた綱を手元に戻す。

地面へ投げ出され、全身をわななかせたまま失禁する勇者。それを見た一団の動きは、完全に硬直していた。

「て……めええっ！　なんてことするんだよ！」

「勘違いするな」

血煙を上げて大きく綱を振り回し、シェートは得物の威力を高めていく。

「お前たち、これ、遊び思ってる。でも、俺、やってるの、遊び違う」

宣言と共に、シェートは綱で大気を切り裂いた。

大ぶりで誰に当てる気も無い一撃、それでも目の前の仲間が半死半生で転がる姿に、完全に腰が引けた一団が大きく間合いを取った。

『たくさん、敵いる。自分達、少ない。そういうとき、どう戦うか、わかるか？』

すばやく綱を手に戻すと、そのまま背を向けて走り出す。

脳裏に浮かぶ父親の言葉と、峻厳な顔を思い出しながら。

『おびえさせる。こちら、手を出す。恐ろしい目、合う。そう思わせる』

さっきと変わらない速度で走るが、勇者達の動きは心なしか鈍い。右手が大きく動かされるたびに、ぎゅっと身を縮こまらせる者さえいる。

「畜生っ！　これでもくらえっ！」

叫びと共に輝く矢が降って来る。マントを掴み、同時に縄を地面に垂らす。

「うおおおおっ！」

全身を大きく回転させ、竜巻となったシェートの体が、加護付きのマントで必中の一矢を叩き落し、引き裂きの綱が走りこんできた勇者の顔を抉る。

「うぎゃあああああっ！」

「うかつに近づくな！　全員顔と手を守れ！　長距離攻撃と魔法で釘付けにしろ！」

元は相手の肉を裂き、治りにくい傷を与える【荊】と呼ばれる拷問具。その弧を描く動きと、忌まわしい威力に勇者達の動きが鈍る。

それでも血気に逸った勇者達が、武器を振りかざして迫る。

『次、敵、最後まで、殺さない、大事』

矢筒に仕込んでおいた一本の皮ひもを引き抜き、軽く揺さぶる。とぷり、と液体が中に染みていくのを感じ、一気に三本引き抜いて虚空に放る。

くるくると舞い上がる矢に、数人の勇者の視線がひきつけられる。シェートは呼気を吐き出し、弓の威力を解き放った。

「ふっ！」

手の中に残した矢が剣士勇者の膝頭を、

「うああっ！」

瞼の上辺りに降りてきた矢が番えられ、斧を構えた勇者の肩口を、

「いぐっ！」

最後の一本が滑らかに装填され、ローブ姿の魔術師の杖を持った手を射抜いた。

「うわああっ！」

普段の狩りなら絶対に必要の無い、曲芸じみた射撃。弟達を楽しませるために磨いた技が、勇者達に叩き込まれる。

「くそおっ！　囲め囲めっ！」

誰かがそう叫び、一瞬のうちにシェートの周りに生まれる人垣。

手にしたのは炎を纏い、あるいは雷、はたまた光をほとばしらせた聖剣。胸当てに神器の武器を身に着けた、標準的な小神の勇者たち。

「くらえっ」

鋭く振り下ろされる一太刀をかわし、その体を盾にするようにコボルトが立ち回る。

「くそっ！　邪魔だよっ！」

「バカ、俺が先だっ！」

連携のおぼつかない群れを横目に、地面に落ちた小石でも拾うように、取り落としておいた綱に手を伸ばし、

「しぃっ！」

『わあああああああああっ!?』

シェートを起点に生み出された加護付き【荊】の暴力圏が、装甲の薄い勇者達の太ももやわき腹を切り裂いた。

「気をつけてください！　コボルトさんの攻撃に毒が！　それに傷も治りにくい形状になっています！」

ちらりと発言者に目を留め、崩れた囲みを背に逃げ出す。

「サリア、あれ傷治す奴だな！」

『イヴーカス殿によれば、完全に防御に特化したタイプだそうだ。我らが早めに落としておきたい存在でもある』

とはいえ、その女も一人の治療に掛かりきりになっているのが分かる。刺さった矢には返しがたっぷり付き、無理に引き抜こうとすれば肉がえぐれる。

さっき塗ったばかりのシブガミネとカズラダマの混合毒は、簡単には消すことは出来ないはずだ。

『傷負わせる、毒使う、でも、絶対殺さない。敵、弱らせる。殺す、その後』

恐怖と、傷と、毒。

徹底的に敵の気力をくじき、抵抗しようとする動きを奪う。死者に必要なのは墓だけだが、負傷者には薬と、安静と、看護者が要る。

それが魔の者の、心を砕く戦。

長い疾走と恐怖による鈍足、そしてこちらの攻撃で、整然とした包囲が崩れていく。

これでまた距離が稼げる。シェートは綱を引き戻し、再び駆け抜けようとした。

『シェート！　上に大鷲！』

声と同時に両腕を振り上げる。

次の瞬間、木々の間を抜いて、一条の魔力光がコボルトの陰影を完全に焼き尽くした。

「よっし！　あったりぃ！」

閃光が収まり、文則の視界が戻ると同時に、光の翼をはためかせた勇者が、梢の辺りに下りてくる。

普通のローブと長い杖のそいつは、足元に転がるコボルトの姿を見て、軽く舌打ちした。

「く……ぅっ」

「さすがにバリアが硬いなぁ。一撃じゃ無理か」

さすがにマントは全て焼け落ちたが、コボルトの装備に欠けたところは無い。

「おいおいリーダーさん、かなりやばそうなんじゃないの？」

「……悪かったな。そいつ意外と強いぞ」

「だろうねー。でもさ」

すうっとそいつは空に舞い上がる。銀色の翼を広げて、杖を構えた。

「こうしちゃえば攻撃も届か、っとぉ!?」

そいつの頬を切り裂いて矢が虚空を貫く。その硬直を狙ってコボルトは走り出した。

「ってぇ！　もうちょっと高度取らないとダメか」

ふわっとした動きで体が上昇していく。始めは驚いた飛行能力持ちの勇者だが、自由自在に飛ぶにはレベルが足りないらしい。それでも加速は利くので、山という地形を無視して移動できるユニットとして、別働隊に配置しておいたのだ。

「綾乃さん、治療の方は？」

「……とりあえず、応急処置は終わりました」

「応急処置って……」

「矢傷が深すぎるんです。返しもすごく付いているし、無理に抜くと、その、肉が……」

「うわ！　ごめんっ、変なこと言わせて」

通常、魔法を使った治療では聞けない言葉。確かに綾乃の能力は高位の僧侶と遜色ない力があるが、それでも治すべき人間が多すぎる。

ここまで来る間に死人はゼロ、だが負傷者は多数だった。あの、痛そうな鞭で首を切り裂かれた勇者も加護を使って回復したが、すっかりおびえて木陰にうずくまっている。

「おいリーダー、どうするんだよ、追うのか？」

そういうメンバーの一人も、あまり乗り気な顔ではない。その頬には、コボルトの鞭で付けられた、醜くひっつれた傷が残っている。

「決まってるだろ！　このままだと他の連中に出し抜かれて終わるぞ！」

「傷を負った方はどうするんですか？」

「じゃあ、綾乃さんは残って……」

『ならんぞ』

モジャ髭の一言にいらっとくるが、なるべく冷静に言葉を返す。

「怪我してんのをほっておけないだろ!?」

『そやつらも勇者よ。一応、自己治癒や他者を癒せる人間も混じっているから、そのままおいても問題は無かろう。何か異常が起こっても加護を使えばすむことだ』

「……綾乃さん？」

綾乃の方はいくらか強く言い争いをしていたが、結局うなだれた。

「すみません、皆さん。終わったらすぐに戻ってきますから」

「……行こう。怪我してない奴は俺の後ろへ。あと装甲に自信のある奴は綾乃さんを囲ってやってくれ」

「文則さん？」

口を結び、文則は走り出す。去り際に見せたコボルトの視線、綾乃を見る底冷えするような酷薄さを思い出して。

「冗談じゃねぇぞ、クソ犬」

治療者を狙うのはＲＰＧの常識で基本戦略。汚いとはいえないだろう、だが。

「俺の綾乃を傷つけたら、ばらばらに引き裂いてやっからな！」

凶暴になる心をむき出しにして、文則は走る。

その視界の向こうで、無数の爆発が花開いた。


「うあああああっ！」

篭手を構えて体をかわすが、更なる爆圧がシェートの体を大きく吹き飛ばす。

「ひゃはははは
っ！　ほらほら逃げネーと、どんどん爆破しちゃうよォ～」

勇者の様相が変わっている。さっきまでの真っ当な加護の掛け方ではない、自分には想像も付かない発想を源にした加護が展開していた。

『ディーザ殿の勇者かっ！　彼は自動人形を使い、それを爆破する加護を使う！』

「なんだそれ⁉　意味分からない！」

茂みの中からひょいひょいと飛んでくるのは、たっぷりとした衣装をつけさせた人形達。それぞれが甲高い声を上げて、無表情に襲い掛かってくる。

「アソボウ、アソボウ」

「くうっ！」

加護付きの【荊】が振われ、同時に爆発が花開く。

「うがあっ！」

「バーカバーカ、俺の人形は、攻撃されてもバ・ク・ハ・ツ、だぜェ～」

「よっしゃ、そこだああっ！」

爆発の空隙を縫い、空を切って何かが飛来する音が響く。射掛けられる矢を意識したシェートは大きく背面に飛び退き、絶叫した。

「なんだあれっ⁉」

無数の剣が、自分のいた場所を貫く。意匠も長さも形状もまちまちのそれが、雨後のきのこの様に大地に突き立っていた。

『ホルベアス殿の勇者、その加護は無数の剣を生み出し、相手に投射する力だ！』

「なんで⁉　なんでわざわざ剣飛ばす！」

『知らん！　勇者殿のこだわりだそうだ！　ちなみにお前と同じ〝射手〟だそうだぞ！』

「矢代わり、剣飛ばす！　ただのバカ！　射手違う！」

とはいえ当たれば致命傷になるのは間違いない、岩と背の高い樹木の間を必死に逃げ出した先に、別の影が立ちふさがる。

「くっ！」

すばやく射掛けた矢に、革鎧をつけた少女は、笑って巨大な布の塊を突き出す。

おそらく何かの動物を元にしたぬいぐるみ。

「はいっ、お返しだよっ！」

その表面に光の幕が展開、射た筈の矢が、まっすぐシェートに跳ね返る。

「うわあああああっ！」

何とか傷を負わずに避けられたが、ぬいぐるみを持った少女は、笑いながら木陰を逃げていく。

「な、な、な」

『エンザルテ殿の勇者だ……相手から掛けられた攻撃を完璧に防ぎ、それを同じ威力で相手に返すぬいぐるみを使う……そうだ』

「う……うがあああああっ！」

追いすがる爆発人形をかわし、降り注ぐ剣を避けまくり、シェートは絶叫した。

意味が分からない。というか分かりたくない。

こっちが必死で生き抜こうとしている反対側で、こんなバカみたいな加護を願った勇者が、それを授けている神がいる。

しかも、そのどれもが決して侮れないレベルなのが余計に腹立たしい。

『もう一つ言うておこう。彼ら特殊な加護を持つものを、真っ先に落として欲しいというのがイヴーカス殿の申し出だ』

「いい加減にしろ！」

どいつもこいつも勝手なことばかり、こっちの気持ちなんてお構いなしだ。

自分が弱い魔物だからといって、この仕打ちはあんまりすぎる。激情に任せて【荊】を握り締め、大きく頭上の枝に振う。

「おおおおおおっ！」

巻きついた【荊】をぐっと引き寄せ大地を蹴る。枝のしなりが体重を受け止め、大きくしなって振り子の要領で自分をはるか前方へとはじき出した。

「うわっ！　なんだあれっ！」

こちらの動きに驚くおかしな加護の連中を一気に引き離すと、さっき戦っていた一団が数を減らしながらも右手から迫るのを確認する。シェートは加護で【荊】の掛かった枝を焼ききり、体を虚空へ放り出した。

飛び降りた先にあった森は、再びなだらかな土地に変わっている、背の高い立ち木と見晴らしのいい空間だ。

『人数が減っている、どうやらこちらの足止めが効いているな』

「でなきゃ困る！」

距離が開いたことによる一瞬の空白。その間に、シェートは必死に頭をめぐらせる。

「バカ加護勇者、後回ししたい！　普通勇者、まだ楽！」

『……とはいえ、あの変則的な加護をどうにかせんと、うっかり射た矢が返されたり、足元で人形が爆発する羽目になるな』

「人形、爆発？」

癇に障る笑い声と、人形を操る勇者。そのイメージが、なぜか大剣使いの存在と重なり合う。どちらも威力が高いが、決して同じ隊にはおらず、片方は徒党を組まずにいるその理由。

「あ……」

爆発も剣投射も攻撃範囲が広すぎ、乱戦状態になったときの被害が大きすぎるのだ。

あれを何とか利用できれば。

『シェート！　大鷲！』

梢のはるか彼方から降り注ぐ銀光を、飛んでかわす。傍らの木が黒焦げになり、辺りにきな臭さが立ち込める。

「あれすごく邪魔！」

『しかも弓の射程を外して空を――シェート！』

ありえないものが木々を縫って来る。それは金属片を連ねた平べったい蛇、とっさに繰り出した【荊】が、その鎌首に絡み合う。

「同キャラ対戦かよ。せっかく俺だけだと思ったんだけどな、こういう武器」

小柄な体に革鎧、そして右手に構えた剣の柄。そこから伸びるのは、剣を輪切りにして小さな鉄片にしたものを繋いだ代物。

『ウリウナイ殿の勇者か！　蛇咬剣という武器を使い手足のように扱う！』

「鞭、剣、どっちかしろ！」

『とにかく何とか引き剥がせ！　足を止めてはならん！』

設計思想はおそらく【荊】と同じ、敵を絡めて酷い手傷を負わせるものだ。

ただ、材質が金属である以上、こちらより強度は上になる。しかも自由に操作が可能で、遠距離から相手を絡めて動きを止める。

それは他者の攻撃範囲に巻き込まれず、行動できるということでもある。

つまり、

『シェート！　足元！』

サリアの絶叫に視線が落ち、

「アソボウ？」

足に取り付いた人形が、爆発四散した。

13 逆転

「ぐあああああああああっ！　あっ、あぐううっ！」

大地に転がったシェートの脳天を激痛が貫く。

ゆがむ視界の向こう側、それでもしっかり脚は残っている。脛当ては完全に壊れたが、全ての加護を結集したおかげだ。

「ナイスボム、やっぱこのコンボ完璧だな」

「へへヘッ。これ終わったあとも共闘するかァ？」

人形使いと蛇咬剣の勇者は、笑顔で健闘をたたえあい、こちらに近づいてくる。

「おっと、動くなって」

蛇のような切っ先が喉に突きたてられ、シェートの手が矢筒に届く前に止まる。

「しっかし驚いたゼェ。矢でクイックドロウって、お前やるねェ」

「あれ、結構かっこいいよな、喰らいたく無いけどさ」

人形使いの意思により、また小さな人形が作られていく。その数は十ほどで、こちらの周りをぐるりと取り囲む。

「おい！　コボルトは!?」

「やっつけちゃったよーォオオんっと」

「で、これ、どうすりゃいいわけ？　山分けってわけにもいかないでしょ？」

ようやく追いついた大剣の勇者は悔しそうにしながら、それでもほっと息をついた。

『シェート、傷は』

口には出さず問題ないと指示を出す。すでに自動回復が働いて、痛みもすっかり引けている。だが、切っ先は喉元に食い込んだままだ。

「止めを刺した奴が、一番多く経験点をゲットする。で、その次にそれをアシストした奴がって感じだそうだぞ」

「え!?　マジで！　じゃあ、俺がやっちゃって良いってことか!?」

「ア？　ちょっと待てよ。この状態で止めなんて刺せんのか？」

人形使いはいらいらとした顔で、人形の包囲を狭める。

「コイツ、まだ加護残してんだよなァ。だから俺らがガンクビ揃えてんだろォ？　殺しても死にそうにネェからってよォ」

なんとも形容しがたい奇抜な格好をした人形使いは、値踏みするようにこちらへ顔を近づけた。

「……何が言いたいんだよ」

「けっとぉ、申し込んじまおうかなって、サ」

「お前!?　それはダメだって言われてんだろ！　独り占めする気か!?」

「……だよなァ」

詰まらなそうに言い捨て、それから体を起こす少年。

この戦いの間、全ての勇者は自分に対する決闘行動を封印している。なぜなら、厳密には彼らは『仲間』ではないため、誰かが抜け駆けした時点で、シェートとその人物の一対一が成立してしまうからだ。

こちらを追い詰め、サリアの持っている加護を浪費させる。つまりシェートを『何度も殺す』ことを優先にするという意図にも反する。

「俺、良いぞ」

刃が食い込まないよう、そっと息を押し出すように声を絞る。

「あン？」

「俺、お前と」

「おーっと、ダメダメェ、俺ってば、超クレバーだから、サ。そんなこととして、こいつらにボッコにされんの、カンベンなんだよネェ～」

「だよな。さすがに大量の加護がゲットできるっても、〝敵〟が多すぎるし」

上位の勇者から下位の勇者に対する決闘宣言は『拒絶』できると聞かされていた。シェートからの決闘は基本的に成立しない、相手が望む以外は。

これを主催している神はともかく、参加している勇者達は自分の置かれている立場をしっかり理解している。自分達が抜き差しならない、危うい協力関係にあり、そのバランスを取っているのが一匹のコボルトであると。

「さて、ワンコチャン、わりぃンだけど武装解除、してもらえッかなァ」

「武器、捨てる、か」

「そうそう。スッパダカになってもらってよ、ボッコって、ワ・ケ」

「で、みんなで加護を削って、一番削った奴が優勝？」

「いいねェ～」

うれしげに話す二人の勇者。

その声に、シェートの奥底に火が灯る。

それは心の燎原を焼き尽くし、天を焦がす怒気になって燃え上がった。

「あれェ？　なんかその目、こっちに抵抗する気満々て奴？」

「爆弾は待った。俺が一回殺すから、動き止ったら引っぺがしちゃって」

「オッケェイ」

「待て、分かった。捨てる」

弓を引き抜き、彼らの背後に放る。更に山刀を引き抜き、反対の地面に放る。その様子を見て勇者達の包囲が、少し狭まる。

腰の矢筒に手を当て、僅かに喉元に掛かる切っ先が深く潜るのを感じ、弓とも刀とも別の方向へ放り投げた。

「脇の下の袋もだよ、マヌケ。ドングリなんかで目潰しされたらかなわねえからなァ」

「腰の袋と、篭手と脛当、あとその鉢巻もね」

言われたとおりに全て捨て、服だけになったシェートに、いまだ視線を外さない人形使いが指示を重ねる。

「上着と下もだゼェ。こういうときは、スッパダカにすんのが基本だからナァ」

「お前、俺の裸、見たいか」

「ケッ、どこでそんなセリフ覚えたんだか、生憎、そういう趣味はネェよ」

シェートは上着に手を掛け、一瞬で場を観察し終えた。

ようやっと、全員の気分が人形使いに乗った、そう感じる。

今まで勇者と争ってきた中で、分かったことがある。どんな戦闘でも、絶対に全ての人間が自分の意思『だけ』を押し通すことは無いと。

自分の安全を守りながら敵を倒すなら、仲間の呼吸を読み、状況を読み、敵の動きを読んでいくものだ。

その結果、誰かが主導権を握っている状況が生み出されるとき、そいつの行動に全てのものが無意識に従ってしまう。

今、人形使いは場を操っている。そして、勇者達はこちらが武装を解除し、意のままに操られている様子を『見物』している。

切っ先を突きつけている蛇咬剣使いでさえも。

戦闘の専門家であるなら、こんなマヌケはしないに違いない。だが、彼らは勇者である前に、ただの子供だった。

シェートは上着の肩紐に両手を伸ばし、勢い良く体を前に倒した。

「な⁉」

「やめっ」

「ぐううっ！」

中心は避けたものの、切っ先が頚動脈を傷つけ血がほとばしる。それでも動きを止めずに、背中から足首に通された『肩紐』を引き抜き、勢い良く蛇咬剣使いに叩き付けた。

「いぎゃあああああああああっ！」

先端に木矢を短く切ったものをくくりつけた、二本の【荊】の変形が彼の両目を縦に切り裂き、両腕に絡みつく。

「うおおおおおおっ！」

全力の加護をかけた二本の紐、本来は弓弦に使うはずのそれが、絡みついた勇者の腕を骨まで断裂させた。

「あがあああああっ！　おおおおおおおっ！　めがっ、てがああっ、あがあああっ！」

「てめえぇっ！」

人形使いが大きく跳び退り、人形の爆発圏から遠ざかる。それに追いすがるようにシェートが地面をこするように動き、

「はあああああっ！」

掴み取った蛇咬剣を大きく打ち振った。

「いでえええええっ！」

鉄片が人形使いの腕に食い入り、同時にシェートの加護が無慈悲に表面を伝う。

めきめきと音を立てて骨がへし折れ、ひきつけた剣と一緒に少年の右腕がこちらに吹き飛んだ。

「ぎゃあああああっ！　ごッ、ごのやろうううううっ！」

「畜生っ！　みんな撃てッ！」

大剣の勇者の声に空と陸に殺気が満ち渡る。全てこちらを貫く射撃、蛇咬剣の一振りでは守り切れない上に、防具を拾うには時間が足りない。

次の瞬間、シェートの体は矢筒へ飛び、両手で矢を引き抜いた。

その全てを、包囲を続けていた爆発人形へ向かって叩き付ける。

「うわあああっ！」

「ぎゃあああああっ！」

「ひいいっ！」

立て続けに上がる勇者の悲鳴と、爆炎に飲まれ、威力を失う矢の一撃と凍月箭の耀き。それに目もくれず、空から降り注ぐ一条の光を切り裂くように蛇咬剣を振う。

鮮やかな光の華が散り、神器と加護の威力が完全に魔法を打ち砕いた。

「みんなどけえええっ！」

その声の先、林の中で片手を突き出した勇者の姿。

『剣が来るぞ！』

サリアの警告に、シェートの世界が冷える。

生き延びたければ考えろ、全ての勇者を狩るために。その視線が、片手の再生を終えて呆然とした人形使いに吸い寄せられ、

「や、やめろ！　こっちに来るなァアアアアッ！」

体を丸めて転がり込む勇者という名の大樹、その上から降り注ぐ刃の雨。

鈍く重い音を立て、人形使いの少年が無数の剣に貫かれて絶命する。

その体が、黄金の粒子になって吹き散れた。

「まず、一人」

剣の林に無傷で立ちながら、コボルトは勇者達をにらみつけた。


「なんだ……なんなのだ、この事態は」

ぱくりと口をあけ、ガルデキエは呻いた。目の前には車座になった神の一人が、愕然とした顔で物言わぬ石と化している。

「落ち着けガルデキエ。あのような協調性の足りぬものが一人欠けたとて、どうということは無い！」

「そなたの勇者も我らの勇者もいまだ健在、しかも奴は武器と防具を大半失った！」

奪った蛇咬剣と拾い上げた山刀だけを手に、コボルトは逃げる。

そうだ、すでに奴はジリ貧、徐々に不利になっていく中であがき続けていくだけだ。

「だが、奴は加護を使っておらん」

自分の指摘に黙り込む一同。嫌な空気が場に流れ、周囲で状況を見ていた野次馬達の視線が気になりだす。

「ええい！　どいつもこいつも！　遊戯に参加する気概もない木っ端どもが！　散れ！」

一喝され、散っていく野次馬達。だが、その中で唯一、長身痩躯の青年だけは面白そうに事態を見つめ続けていた。

「〝万緑《ばんりょく》の貴人《きじん》〟！　貴様もとっとと女神の尻でも追いかけに行け！」

「やはり、サリアーシェ様の勇者は面白い」

エルフの青年は、こちらの顔をしげしげと眺め、肩をすくめる。

「今の貴殿らは、まるであの時のゼーファレス殿のようですな」

「なっ！　何を言う！」

「マリジアル、貴様っ！」

こちらの言葉もどこ吹く風と、彼は手にしたリュートを一音爪弾き、水鏡の光景を見やる。

「あなた方には分からぬかもしれませぬが、あのコボルト、巧みに勇者の足並みを乱すべく、動いておりますすよ」

「なんだと？」

「木陰や茂みを通り、あるいは利用せずに走りすぎる。わざと小高い岩山を登り、くぼ地に身を沈め、視線を定めさせないのです」

「だからどうした！　そのようなことは今までも」

くすり、と笑うと、エルフの神は水鏡を指差した。

「この戦いが始まりし時、コボルトは全身に荷物を負っていました。ですが、今はまったくの身軽。この意味が分かりますか」

ぎょっとした顔で集まる視線、コボルトと勇者の距離は追走が始まった時点と比べて、更に開いている。

「射線を外し、武器の間合いを外し、徹底的に逃げの一手を打つ。しかも、すでに日は傾きかけております。山の夜は早いものですよ」

森の日差しは、いつの間にか中天から落日の方へと傾きつつある。

そうなれば、どうなるか。

「夜闇のあのコボルトの恐ろしさ、ご存知でしょうな」

その言葉だけを残し、マリジアルは去っていく。

「かび臭いキノコ野郎が！　言いたい放題言いおって！」

「だが、奴の指摘も一理ある。このまま夜になるのはまずい」

「わしの勇者に先行させ、足止めをかける。奴の持ち物で、空の勇者を落とすのは至難のはず！」

「分かった。こちらもすぐに追いつかせよう！」

相手の提案を容れ、ガルデキエは水鏡を浮かび上がらせた。

「勇者よ聞こえるか！」

大分体に来ている疲れを感じながら、うっとうしいだみ声に、文則は何とか平静に口を開くだけの余裕を掘り起こした。

「はいはい！　こちらふがいない勇者！」

『カレイニア殿の勇者が先んじて攻撃を仕掛ける。それに追随して、貴様も奴をけん制しろ！』

「誰だよそいつ！　ってあれか！」

上を見上げると飛行勇者が加速して、コボルトの頭上に陣取った。

「タイミングとかはどうすんの！」

『貴様の能力で釘付けにすれば命中率も上がろう！　とにかく今は何でもいい、奴を押し包んで倒せ！』

「はいはい！」

上司がアホだと部下が苦労する典型だ。実際、このクエストの前に自分が『使えそう』と思った勇者と打ち合わせをしようと思ったのだが、相手の神の横槍とか、モジャ髭の交流関係でそれもうまくいかなかった。

どうせ、コボルトを倒した後にどの神が自分にとって厄介か、どうやったら出し抜いて倒せるかとか、そんなことばっかり考えていたんだろう。

「そう言うのを、取らぬタヌキのなんとやらって言うんだよっ」

「文則さん、それ〝皮算用〟です」

律儀に突っ込んでくれる綾乃に笑い返し、追走している二人のメンバーを見る。その面子を見て、文則は笑った。これなら行けるかもしれない。

「えっと、こういうのって、ひょうたんから馬だっけ、人間バンバンジーだっけ?」

「〝瓢箪から駒〟、〝人間万事塞翁が馬〟ですね」

なんて戯言を言っている間に、魔力光がコボルトを釘付けにする。背後からやってくる勇者の一団は自分達より少し距離がある。

「おっし、あのコボルト、ここにいる面子でやろうっ! 経験点の分配とかは後で話し合おうぜ。ガルデキエのオッサン、それでいいよな!」

『良かろう。貴様に任せる』

ようやくぼんくら上司から出たお墨付き。気力を充実させると、文則は地面をえぐるように大剣を振った。


山津波を思わせる怒涛の衝撃波が横を駆け抜け、全身を痺れさせる。大剣使いの剣士はこちらを睨みすえ、その背後に回復役の女を守っていた。

弓があれば一発で射抜ける距離。しかし、手の中にあるのは慣れない武器と、山刀一本のみ。そして、上空でこちらの隙をうかがう魔術師。

「う……っ、く……」

目の前がかすみ、蛇咬剣を握る手の握力が次第に失せていく。

『シェート……』

「大丈夫、だ」

もう、何時間追いかけっこをしているのか。一瞬の隙を突いて、小さなどんぐりの焼き菓子を口にして以来、水の一滴も口にしていない。

疲労と空腹、渇きが自分を締め付ける。

「やっぱな」

大剣使いが、ずいっと前に出る。その動きをけん制するように剣を突き出すが、元々自分の者ではない神器、意思に従うことも、一本の剣になることも無い。

「お前、疲れてんだろ」

剣士の背後で、仲間の三人が腰の皮袋から水を飲む。同様に上の魔法使いも。

ごくりと、シェートの喉が鳴る。

「んで、のども渇いてると。そうだよな、あんだけ動いて、飲まず食わずじゃな。っていうか、これ、お前がやった状況の逆転だな」

さらに補給を終えた二人の仲間が進み出て、大剣の勇者も同じように水を飲む。

「『わたぬすみ』するまで、時間掛からないけどな」

「さすがだ、勇者。俺、やったこと、全部知ってるか」

こちらの言葉に、勇者の少年はにやりと笑う。

「敵を知り己を知れば百戦危うからずってね」

「……あ。合ってます。大丈夫です」

「綾乃さーん、俺どっちかって言うと日本史得意だからさー」

「すみません。それ孫子ですから……。どちらかというと中国史です」

会話で必死に時間を稼ぎ、疲れた体を休める。それでも欠乏した水分や栄養を補わなければ、本当の回復は望めない。

「で、悪いんだけど、ここでお前のこと、俺らがしとめるから」

「……やれるなら、やれ」

「省吾君、頼むわ」

すいっと進み出る、全身黒尽くめの、ぴっちりとした姿の少年。その両手には奇妙な形をした小剣が逆手に握られて、

「〝瞬裂斬《しゅんれつざん》〟」

とっさに緊張させた蛇咬剣が火花を散らし、刃を握った片手が血を噴出す。

「ぐううっ！」

「〝瞬裂斬《しゅんれつざん》・乱刃《らんじん》〟」

黒装束の少年が振う刃が見えない。いや、見えはするが反応が間に合わない。体の中心を守るように張った蛇咬剣を避け、腕が、脚が、頬が切り裂かれていく。

「くあああっ！」

「正樹君、よろしく」

「うん」

飛び散る火花と血煙の向こう、杖を持った少年が、とん、と地面を突く。

「うぐっ!?」

するりと伸びた少年の影が、がっちりとシェートの足元を掴む。

「やってもいいぜ、破術で解除を」

「その代わり」

火花が爆ぜ、斬撃が一層激しく、こちらの守りを削っていく。

「うがあああっ！」

「俺の〝堕天《だてん》の双翼《そうよく》〟が、お前の体を切り裂く」

意識を刈り取るように振われる双剣。急所に当たらないように張った剣に、薄い亀裂が入る。相手の神剣の威力が、こちらの神器の能力を上回っている証拠だ。

三段重ねの力でなければ抑えきれない。

『シェート！』

降って来る声に、シェートは歯を食いしばって首を振る。

「やめろ！」

『だが！』

「絶対ダメだ！　最後まで、俺見てろ！」

加護は使わせない、自分が良いというまで。

それがこの戦いの始まる前、自分に課した制約。

『バカなことを言うな！　今回の戦いは加護を使わねば！』

『じゃあ、ここで生き残る、次何かある、それでまた加護使うか!?』


そうだ、サリアが加護を使うかで悩むのは、自分が弱いせいだ。

弱い自分を越えられなければ、勇者に、魔王に、世界になど勝てるはずが無い。

加護は必要だろう、だが加護に頼るマネだけはしたくない。

考えろ。

考えて、考えて、考え抜け。

「省吾君、カウントスリーでバック。正樹君、威力増強よろしく、信也君は俺に合わせて全力砲撃な！」

「任務了解」

「分かったよ」

「こ、こっちも、オッケー」

大剣使いが振りかぶり、双剣使いが嵐のように斬撃を放ち、腰の影がシェートの動きを束縛していく。

天に耀くは巨大な魔力光、自分にあるのは壊れかけの神器と腰の山刀。

「三っ」

弾ける火花の音に紛れ、それでも聞こえる秒読みの声。

「二っ」

刃の嵐の中、研ぎ澄まされた神経に双剣使いの体重移動が伝わる。斬撃の威力が鈍り、逃げる体勢になったのが分かる。

「一っ！」

それはほんの僅かの隙。二つの攻撃が降り注ぐ寸前、双剣使いの攻撃が止み、敵の体が後ろに飛ぼうとした。

「うああああああああっ！」

絶叫と共に破術を展開し、影を打ち消すと、蛇咬剣の竜巻で黒装束の体を巻き取り、一気にひきつける。

「しま――」

そして、衝撃波と魔力光が、等しく黒装束とシェートを打ち貫いた。

「が、は……」

目の前で黒装束がうめき、金の光を撒き散らして消えていく。

だが、

「あ、ぐっ……」

全身を焼く痛みと、粉々になりそうな一撃が、シェートの体から活力を奪っていた。

蛇咬剣は砕けたが、山刀は残っている。

それでも、体が震えて動いてくれない。

「どんだけしぶといんだよ。お前」

大剣の勇者は、哀れみと悲しみを込めて、ぼろぼろになったこちらを見つめた。

「そんなに俺達が憎いか、殺したいか、勇者が嫌いなのか」

「……違う」

こげた手を必死に腰に伸ばし、柄を握り締める。

「生きたいから、だ」

その言葉に、勇者がたじろぐ。ゆっくりと山刀を引き抜き、構える。

それでも、膝がくず折れる。

「あ……」

だめだ、自分はここで倒れられない。

強くならなければ、世界を超えていけない。

それでも、手が力を失っていく。

「ちくしょう……っ」

加護という言葉と世界という言葉が、頭の中で一つに重なっていく。

お前は弱い存在で、世界の重さを除ける力など無い。

だから弱い魔物として世界に殺される。

だから弱い存在として加護に縋《すが》る。

そう囁く声がする。


だからこそ負けたくない、世界にも、加護にも。


「俺……はっ」

剣士が、自分の命を絶つべく、大剣を振り上げる。

それでも、コボルトの手が、剣士に向けて突き出された。

その時、

「うおおおおおおおおおおおおおおおおおんっ！」


咆哮が辺りの空気を切り裂いた。

唐突で場違いな声に、全てのものが一瞬我を忘れて周囲を見回す。

「おま、え」

シェートの呟きに、幻のように現れた星狼は、その濡れた鼻面を押し付けた。

「なんで、ここ、いる？」

そんな問いかけに耳も貸さず、あっという間に口吻を使い、背中に放り乗せる。

「え⁉　なんだそいつ⁉」

大剣使いがうろたえ、そんなことも頓着せずに星狼は駆け出していく。

「あ、まて！　正樹君、影！」

「ダメだ、向こうの方が早い！」

とてもいい乗り心地とはいえない状況だが、必死に首のたてがみにしがみつき、囁くように礼を言った。

「あ、ありがとな、また、助けられた」

匂い立つ気配が、気にするなと言っている感じがする。あっという間に勇者の喧騒が遠ざかり、少しずつ体が癒えていくのが分かる。

『……馬鹿者！』

その全てを見ていたサリアは、悲しみの声を降らせた。

『バカ、バカバカ！　この大馬鹿者！』

「ご……ごめん……」

『何を意地を張っているのだ！　馬鹿者！　私がどんな気持ちで見ていたと思っているんだ、この大馬鹿者！』

ほとんど泣き出しそうな声で、サリアが叫ぶ。

『気持ちは分かる！　分かるがバカだ！　お前は！　なぜに私を頼らない！　そんなに神の力が嫌いか！　私が頼りないか！』

「ちがう……おれ、よわい、だから、たよりっぱなし、なるの、いやだ」

『そんなことあるか！　お前は十分強い！　だから頼む！　私にも何かさせよ！』

「だいじょうぶ、サリア、こいつ、連れてきた、ちがうか？」

問いかけに、サリアはため息で否定した。

『私にも分からぬのだ。おそらく、あの時出会った星狼だろうが、なぜこんなところにおるのだ？』

言葉が届いたのか、星狼は走るのを止め、シェートをその場に下ろす。そこには山の斜面を流れる小さな沢があった。

「あ……」

礼を言うことも忘れ、その流れに顔を突っ込む。口いっぱいに広がった甘い水を飲んでいくと、疲れきった体に活力が注がれていく気がした。

『やはり、通りすがりらしい』

ようやく顔を上げたシェートに、サリアはあくまで要約に過ぎないが、と但し書きをつけて会話の中身を語った。

『始めは関わるつもりはなかったようだが、見ていられなかったのだそうだ』

「お前……変な奴」

「うおうっ！」

「あ、ご、ごめん」

気分を害したのか、星狼は尾を振りたて、その場に座り込む。それをとりなすように、サリアが注釈をつける。

『獲物を分け合った仲が、一人で敵の群れと戦っているのを見るのは、忍びないとな』

「そうか。それでお前、ここへ何……」

閃光が打ち込まれ、一瞬早くシェートと星狼が飛び退る。飛行勇者の一撃を見た勇者達が、こちらに向かって来る。

「お、鬼ごっこは、もう、終わりだぜ」

なぜか胡乱な表情をしたまま、空から勇者が声を掛けてきた。その不安定に揺れた声を聞いて、シェートはそっと口元を緩めた。

「なあ、お前、もう少し、付き合えるか？」

「……うふぅっ」

『仕方ないから付き合ってやる、だそうだ』

「ありがとな」

傷によってリタイアしていた勇者達も復帰し、まだまだその数は多い。

腰には山刀一振り、味方は得体の知れない狼一頭。

それでもシェートは武器を構えて身構える。

まるでその仕草にあわせるように、高みにあったはずの勇者がふらつき、

「あ、れ？」

ぐしゃりと地面に叩きつけられた。

水鏡の向こうで、地に落ちた勇者が金の光を撒きながら砕けていく。

「な、なぜだあっ!? あのコボルトの毒はきちんと加護で消して、そんな……」

あっという間に石と化した同輩に、他の神々が声を失う。ガルデキエは震える声で、虚空に呼ばわった。

「イェスタ、これはどういうことだ」

「はい。あれは病毒です」

朗らかに言い放つ黒い女神は、水鏡の中の勇者達を指差した。矢傷を受けた者達が、悪寒や体の痛みを訴え、皮膚を赤く腫らし、水泡を沸き立たせて苦しんでいく。

「ば、バカな！ こんな短時間に病毒だと!?」

「魔物の中には屍毒を強め、強力な病毒を作り出すものがいるとか。かのコボルトも、その知恵を持っていたのでしょう」

「だが！ 確かに毒は消えたと！」

「毒と病毒は別のもの。加護を『一切の異常を消す』ではなく『毒を消す』でお願いされましたので」

「ならば、毒ではないと願いが却下され……」

そこまで言って、ガルデキエはコボルトの矢を思い出していた。

最初は乾いた矢、その後に放たれた矢には、あからさまな毒の塗布。

「病毒は遅く効き、草木や獣の毒は早く効く、おそらくあの矢には元々、病毒をなじませておいたのでしょうね」

「おのれえええええっ！」

「シディア殿！　そなたの勇者で、わ、私の勇者の病毒を！　もう加護を使いきっておるのだ！」

「あわてるな！　とにかく態勢を……!?」

そこまで言ったところで、ガルデキエの声が詰まる。

森の中は次第に暗くなりつつあった。その木々の陰を縫うように、何かが唐突に立ち現れていた。

まるで鐘楼のような、天へ伸びるその姿は、巨大な人型。

「バカな、こんなところに、巨人だと!?」

「違う……あれは……」

のっぺりとした無表情は肉ではなく、不思議な色合いをたたえた銀で造られている。デフォルメされた筋肉質の体に腰布を巻いた姿を彫られた、金属の巨像。

「それだけではないぞ！　あれを！」

更にその上、木々を押しのけるようにして飛ぶのは、幅広の皮翼を持つ巨大な爬虫類。

棘の生えた尾を持ち、獰猛な牙が涎と毒液を垂らし、貪欲な悪相が勇者を睨む。

「バカな、なぜ、こんなものがここに現れるのだ！」

『それは、私の勇者が呼んだからですよ』

「イヴーカス!?」

いつの間にか車座の中央に立った小ネズミは、その口元をにぃいっと、捻り上げた。

14 魔物使いの少年

その場にいる全ての者が、こちらに視線を合わせているのを感じ、イヴーカスは全身の毛を膨らませた。

『貴様の勇者だと!? バカな、あれは、あの魔物は！』

「お分かりになりませんか？ いや、信じたくない、といったところですな」

ガルデキエの戦く顔が見える、シディアの青白い顔も見える。口元が、狂気に近い笑みに歪む。

「大空の雄、竜族の末席に連なりし者、ワイバーン。そして今ひとつは神秘の魔鉱石、ミスリルで拵《こしら》えた魔導巨像、ミスリルゴーレム」

『ありえぬ！ 貴様の勇者があのような！ あんなものを二体同時に使役するなど――』

ミスリルゴーレムのすぐ後ろに立つのは、まだ十を少し超えたばかりの少年。旅人のまとう、ゆったりとした服とマント、片手には杖を持っている。

『だ、大体貴様、何をしに出てきた！ 討伐に名も連ねず、この場にあのような魔物を』

「田舎芝居は、もうやめにしませぬか？ ガルデキエ様」

『……ふん。そうだな。最初から、貴様はこうなることを狙っておったのだよな』

「ご明察。だが、それにいつ気が付かれました？ 私との連絡を絶った時？ 神座で私を踏み抜いたとき？ あるいは〝知見者《ちけんしゃ》〟様侵攻の報をお持ちしたときですかなぁ？」

嘲りに塗れた言葉に、見る見る相手の顔が殺意に満ちていく。

『このドブネズミが！　その賢しらに回る舌を今すぐ引きちぎってくれん！』

「どうぞご自由に。それでは、サリアーシェ様」

その声は、あえて全ての水鏡に乗せた。

「先ほど我らの間で結ばれた、決闘の契りを果たしましょうか」

『……こんな時に、ですか。竜神殿も未だ戻られず、我が策も半ば、ですが貴方の計画はこうであったはずだ』

サリアーシェもあえてこちらの水鏡の全てに己の声を乗せてくる。その行為に、イヴーカスは尻尾の先まで痺れるような、狂奔を味わった。

その声が全ての水鏡に伝わり、自分たちの会話を、固唾を呑んで神々が聞き入る。

『我が配下、シェートにより、貴方の勇者の枷となる全ての敵を打ち滅ぼして後、貴方の勇者によって、残敵を狩ると』

『ふ、ふざけるなこの邪神！　我らが勇者を残敵などと』

『ああ、聞き耳を立てられておりましたか、ガルデキエ殿。これは我らの間の盟、あなた方には何の縁も無いこと』

『こ、こ、この……』

天界が慌てふためいていた。自分に繋がる全ての神が、想像していた以上の裏切りを目の当たりにして、絶句していた。

「とはいえ、思ったよりコボルト殿も苦戦しておられるようですし、なにやら仕掛けのおかげで勇者達も戦えぬものが増えた様子、この辺りが潮時と思った次第で」

『いつからだ！　いつからこのような密約を！』

「密約も何も、我らはただ信用を取り交わしただけのことです。弱い者同士が知恵を絞り、強きものに打ち勝つために」

『弱きものだと!?　サリアーシェ、貴様は大神の身でありながら、こんな下種の疫神と結びおったのか！』

『言葉を改められよ。かの神は確かに狡猾にして卑俗やも知れませぬ。ですが、集を頼みに与し易い者を襲い、あまつさえ邪神よ悪辣なものよと、言い募るような真似はなさりませなんだ。下種は貴方だ、〝覇者《はしゃ》の威風《いふう》〟が聞いて呆れる』

決然と言い募る女神の言葉でイヴーカスの心がしくりと痛む。その甘やかな感覚を、鉄の無感情で捨て去ると、ネズミは全ての神を煽る言葉を紡いだ。

「まあ、全ての神はすでに我らの蚊帳の外。正々堂々我らの決闘を始めましょう」

『我が勇者の困憊《こんぱい》を見ながら、よくもぬけぬけと言われますな〝黄金《こがね》の蔵守《くらもり》〟よ。とはいえ致し方ありません、受けて立ちましょう』

『ま、まて貴様ら！』

「待つ義理はありませぬな。悟、あのコボルト、シェート君に決闘を申し込んで」

『え？　いいの？』

悟には詳しい事情は聞かせていない。ただ、二体のモンスターを外に出して、待機していろと言っただけだ。

「うん。長いこと待たせたね、他の勇者との初バトルだよ」

『分かった！　それじゃ、コボルトのシェート君に』

『やめろおおおおっ！』

その声はどの水鏡から聞こえたものか。

日の翳り始めた森の中、確かに勇者達からの一撃が、空を飛ぶ魔物に痛撃を与えていた。


あまりに唐突な展開に、文則は呆然としていた。

コボルトを追いかけていたと思ったら、目の前に現れたのはミスリルゴーレムとワイバーン。しかも耳元でがなるガルデキエの声は混乱し、裏切りがどうとか叫び続けている。

「あの、シディアさま!?　だから何がなんだか、え!?　イヴーカス!?　裏切りって一体!?」

「綾乃さん！　そっちもか!?」

「な、なんだか天界が大変なことに……文則さん、あの子」

さっきからゴーレムの足元辺りにいた男の子。どこかで見た覚えのあるそいつが、いきなり口を開く。

「分かった！　それじゃ、コボルトのシェート君に――」

「やめろおおおおおっ！」

勇者の集団から放たれたのは、蛇のように唸る一本の剣。その一撃がワイバーンの首筋に喰らい付いていく。

「ギィエエアアアアアアッ」

「ざっけんじゃねえええええええっ！　このクソガキいいいいいっ！」

ずたずたに裂かれた腕と顔の再生痕も生々しく、何とか復活させた武器を手に、蛇咬剣使いの少年が絶叫する。

「いきなり横から出てきて、何が決闘だあああああっ！」

「うわあっ！」

いきなり叱責されて驚く魔物使いの少年に、蛇咬剣の勇者は怒りも顕に吐き捨てる。

「そいつは俺の顔と手をぶった切って、せっかく貯めた加護を台無しにてくれたんだ！　そいつを倒すのは俺なんだよおおおおおっ！」

「なんだあいつっ、キレちまってるっ!?」

『勇者よ！　お前も戦に加われ！　あの増上慢のイヴーカスをぶちのめしてやるのだ！』

耳元でがなるモジャ髭は完全に我を忘れている。そもそも、イヴーカスなんて神の名前はこれまで一度も聞いていない。

「ぶちのめせって、まさかあのゴーレムとワイバーンをやれってのか!?」

『何のために神器を与えたと思っている！　あの勇者もろとも、ネズミの姦計を打ち砕いてしまうのだ！』

「勇者もろともって、あいつ、コボルト探しを手伝ってくれた奴だろ!? それにまだ子供じゃねーか!」

『この場にあれば子供も大人も関係ない！ 全ての勇者は納得ずくで臨んでいるのだ！』

やっぱりむちゃくちゃだ、神様なんかにホイホイ付いてくるんじゃなかった。そう思いつつ、視線が脇の綾乃に向かう。

「私、そんなこと無理です！ こんなの、もう！」

「クソッたれ！ 綾乃！ 茶番に付き合うのはもうやめだ！ 逃げるぞ！」

「文則、さん？」

「言っただろ！ 必ず守るって！」

呆然とした彼女の肩を掴み、その場を離れようとする。

だが、周囲の勇者の動きは自分の予想とはずれた動きを見せた。それぞれが得物を構えて、一斉に子供に向けて解き放つ。

「バ、バカ！」

「やめてええぇっ！」

弓や魔法、剣圧や雷撃、炎が弧を描いて虚空を飛ぶ。

その一撃は、まったく子供とは関係ない、あさっての方向へ着弾し、消えた。

「な、なんだ……？」

「外れた……じゃなくて、外した、の？」

「ふ、ふざけんなあああっ！」

絶叫と共に振われた蛇咬剣があさっての方向に飛び、大木に大穴を開ける。

「な、なんだ⁉　狙えねぇ！　あいつが、見えなくなっちまう⁉」

「見えないって、あそこにいるだろ！」

「そうだよ！　そう思って〝狙う〟と、途端に見えなくなっちまうんだよおっ！」

訳の分からない言葉に頭が混乱する。だが、それを悠長に解き明かす暇はなくなった。

目の前のワイバーンが大きく口を開いていく。

「全員退避！　逃げろぉおおっ！」

綾乃を抱いて横っ飛びに飛んだその背後で、

「うぎゃああああああっ！」

ワイバーンのブレスに焼き尽くされた蛇咬剣の勇者が、金の光を撒き散らしながら消滅した。

矢上悟《やがみさとる》の目の前で、暗くなり始めた森がワイバーンの炎によって明るく耀く。それと一緒に、何人かの勇者達が金の光になって消えていった。

『ほらね？　大丈夫だったろう』

いつものように、イヴーカスが優しく囁く。

『たとえ勝負に負けても、絶対に彼らは死なないし、元の世界に帰れるんだよ』

「そうか……よかったぁ」

今までモンスターとは戦ってきたけど、こうして人間の勇者と戦うのは初めてだった。

もしかしたら、人殺しをしてしまうかもと思っていたし、怪我をさせたら嫌だとも思っていた。でも、あんなふうに光って消えるなら心配ない。

「でも、なんでみんな僕に攻撃してきたんだろう？」

『ごめんね。私の方でちょっとした手違いがあったんだ。でも、もう大丈夫』

とても優しく、イヴーカスは囁いた。

『この場でみんなで闘いあって、シェート君と戦う権利を持つものを決めようって〝決まった〟からね』

「そうなの？」

『それに、モンスター使いと、パーティを組んだ人間のキャラクターが戦う時だってあるだろ？　あれと同じことさ』

「……そっか」

ちょっと想像していたのとは違うけど、確かにパーティを組んでいるようだし、みんなこちらと戦う構えになっている。

それに、僕のワイバーンが怪我をしてしまったのはちょっと腹が立つ。何も言わずに先制攻撃なんて、ずるいよな。

『次はミスリルゴーレムを使ってごらんよ。ほら、タックル技とかあったよね。集団攻撃用の』

「〝ロケットタックル〟のこと？　分かった！」

悟は全体を見回し、ちょうど勇者達が固まっているところを見つけた。あのぐらいたくさんいるなら、技ポイントの消費と釣り合いそうだ。

「よーし！　ミスリルゴーレム、あそこに〝ロケットタックル〟！」

命令に従って大きな体がぐっと縮まり、

「オッ！」

風を置いていくぐらいの速度で、ゴーレムの巨体が勇者の群れへ殺到した。

たった二発の攻撃で、今まで文則の目の前にいた、勇者の大半が吹き散れて行った。

抱き寄せた綾乃は、顔面を蒼白にして自分にもたれかかっている。

「じょ、冗談だろ……」

「うそ……こんなの……」

ゴーレムは突進命令を受けたあと、戦える者も病気で倒れた者も、関係なく轢き殺していった。無論、死んでも死なないことになっているが、最後の一瞬こっちを見ていた連中の顔が忘れられない。

残った連中は必死に子供に攻撃しようとしているが、それでも一発もかすらなかった。

「一体どうなってんだよ！　絶対防御使う勇者は、ゼーファレスしか作ってないんじゃねぇのかよ!?」

「……もんころ……」

「へ？　綾乃さん、なんて？」

愕然とした顔で、綾乃は呟いた。

「〝モンスターコロッセウム〟……さっき、あの子が叫んだの、〝モンコロ〟の技です」

携帯ゲーム機で長いこと遊ばれている、ファンタジー世界をモチーフにしたゲームの名前を、彼女の口が信じられないと言った感じでしぼり出す。

「え!? って、言われてみりゃそうだけど、綾乃さんゲーム系嫌いなんじゃ……」

「弟がはまってて、ちょっとモンスターを集めるのとか、手伝ったことがあるんです」

再びワイバーンがブレスを吐き、残った勇者を焼却していく。勇者とモンスターの戦いではない、一方的な殺戮だ。子供の方は、何のためらいも迷いも無いように見える。

もしあいつが、ただモンスター育成バトルで遊んでいるだけだとしたら、あの振る舞いにも納得がいく。

とはいえ、問題は扱っているモンスターだ。

「冗談じゃねーぞ！　だとしたらワイバーンは四十二、ミスリルゴーレムにいたっては五十三レベルじゃねぇか！　平均レベル十五前後の俺達に当てて来るか普通!?」

「それにワイバーンは回避力を上昇させる〝飛行〟と炎のブレス、ミスリルゴーレムは魔法無効と物理耐性、でしたっけ」

悲しげに笑いながら、綾乃はすらすらと敵データを口にした。

ああ、この人はものすごく頭も記憶力もいいんだっけ。だから、弟に付き合ったゲームでも、これだけ覚えているんだ。

自分たちにとって、絶望的な敵のステータスでさえ。

「攻撃が当たらないわけだよ。モンコロって、モンスター同士を戦わせるゲームだからな。プレイヤーキャラクターには『攻撃できない』んだ」

場に集まったほとんどの勇者を狩りつくし、それでもワイバーンは貪欲に獲物を探していく。そして、タックルで崩れた体勢を戻し、背後でゴーレムが起き上がる。

「聞いてるかモジャ髭！　お前が文句つけてる神様はな！　このゲームを知り尽くしてるぞ！　俺達に勝ち目は無い！　そいつは、はなっから俺達をハメ殺すために、この場を作り上げたんだ！」

聞こえていようといまいと、文則は絶叫するしかなかった。権力争いに腐心して、自分の足元すらまともに見れていない、まるでテンプレートなバカ神様に。


水鏡の向こう、下界で絶叫するガルデキエの勇者に、イヴーカスはこみ上げる笑いを遠慮なく発散させた。

「ふは、ふははははは！　なるほどなるほど！　ガルデキエ様、かの勇者は貴方には過ぎた存在のようだ！」

『う、おのれぇ……っ』

『イヴーカスよ！　貴様が、なぜ貴様が【神規】を扱っている！』

シディアの叫びに、ネズミはうっとりと笑った。ようやくそこにたどり着き、自分に問いかけてくれたことに喜んで。

『【神規】は勇者にさまざまな〝神の法則〟を与え、遊戯を有利に進めることが出来る。だが、神器よりも多量の贄を要求するはず！　あの勇者に纏わせている「ゲーム世界の法則を当てはめる」神規など、疫神の貴様に贖《あがな》えるはずが』

「そこまで言って、まだ、お分かりになりませんか？」

まったく事態を理解していない、磯臭い水溜りの神に心からの侮蔑が湧く。

それと同時に、自分の身の内で快感がこみ上げていた。快感だけではない、言葉に出来ない充実感が、全身に満ちていく。

「たった今、疫神の私が、と仰られたではありませんか、シディア様」

『……ま、まさか、そんな……』

「貴方のような高貴なご身分の方には、私のごとき疫神が、一体何十、何百、何千柱の神々の元で、嫌われ者を演じているかなど、存じ上げられないことでしょうなぁ」

しぼり出した怨嗟が、相手の絶望の傷に痛烈に塗りこまれ、海洋神の心を締め上げる。

「疫神とて信者はおります。汚名とはいえ崇めるものも。そして、私ほどあらゆる世界で知れ渡っているものもおりますまい」

始めは忌まわしい銘としか思わなかった。誰もが自分を蔑み、唾棄し、笑いものにする。

だが、その塵芥の銘も、積み上げれば全てを圧する高みに至れると気付いた。

「その信仰！　信者！　そして疫神の銘の全てを捧げ、今ここに、神の規《のり》を与えた勇者を降ろしているというわけですよぉ！」

『お前の勇者が、高位の魔物を従えている理由も……』

「我が勇者の遊んでいる〝モンコロ〟には、モンスターを『絶対に捕獲できるアイテム』というものが有るのですよ。それを使えば、高位の古代竜とて一瞬で勇者の下僕です」

ここまでうまく行くとは思わなかった。あの時、〝知見者《ちけんしゃ》〟の助力がなければ、こうも大胆な一手は打てなかっただろう。

「……悟、そこに二人残っているよ」

声をなるべく抑え、感情を表に出さないようにする。彼は自分の最高の勇者で、糸を繰らずに操れる人形でなくてはならない。

楽しいモンスター育成ゲームで遊んでいる子供。その立場であるほうが、こちらも誘導しやすいのだから。

『いいの？　なんか、戦う気がないっぽいけど』

「大丈夫だよ。それに、最後の一人になるためには、その人たちを倒さなくちゃ」

『でも……』

「じゃあ、攻撃してみて、逃げちゃったらそれでいいよ」

最後の一言は、ガルデキエとシディアの二人の耳にもしっかりと刻む。

分け身が一瞬で叩き潰され、彼らの姿が視界から消えた。

だが、痛みは無い。

それどころか、体に力が溢れてくる。

「あ、おお、おおおおおおおおおお」

その源が何であるかに気が付き、イヴーカスは随喜の涙を流した。

尊敬と、畏怖を源にした、信仰心。

「ああ、ああ、ああああ、す、すばら、しい……」

名も知らぬ星にいる者達が、自分の名に祈りを上げている。疫神としてではなく、全てを治める最高神として。

イヴーカス、我らが神よ。

その歓呼が、どくどくと体に満たされていく。

「ううう、あああ、ああああああああ！」

満ちていくその声を、ネズミの神は一片たりとも逃さぬよう、しっかりと抱きとめる。

渡さない、誰にも渡さない、これは私のものだ。

それは熱く膨れ上がり、自分の体を押し広げていく。

「ふは、あはは、はははははははは！」

その快楽に酔い、イヴーカスは玉座を降り、そのまま合議の間を目指した。

勇者の絶望とイヴーカスの嘲りに、ガルデキエの思考は焼ききれる寸前だった。

それでも、目の前の事態を何とかするべく、夜闇に包まれていく森に檄を飛ばす。

「何を腑抜けたことを言っている！　レベルなど関係あるか！　奴を、奴を倒すのだ！」

『ざけたこといってんじゃねえ！　そっちの不始末棚に上げて言ってんなよ！』

「あ、あのコボルトめも、レベルの差など物ともしなかったではないか！」

その言葉のむなしさに、やるせなさと怒りがこみ上げる。そして、勇者はこちらの愚かさを見逃さなかった。

『あいつはしっかり準備して、相手を理解したから出来たんだろ！　相手を侮って！　見下して！　そんな神様に、ジャイアントキリングなんざ出来るかぁ！』

それでも、そう叫びながら勇者は大剣を構えてゴーレムに向き直る。

『もうこっからは神様も何も関係ない！　俺は綾乃を守る！』

「な、なにを言っているのだ、お前は!?」

「あ、綾乃を守るのか!?　そ、そうだ、やれ！　やってくれ勇者よ！」

『やめてください！　シディアさま、私、もう貴方の声も聞きたくありません！』

唐突な拒絶に、青かったはずの海洋神は紙のような白さに顔色を変えていた。

「あ、あやの？」

『私、こんな戦いとか、そういうのが嫌だったんです！　私の想像してた世界は、こんなんじゃなくて……でも！』

杖を掲げ、大剣の勇者に付き添う少女は、目の前のゴーレムを決然と睨みすえる。

『文則さんが……文則が私を守るといってくれるなら、私も彼を守ります！　貴方のことなんてもう知らない！　私は、彼と一緒に行きます！』

『あ、綾乃……うぉぉぉぉぉぉぉぉぉっ！』

一体、こいつらは何を言っているのだ。

この世界に召喚し、力を与えた我らを無視して、それでも目の前の敵と戦おうとしているとは。

だが、連中が戦うというなら、それに賭けるしかない。

「す、好きなようにするがいい。残った貴様の加護は、せいぜい蘇り一つ分だ」

『力が抜けてるぜ神様。ここでコイツをぶっ飛ばせば、あんただって損しなくて済むんだろ？　せいぜい応援してくれよ、俺らのラブラブパワーをな！』

もう、勝手にしてくれ。

ガルデキエは熱に浮かされたような視線で、事態を見守るしかなかった。


やっべーな。勢いでいろいろ言っちまった。

そう考えながらも、文則は燃えていた。かわいい女の子と一緒に絶望的な戦いに挑む、こんな燃えるシュチュエーションは、普通に生きてたら一生なかったはずだ。

ワイバーンが夜空に舞い上がり、ゴーレムが木々をなぎ倒してじりじりと近づく。

「綾乃、こういうの嫌いじゃなかったのか？」

「はい。でも、こうなったら話は別です。私、このまま勝ち進んで、神様に文句を言ってやろうと思います！」

意外と強気な発言に、文則はにやりと笑った。

「いいね！　俺もこの闘いに勝って、あのモジャ髭を思いっきり引っ張ってやりたくなったぜ！」

「文則！」

綾乃の声で二手に散開、彼女の杖が金色に耀く。

「神威よ来たれ、熱き吐息より我らの身を守れ！」

全身に魔力の防壁がかかり、遅れて届いたブレスの炎が遮断される。

だが、

「くっ！　あつううっ！」

地を舐めた炎が魔法の壁を穿って肌を焼く。

「ごめんなさい！　ちゃんと力が！」

「違うっ、レベル差がありすぎて焼け石に水なんだ！」

熱遮断の障壁がまともに働かない。それでも生身で喰らっていたら今頃、黒焦げだったろう。続けて防御力と攻撃力の上昇がかけられる。

「私に出来る強化はここまでです！　後はお願い！」

「上等！」

最初からワイバーンなんか相手にする気は無い。衝撃波で叩き落そうと思っても、逃げられてしまえば無駄に力を使うだけ。

それなら、当てやすい的に行く。

「くらええっ！　このデカブツっ！」

渾身の力を込めた大剣の一撃、同時に秘められた衝撃波の力も上乗せして叩きつける。

「ガ……」

巨体が軽くよろめき、その表面に深い傷をつける。ゴーレムの動きが鈍り、自分の攻撃が効いているのが分かった。

「い、いけるっ！」

「ゴーレム系には衝撃とかハンマーとかのダメージが入りやすいんです！　ミスリルゴーレムも、そこだけは耐性適用無しだったはず！」

「綾乃って意外とオタク気質なんかもね！　でも助かった！」

もう一発、そう思い振りかぶる背後から、

「ワイバーン！　〝テイルニードル〟！」

命令を受けて、枝を震わせた何かが背中に降り注ぐ。

振り返った先にあったのは、ワイバーンの尻尾から撃たれた針と、その射線に割り込む綾乃。

「綾乃ぉっ！」

その体にびっしりと針を浴びて、細い体が倒れ伏す。

「てめええっ！」

「ゴーレム、〝ハンマースイング〟！」

よどみない命令の言葉に、完全に文則の頭が怒りで沸騰した。

「こんの、クソガキがアアアアアアっ！」

振りかぶられるゴーレムの腕に、腰だめにした渾身の一撃を思い切りたたきつける。

ずんっ、と衝撃が体を貫き、それでも腹に力を込めて押し返す。

「俺の、綾乃に、なにしてくれんだよおおおおおおっ！」

ぶつかり合った拳と剣、お互いに激しく亀裂が入っていく、それでも文則は神剣に命令を放った。

「しょうげきっ、ぜんっっかあああいいっ！」

意識がほとばしり、同時に剣と拳が粉々に砕けていく。その視界の端、固められるゴーレムの左拳に気が付き、希望が絶望に塗り変わった。

「忘れてた」

モンコロなんて小坊のころ以来だもんな。自分のうかつさを呪いながら、文則は苦笑を浮かべて嘆息した。

「〝ハンマースイング〟って、二回攻撃だっけ」

その呟きを最後に、文則の意識は激痛と共に吹き飛んだ。


起こっている全てを目にしながら、シェートは動けなかった。

金属の巨像と空飛ぶ翼竜の姿に圧倒されて。自分を散々苦しめた勇者達が蹂躙されていく光景を、黙って見ているしかなかった。

そして最後の二人が吹き飛び、モンスターたちが少年の元に帰っていく。

「大丈夫！　すぐ治るからね！」

少年が腰の袋からビンを取り出し、金属の体に掛ける。その途端、完全に砕けていた腕が痕跡も残さずに再生する。更に虚空に浮かぶ飛竜にも同じ物を投げ渡すと、一瞬で傷が消滅した。

「サリア……」

『すまぬ。完全に、私の落ち度だ』

今までありえない神の加護をいくつも目にしてきた。しかし、あんな強力な魔物を容易く使役し、たった一つのビンで傷も破損も治してしまうなんて、考えもしなかった。

『神器ではなく神規……私とて、かの神を侮っていたわけではないが、いや……認めよう……私の狡猾など、あの方には遠く及ばなかったと』

「く……」

絶望感が身に染みていく。

それでも傍らの星狼は、こちらに向かってくる魔物に牙をむき出し、静かに唸る。

首筋にそっと手を掛けると、シェートは笑った。

「お前、もういいぞ。あとは、俺、やる」

「ううっ」

少し迷った後、それでも狼は向かってくる者たちを睨みすえた。

「お前……」

その姿に、声が湧き上がる。

考えろ。

吐息をつくと、コボルトは同じように敵を見た。

「ありがとな。俺、弱い気持ち、出た」

それは自分の声だ。

生きるために、生き抜くために、考えろと。

『すまん。私も危うく下がってしまうところだった。そもそも、そなたにはまだ加護が残されておる。それによって、あの魔物を打ち砕く方法もあろう』

「サリア、それ……もう少し、待つ、できないか」

『………こ』

こちらの言葉に、今度こそ完璧に、サリアは激発した。

『このおおばかものおおおおおおおおおおっ！』

「うわあっ⁉」

「ぎゃんっ！」

『あんなものクソ意地だけでどうにかなるか！　いい加減そういうのはやめろ！　大体そなた、さっきまで尻尾を巻いて逃げ出そうとしていたではないか！　潔く負けを認めて私の加護を受けよ！』

耳に痛いこだま、怒りと心配で塗れた匂い、その全てを押しのけて、シェートも負けずに叫ぶ。

「それ、さっき！　いま、俺、もう平気！」

『だから、そんな無根拠な意地でどうとかなるレベルではなかろう！　気持ちで勝っても根本的な地力が無ければ勝つものも勝てん！』

「加護頼み！　絶対嫌だ！　俺、いい言うまで使うな！」

『馬鹿者！　今度は決闘！　しかも約定で決闘中に加護を追加することはできんのだ！』

「い……いらない！　なら加護、絶対いらない！」

『バカバカバカ！　そなた一瞬迷ったであろう！　良いから私にも何か』

『ずいぶんと、楽しそうですなぁ、サリアーシェ様』

聞きなれない、太い声が届く。飛竜の吐息の残り火に照らされた世界に、そいつはうれしそうに声を上げた。

『そろそろ神座からおいでください。我らの決闘を始めようではないですか』


神座の先にあった合議の間の光景を見たとき、サリアは思わず眉をしかめた。

階に、緑の草原に、あるいは扉のすぐそばに。無数の神の黒像が乱立していた。自分が出た扉の傍らには、非難と苦悶に指を突きつけた神像が立っている。

そしてその指の先、車座になって石と化した神々が見える。

「おお、待ちかねましたぞ、サリアーシェ様」

中央の東屋に座して、イヴーカスがこちらを見上げている。

だが、その姿はこれまでの彼とはまったく異なっていた。

体が異様に膨れ上がり、肥満している。巨大な太鼓腹を抱え、すわりの悪い大きな尻を座席に何とか乗せている有様。顔や頬にも肉がつき、浮かべている笑いも、どこかいやらしいものに見えた。

身に着けているのは豪奢な法衣、頭に小さな冠を載せ、ゆったりと息をつきながら全身を揺らしている。

その足元に、這いつくばったまま石と化したガルデキエの、苦悶に満ちた顔があった。

「イヴーカス殿……その、姿は」

「ああ、これはお見苦しいところを、少々、身にもてあましておりましてな」

うっとりと、愉悦に満ちた笑顔を浮かべ、わが身をさするネズミ。金色の毛皮に包まれた巨体を生み出したのが、あまたの世界の信仰であることは疑うべくも無い。

「ですが、この戦が終わり次第、整えてみせましょう」

のっそりと立ち上がると、イヴーカスは這いつくばった嵐の神を見下し、神威を込めて盛大に蹴り飛ばした。

「こいつらから手に入れた世界によってね」

石像の端が砕け、抵抗も出来なくなった神が緑の草地に投げ出される。

「おやめください……そのような、振る舞いは」

「やめる？　なぜです。こうできるからこそ、良いのではないですか、この遊戯は」

にたり、と笑う。

そうしてネズミは、ゆっくりと周囲を見回した。そこにあるのは、たった今行われていた狡猾な策の先にあった、大簒奪の結末。

苦痛と屈辱を刻んだ漆黒の像と、それをおびえた目で見つめる神々。

「すばらしいですなぁ。小神の、しかも疫神の身に過ぎぬこの私が！　いまや、その辺りをうろちょろしている、自分を汚す度胸も他者の前に額づく気概も無く、ただ神であることを頼みに高慢に振舞うだけの、小さき神々の上に立てるのですからなぁ！」

「イヴーカス殿！」

それ以上言わせないための叱責。

見ていられなかった、今の彼の、何もかもを。

「まさか、お止めになるのですか？　この私を」

「……いいえ。私には、その資格はありませぬ」

「ええ。そうでしょうとも、貴方も感じたのでしょう？　兄神様より奪い取った世界から流れ込む信仰を！　その心地よさを！　あらゆる美酒、芳しき美味し果実よりも甘い、この流れを！」

不思議な話だ、あれほど裏切りと策謀の話を続け、お互いを利用しあうと言い続けていたのに。いつかは裏切ると、裏切られると、そう言い聞かせていたのに。

己が策の成功を誇示し、簒奪した世界から与えられる信仰に酔い痴れ、他者を踏みにじる彼の姿が、自分に対する一番の裏切りに見えた。

「貴方は……間違っておられます」

思い当たったことがある、彼の行動とその信念に見つけた、たった一つの擦過。

「これは異なことを。遊戯による簒奪《さんだつ》が間違っているというなら、確かにその通り。ですが貴方も私も、その流れに乗っているのです。それは無用な」

「そのことではありません。ですが、今の貴方に何を言っても無駄でしょう」

考えてみれば、彼にはさまざまなことを教わった。

彼がいなければ、自分の愚直さを美徳と思い、シェートを徒に苦しめ、いつか共に倒れ伏していただろう。

多分、この方に自分の想いなど不要だろう。彼は自分を売り払い、十分苦しみ、こうなることを望み続けてきたのだから。それが彼の夢、彼の正義、それを正すことなど出来はしない。

「ですから、この決闘に勝ち、我が言の葉に意味を持たせましょう」

「言葉は不要です。所詮我らは己の正しさを言い張り続けるだけの存在。信頼だ、交渉だなどといっても、決定的に道を違えれば、後に残るのは遺恨と憎悪だけだ」

違う。

私はこんな状態になっても、貴方に恩を感じているのだ。

ここまで連れてきてくれたことに。

「それでは、決闘を始めましょう」

「……盟では半時、そちらに差し上げることになっておりましたが?」

「ありがとうございます。ではその時を存分に使わせていただきましょう」

「イェスタ、計測を頼む」

黒い女神が傍らにはべり、杖の砂時計を倒した。

サリアは目を閉じ、それから考える。

二体の強大な魔物に対するのは、傷は癒えたが決定的に武器の足りないシェート。傍らの星狼はどこまで信用に足る？

武器としての神器を与えたとして、あのゴーレムやワイバーンにどこまで通じる？　そもそも彼の掛けた【神規】にどこまで対抗しうる？

たとえ打撃を与えたとて、勇者の使う道具が完璧に傷を治してしまう。それを用いる勇者には絶対攻撃が出来ない。

足りない、知識が、経験が、情報が足りない。

それでも振り絞れ、自らの想像力の及ぶ限り。

目の前のイヴーカスを出し抜き、自分が勝つ方法を。

「いかがされましたかな？　すでに半時に近づいておりますが」

「く……」

実力を完全に伏せてきたイヴーカスの、手札を読みきることが出来ない。それでも、もう決闘は始まっている。ここで決定的な一打を打てなければ、シェートが蹂躙される。

「さて、そろそろ、時間ですな」

神にとっての刹那、その尽きていく時間を惜しむ間もなく、イヴーカスの言葉が無常な現実を突き付けた。

「では、どうされます？　いかなる加護を与えますかな？」

「か、加護は……」

「ずいぶんと楽しそうなことをやっておるな？　サリアよ」

場にそぐわない、朗らかで深みのある声。

「そなたは、本当に危難を引き寄せるのが好きと見える」

「あ……」

東屋を見下ろすようにして、こちらに顔を向けた竜神は、思いのほか上機嫌でこちらに笑いかけた。

「では、我らの盟を果たそうか〝平和の女神〟よ」

15 モンスターバトル

巌のような竜神の巨躯に対して、それでも目の前のイヴーカスは、怯んだ様子もなく不満の声を上げた。

「余計な繰言《くりごと》を述べるのは止めていただけますか、〝万涯《ばんがい》の瞥見者《べっけんしゃ》〟よ。その銘にふさわしく、貴方はただ座して見ておればよろしいのです。いつもどおり、その高みで」

「……嫌われたものだな、〝黄金《こがね》の蔵守《くらもり》〟よ。そなたとは相通ずるものを感じておったのだがな？　お互い捨てられぬものを溜め込むもの同士」

「ご冗談を。生まれながら、その身を強大たるべく定められた竜種と、木っ端のごときネズミに、いかなる共感もあるはずが無い」

にべも無い言葉に嘆息し、竜神はサリアを見て、告げた。

「ところで、盟と言うのは何のことだったかな？」

「な……!?」

意外な一言にサリアを除く周囲のものが声を上げる。泰然としていたはずのイヴーカスでさえ、肉を揺らしてたじろいだ。

「もうお忘れですか。あの時、我が星の上でご芳情《ほうじょう》を賜ったではありませぬか」

「おお。あのことか！　すまぬすまぬ、すっかり忘れておった！」

「な……何を言っているのですか⁉　お二方には何らかの密盟があったのでは⁉」

「別段、密盟というほどではないのです。ただ、我が廃れ果てた星を竜神殿にお譲りし、竜種の住まう星と為し、私が守護者となるという統治の盟です」

ぽかっと口を開けたイヴーカスは、あきれたという感じに相好《そうごう》を崩した。

「なるほど……無きものを有るが如く見せる。すっかり、その手に騙されたということですか。では、盟でも何でも結んでいただきましょうか。それでお気が済むのであれば」

「これはありがたい、ではイェスタ」

「はい」

時の神が場に立ち入り、その杖をかざす。

「我、〝平和の女神〟サリアーシェは、ここに〝斯界《しかい》の彷徨者《ほうこうしゃ》〟にして〝万涯《ばんがい》の瞥見者《べっけんしゃ》〟たる竜の神、エルム・オゥド殿の同胞《はらから》を受け、その身を我が星にて安んじるものとならんことを宣誓す」

「〝斯界《しかい》の彷徨者《ほうこうしゃ》〟〝万涯《ばんがい》の瞥見者《べっけんしゃ》〟たる我、竜神エルム・オゥドは、女神サリアーシェの温情を容れ、我が同胞の守護者たることを認める」

言葉に従い、盟が交わされる。それと同時に新たな力が満ちるのを感じ、宣言を続けた。

「続けて、履行を停止していた儀を続けてもらおうか、イェスタ」

「……履行を停止⁉　一体貴方は何を！」

「承りまして。それでは、サリアーシェ様よりお願いが御座いました、存在の買戻しを、先ほどの盟を贄として執り行わせていただきます」

自分の中に打ち込まれた楔が、かけらも残さず消えていく感覚。サリアはこの瞬間に十全と成った自分を感じていた。

「ま、まさか、竜神殿の盟とは、そのために！」

「無論です。そして、私の存在は再び、シェートのために使えるようになった」

「バ、バカな！　そもそもこんな取引が成立するのがおかしい！　貴方はいまや押しも押されもせぬ大神の身！　それを高々一つの盟を捧げた程度で存在を買い戻すなど！」

「勘違いなされますな。我が存在を捧げ、シェートに加護を与えし時、私は一体どんな存在でありましたかな？」

完全に色を失ったイヴーカスは事実に気がつき、うめくように吐き出した。

「なるほど……廃神であったときの値であれば、十分すぎるほど、というわけですか」

「いかにも。そして今後は、我が存在をそのまま加護として与えられる」

「バカな！　貴方は何を考えているのです！　せっかく取り戻した大神の身を」

「貴方が仰られたのですよ、私は貴方が見た中で、最も気の狂った存在だと」

うろたえ、全身の毛をおぞましさに逆立てた肥満ネズミは、目の前に立つサリアを燃え盛る炎を見るような目で盗み見た。

「それで、貴方はその加護で、何を成すと言うのですか！」

「……問題はそこなのですよ」

サリアはそっと肩をすくめ、苦笑いを浮かべた。

「半時頂きましたが、結局良い知恵は浮かばなかったのです。せいぜいあのゴーレムを貫く弓でも与えようかと」

「は、ははは、そ、そうでしょうとも！　そもそも加護は直接対手の勇者を傷つけるためには使えぬもの！　膨大な加護を持ったとて使い道が無いのでは！」

「そこで儂の出番というわけか」

苦々しそうに、そしていかにもうれしそうに、竜神は続ける。

「あ、貴方は！　遊戯に対して中立を保つと宣言なされていたはず！」

「だが、そうした立場を取る神でも、知識を教え、裁定者の許す範囲での神威を貸与することが認められておるはずだ。なあ？　〝刻《とき》を揺蕩《たゆた》う者〟よ」

「無論で御座います。そして、貸与する神威は、受け取る側の神が神威によって払いきれる範囲であれば、いかなるものでも可能です」

ぐびり、とイヴーカスの喉が鳴る。竜神の力を、余りある大神の加護として引き出す。そんなことをされたら、そう焦るイヴーカスを見つつ竜は朗らかに声を掛けた。

「だがな、儂はそういう下品な振る舞いは好かんのだ。どうかな？　サリアーシェ、そなたの加護で、うちの小竜たちを、いくらか貸し出してやろうものかな？」

「ご冗談を。我が勇者の出番を奪う古代竜の方々など、元より呼ぶ気もありませぬ」

「で、あろうな。そもそものような振る舞いを行えば、上の者達が黙ってはおるまい」

真摯な輝きを瞳に宿し、竜神はサリアをまっすぐ見据えた。

「こちらに戻る道中、そなたを見た。そして、あのコボルト……シェートをな」

「はい」

「そして考えた。そなたらには力任せの加護など不要だと。己の意思で抗い続ける者に、安易な奇跡など枷にしかならぬ」

そして、その大きな掌に載せたそれを差し出す。

「それは、仔竜？」

「名をフィアクゥルという。ほれ、挨拶をせんか、フィー」

きょとんとした顔の青い仔竜。翼は体を覆うほどに大きく、尻尾も長いが、それでも全体的に小さく、背丈も一メートルを超す程度だろう。

「え？　あ、あんたが、サリア、って奴か」

「馬鹿者、きちんと挨拶せよ。こんな愛らしい顔をしているが、すでに十数余の世界を治める大神ぞ？　そなたも、よく知っているだろう」

「あ、ああ……えっと、フィ、フィアクゥル、です」

挨拶もおぼつかないような、おそらく最若の竜。それを受け取ると、サリアはわけも分からず二つの竜の顔を見比べた。

「まさか、これが竜神殿の、助力ですか？」

「おお、忘れておった、ほれ、これを首から提げよ」

ごつい指にぶら下がった、ひも付きの四角く薄い物体。それを受け取った仔竜は、半笑いを浮かべて尋ねた。

「これってスマホ？」

「いかにも。ただ、基本的に天界との通話のみだがな、アドレスは儂とサリアのものを入れてある。サリアへは掛け放題だが、我がアドレスに対する通話は一日三分、メール送信は三通までだ」

ニコニコと笑う竜神に対して、仔竜は物怖じもせずに体を伸び上げた。

「なんだよそのクソ仕様！　ケチケチしないで掛け放題にしろよ！」

「仕方なかろう。簡単にヒントを出すわけにはいかんのだ。その代わり充電は一切不要で耐水耐火、対衝撃に対魔法防御付きで絶対に壊れん。ゲームアプリも多めに入れておいたからな、喜ぶがいい」

「いらんトコでサービス精神出すなぁっ！」

どうやらこの仔竜は筋金入りの竜神の配下のようだ。彼の〝趣味〟も十分理解しているらしい。類は友を呼ぶ？　親は子に似る？　そんな感慨が湧いた。

「ふ、ふはは、はははははは」

その全てを見ていたイヴーカスは、太鼓腹を抱えて大笑いをぶちまけた。

「ま、まさか、竜神殿、此度の大げさな助力は、そのような非力な仔竜と、携帯端末を渡すだけで終わりですかな？」

「儂はそのつもりだ」

「り、竜神殿？」

竜神は居住まいを正し、面食らったサリアとイヴーカスを見た。

「見たところサリアよ、そなたに足らぬのは知識のみ。それ以外は立派に備わっているようなのでな。儂が託した〝加護〟を使いこなせば、切り抜けられぬ窮地でもないであろう」

「……我が神規を侮られますか、竜神よ」

「侮ってはおらん。ただ、どんなゲームにも攻略法があり、ゲームとなった以上クリアできぬものは存在しないものだ。もし〝解法〟がないのであれば、それは〝ゲーム〟ではない」

竜神の言葉が閃き、形になっていく。サリアは手ごたえを感じ、目の前に水鏡を生み出した。

「イェスタ、このフィアクゥルをシェートの元に送り届けることは」

「問題御座いません。そもそも生まれて間もない仔竜を投じるのに、加護など必要もないかと」

「では、今ひとつ、この戦いにおいて、あの星狼を我が配下にくわえることは？」

不安そうな仔竜を撫でてやりながら、事態を見守っているシェートと星狼を見る。

「狼の意向はお聞きにならないので？」

「すでに聞いた。とりあえず、この場は協力するとのことだ」

「では、やはり問題ないかと。それも今回の買戻しのおまけで支払えましょう。レベルにすればどちらもコボルト以下、ですから」

腹は決まった。後は信じて行動するのみ。

「イェスタ、加護を頼む」

「お任せを」

「我が配下に竜の仔フィアクゥルとその持ち物、そして星狼をくわえ、庇護の下に置くこととする。

以上だ」

時計杖が時を刻み、目の前の水鏡がまるで本当にあの世界と繋がったように、全てを飲み込む気流を発生し始める。

「頼んだぞ、フィアクゥル！」

「え、な、なに⁉　ちょっと、いや、俺、心の準備が」

水鏡の前に仔竜を差し上げ、ぱっと手を放す。

「うひゃあああああああああっ！」

遠ざかる絶叫を残し、仔竜の姿は夜の世界へと吸い込まれていった。


シェートは顔を上げた、傍らの星狼も。

空に瞬く星が見え、その中から何かが落ちてくる。

『なんですって⁉　いかんシェート！　彼を受け止めろ！　フィーは飛べないんだ！』

「え、ああっ！」

思わず落ちてくるそれに手を差し伸べ、

「ぎゃうううん！」

「んぎゃああああっ！」

受け止められなかった体が、狼の毛皮にぶち当たり、大きく跳ね上がる。そして投げ出されたずた袋のように目の前に転がり出た。

夜目にも鮮やかな、空色の皮膚を持つ仔どもの竜。そいつは頭を押さえ、ふらふらと起き上がって、こちらを見た。

「うわああああああああああっ！」

「えっ⁉　あっ、な、なんだ⁉　どうした！」

腰を抜かしてあとずさった仔竜の胸元が、突然耀いた。

『馬鹿者、落ち着け、誇り高い竜の一族が、この程度でうろたえるな』

おびえる仔竜の首元から、深い声がする。さっきとはまた別の、新しい声の主。

『聞こえておるかな、コボルトの若者、シェートよ』

「あ、ああ、聞こえる。お前、誰だ」

『我は竜神、その仔竜の後見人だ。此度の戦に助力をさせてもらおうと思っておる。こやつはフィアクゥル、汝の仲間にと思って送り届けた』

フィアクゥルと呼ばれた竜は、おどおどしながら立ち上がり、軽く会釈をした。

「……なんで、こいつ、ここ来た？」

『元々そちらの生活に興味があったようでな。ちょうど良いとそなたに紹介をしようと思ったわけだ。少々人見知りがひどいところがあるが、おいおい慣れよう』

「ふざけんなよ！　いくらなんでもこんな唐突なやり方無いだろ⁉　それに……」

仔竜の視線がこちらの顔、ではなく背後に控える二体の魔物に向けられる。

「今、決闘の真っ最中なんだろうが！」

『まあ、それはそれだ。あとはがんばれ、ではな』

それっきり胸元の耀きが消え、声が途絶える。

「ちょ、おい！　それだけかよ！　もう少し優しい言葉かなんかが」

「お前」

「ひいっ!?」

「びくびくするな、俺、何もしない」

人見知りの竜なんて聞いたことも無いし、コボルトの顔を見ておびえるなんて、相当重症だ。おどおどした姿に、一番下の弟がこんなだったと思い出す。

「サリア、こいつほんと、仲間にするか？」

『あ、あー、うん。もう登録してしまったし』

「なんだよ！　そのいかにも仕方なさそうって感じの会話！」

身内には大きな口を叩くところもそっくり。気心が知れるまで苦労しそうだ、そんなことを考えつつ、シェートは改めて挨拶を交わす。

「コボルトのシェート、よろしくな」

「フィ、フィアクゥル、です」

おずおずと差し出される片手、そっと握ってやると、びくりと体を震わせたものの、割と強く握ってくる。

『では、そろそろよろしいですかな？　決闘を始めても』

竜神のものではない太い声が響き、シェートは身構える。おびえるフィアクゥルを背後に守り、星狼と視線を交わす。

『お待ちいただこう、イヴーカス殿』

『まだ何かおありで？　サリアーシェ様』

『ああ、というより、御身の勇者殿にな』

いつの間にか、片手に煌々と光るランプのような物を持った勇者は、はたから見ても分かるくらい、眠そうだった。

『彼は大分、お疲れのようだが？』

『……前座が長すぎましたな。出来ればこの場で終わりにしておきたかったのですが』

『では、明朝に決闘を延ばす、ということでいかがか』

『致し方ない』

その言葉を最後に、イヴーカスと呼ばれた神は自分の勇者との会話に入ってしまう。そして勇者は、背負い袋の中から小さな箱のようなものを取り出し、巨大な家に変えた。

「なんだ、あれっ!?」

「〝セーブハウス〟か！　すげー、リアルに再現するとああなるんだなぁ」

「あれ、勇者の神器か!?」

「た、たぶんな」

微妙な距離をとりつつ、それでもフィアクゥルは勇者の持ち物に注釈を加える。

「あの家には水とか食料完備で、アイテム購入できる店まで入ってる。町じゃないとできないモンスターの入れ替えとかもやれるんだ。ゲーム後半の必須アイテムだな」

『やはり。そなた知っておるな、彼の【神規】の元になったゲームを』

「一通りやったよ。最近は飽きてやめてたけど」

仔竜の言葉に満足すると、サリアは喜びの香りを漂わせて告げた。

『では、早速だが吐き出してもらおうか、その知識の全てを』


ベッドの中に潜り込むと、悟は薄暗い天井を見つめた。自分の部屋そっくりに造られたセーブハウス、天井の電燈には長い紐が付いている。

「イヴーカス、良いかな」

『……どうしたんだい』

相手の声が少しおかしい。太く、低い感じになっていて、クラス担任の怖い先生を思い出す。風邪でも引いたのかな、神様も風邪を引くのかな。

そんな想像をしてから、言いたかったことを切り出す。

「あの、コボルトの隣にいたの、星狼《ほしのがみ》だったよね」

『そうだけど、どうかしたの?』

「あれ、シロじゃないのかな」

『シロ?』

「ほら、僕が最初にゲットしたモンスター」

こちらの問いかけに長い沈黙を投げた後、ああ、とだけ神様は答えた。

「……覚えてないの？」

『ごめんね。色々忙しかったからさ』

「そっか」

最初にこの世界に来たときは、不安な気持ちで一杯で、うまくやっていけるか心配だった。モンコロの世界とは違って、出てくるモンスターも怖い感じで。

でも、森の中で出会ったシロは、そういうのとは違っていた。


『はぐれ狼？』

『そうだよ。狼は群れが大きくなると、その中から新しい群れを作るために出て行くものがいる。彼もそういう一匹さ』


罠に掛かっていたところを助けて、僕が投げた餌を取って食べたシロ。そうして、すぐ仲良くなって、しばらく旅をしていた。

『シロを君のモンスターにしたらどうかな』

『……でも、シロ、なんて言うかな』

もちろんシロは喋らない。頭は良いけどただの狼だから。でも、自分が差し出した捕獲用のクリスタルに、自分から入ってくれた。

それからずっと、いろんなダンジョンにもぐったり、村でクエストをクリアしたりしてだんだんレベルが上がって、でも。


『嫌だよ！　なんで、なんでシロを！』

『でも、君のモンスター枠は一杯だろう？　それに、これ以上一緒に連れて行っても、どこかで強いモンスターに殺されるかもしれない。ここで放してあげた方が彼のためだよ』

結局、シロとはある街道の脇でさよならした。解き放った後も、シロは中々僕から離れようとしなかった。

『それなら、もう少しレベルが上がって枠が増えたら、もう一度仲間にしてあげたら良いじゃないか』

『……分かった。じゃあ、シロ、後で迎えに来るから、待っててね』

それが、どのくらい前のことだったんだろうか。

僕はそれから、他の勇者さんに自分のモンスターを貸すようになって、あのコボルトを見張るようなこともして。

だんだん、モンコロっぽいことをしなくなっていった気がする。

「イヴーカス」

『なんだい？』

「もし、あれがシロだったとしたら、僕のこと、覚えてるかな」

『モンコロと同じで、モンスターは捕獲クリスタルの力で言うことを聞かせているだけなんだ。一度〝バイバイ〟したら、君のことも忘れてると思うよ』

「そう……だよね」

なんだか、急に胸が痛くなってきた。自分の部屋なのに、自分の部屋じゃないベッドに潜り込んで布団を被る。

『さみしいのかい？』

「……わかんない」

『大丈夫。もうすぐ君の好きなように冒険できる。好きなモンスターを手に入れて、強い相手と戦って。そうだ、前に言ってたろ、ドラゴンが欲しいって。ワイバーンの次はドラゴンを捕まえようか』

「うん。ありがと」

ドラゴン、そうだな、次はドラゴンをゲットしよう。でも、もしあの星狼がゲットできるなら……あいつを……シロの……かわり、に。

フィアクゥルが目を覚ました時、コボルトはすでに身支度を終えていた。寝ぼけ眼を擦りながら起き上がると、無言で朝摘みの木の実と水入り皮袋を差し出してくれる。

「……タフだな、昨日、散々走り回ってたんだろ？」

その上、夜の間もさまざまな準備を狼と一緒にしていた。

山菜を敷き詰めて寝床にした木の下の洞に、寝た跡は無かった。

「狩り、一日中やる、あたりまえ。さっきちょっと寝た、ぜんぜん平気」

無くしていた弓、篭手、矢筒を取り戻し、それなりに武装は回復している。それでもどこか頼りない感じに見えるのは、やっぱりコボルトだからだろうか。

「頼むぞ、フィー。今回、お前の力、いる」

「………………なぁ」

「どうした？」

戦う前にこんなことを聞いてどうする、こいつの気勢をそぐだけだ。

でも、聞かずにはいられなかった。

「怖く……ないのか？」

「怖い」

「じゃあ、なんで？」

「怖い言って、下がる。そしたら俺、死ぬ」

諦めでもやけくそでもなく、静かに事実をつげる声。

その瞬間、目の前のコボルトの体が、一回り大きくなった気がした。

「俺、生きたい。世界、俺死ね、言う。だから、生きるため、戦う」

「……だから、最初の勇者とも、戦えたのか？」

その質問の答えは、聞けなかった。

朝霧の煙る森を抜けて届く大きな羽ばたきが、コボルトの顔を狩人の顔に変えたから。

「行くぞ、フィー」

その顔に引っ張られて、フィアクゥルは頷いた。


こうしてみると本当に大きい、そうシェートは思った。

立ち並ぶ木とほぼ同じ高さの頭、その顔にあるのは人間の形をした無表情。朝日を照り返して耀く体は、鋼以上の強さを持つ。

その頭上を守るように羽ばたくのは、皮膜を持つ翼竜。この生き物の吐く炎で、たくさんの勇者が燃え散っていったのを覚えている。

どちらも、ちっぽけなコボルトなど歯牙にもかけない存在だ。普通に考えれば相対することすら不可能な、魔物の高みの一角。

その後ろに隠れるようにして勇者の少年が立ち、こちらをじっと見詰めている。

「女神サリアーシェの〝ガナリ〟シェート」

「モンスターテイマー、矢上悟、です」

お互いの緊張が高まり、一触即発の雰囲気に変わっていく。だが、シェートは後ろに控える仔竜に目を向け、そのがちがちに固まった顔にため息をついた。

「フィー、お前、名乗れ。それから、作戦忘れるな」

「え!? あ、ああ、わりぃ」

咳払いを一つすると、仔竜はずいっと進み出た。

「えっと……〝万涯《ばんがい》の瞥見者《べっけんしゃ》〟エルム・オゥドの仔竜、フィアクゥル。テイマーとしてお前にバトルを申し込むぜ!」

「え!? テ、テイマーって、モンスターテイマーってこと!?」

「ほかに何があるんだよ。それと、今回のバトル形式、こっちで決めて良いよな?」

なぜかうれしそうな顔をした少年は、フィーの発言に面食らったようになり、ややあって頷いた。

「そうだね。多分、こっちのモンスターの方がレベル高いし」

「ああ。こっちはコボルトのシェートと星狼のグートでエントリーする。形式はタッグバトル、モンスターの交換はなし、蘇生も禁止、先に二体落としたほうが負けだ」

「う……うん! 分かったよ!」

それまで、なんとなく悲しげだった顔が、すっかり喜色満面になっている。勇者の考えていることは分からないが、フィーの発言で気分が良くなったらしい。

「お前言ったルール、あいつ、有利か?」

「ただの大会用フォーマットだよ。でも、あいつはその方がうれしいみたいだな」

『それでも、計画通りの土俵に引っ張り出したのは確かだ、あとはイヴーカス殿がどう動くかだが』

自分達の見ている前で軽く言葉を交わした後、勇者は相変わらず笑顔のままでこちらを見た。

「僕はもう準備できてるよ！　早くやろう！」

「……のんきな、もんだな」

「勇者、そんなもんだ。俺、あいつら、うらやましい」

軽口を叩きながら、改めて場を確認する。ゴーレムが暴れたせいですっかり見晴らしのよくなった森。身を隠すような場所も無くなり、倒木やゴーレムの足跡で移動しにくい場所がいくつもできている。

空も開けていてワイバーンも自在に飛びまわれる環境、おあつらえ向きの決闘場といったところだ。

「グート！」

「わふっ」

昨日の晩名づけた星狼は、それでも問題なく返事をしてくれる。一度慣れてしまえば、まるで十年来の付き合いのように馴染んだ。

その視線が、一瞬無邪気な勇者の顔に向けられ、ちらりとこちらを向く。

「どうした、グート」

「……ふぅっ」

これからの戦いに緊張しているのか、不思議な吐息をはきだし、それから問題ない、とでも言うようにこちらの手の甲を舐める。

「……こっち、準備できた！　決闘、宣言しろ！」

「うん。それじゃ、シェート君たちに決闘を申し込むよ！」

おなじみの感覚が広がり、自分達が世界から隔絶されていく。考えてみれば、誰かから決闘を宣言されるのは初めてだ。

身に着けた武器を感知し尽くし、シェートはひらりとグートにまたがり、呆然としているフィーの首根っこを掴む。

「うげっ!?　も、もっとやざじぐっ！」

「行くぞ！　フィー！　グート！」

「うおんっ！」

そして、三匹は駆け出した。

決戦の地へ向かって。

16 生きるために

「俺、別に加護いらない、思ってない」

深夜。

小さな焚き火の前で行われた作戦会議の締めくくりに、シェートは切り出した。

「つったって、お前の話聞いてると『俺は加護なしで戦いたい』って言ってるように聞こえるんだけど?」

「……かもな。でも神器、壊される、取られる、無くなるもの頼る、無くした時、弱い」

『確かに。始めは苦肉の策だったが、防御や攻撃、破術の付与は物を選ばず、柔軟に使用でき、しかも奪われない。最悪、木の枝でも、肉体でも、付与すれば戦える』

シェートは頷く。

少しずつ分かってきた、自分が生き残るために何が必要なのか。

「俺、欲しい、生きる力。誰も奪えない、取られない、そういう力」

『生き抜く力、か』

「だから、神器、加護、頼らない」

弱いからこそ、そして弱いものが、強いもの達に勝つために。

「なしで戦う、考える」

考えるのをやめない、それが自分の進むための標。

『やれやれ、これでは何のために私が加護を使えるようにしたか、分からんではないか』

「ごめんな。でも、ありがとう、サリア」

「で、その無茶な作戦に、いきなり加わってくれとか……」

「すまん、フィー」

「わふっ」

「ありがとな、グート」

火明かりの下、それぞれの顔を見回し、シェートは頭を下げる。

「みんな、力、貸してくれ」

『それは構わんがシェートよ、フィーもグートも、私の〝加護〟なのだがな？』

「え!?」

「しかも、〝無くなるかもしれないもの〟なんだけど」

「いや……その……」

気まずい沈黙、その雰囲気を破ったのは、女神の喜びと労わりの香り。

『いいのだ、何を言いたいのかは分かった。だから、そなたは思うようにせよ』

何も言えなくなってしまったシェートに、サリアは優しく笑った。

『生きるために、な』

星狼の体が風を切り、シェートの視界が輪郭を失う。自分とフィーの体が軽いとはいえ、防具や矢筒を持った状態でも、試し乗りした時と速度が変わらないことに驚く。

あっという間に目の前に目的地が見えてくる。地形的にはさっきとあまり変わらない、なぎ倒されていない木々が高く伸びているだけだ。

だが、その立ち木の間に群れて刺さるもう一つの物が、異質を生み出している。

勇者達が遺していった無数の愛剣が、突き立てられていた。

「フィー！　頼むぞ！」

「うおおおおっ！　降ろすのもやさしむぎゅうっ！」

転がされ剣の林にぶつかって止まった仔竜を確認して、グートに乗ったまま一振り引き抜く。

「グート、転進！」

飾り気もほとんど無い質素な一振り、急反転した視界に、こちらに走ってくるゴーレムと枝を折りながら飛来する翼竜が大写しになる。

「いけえっ！」

左手でたてがみを掴み、右手で剣を肩に担ぎ、全身で星狼にしがみつく。その疾走速度は剣一本乗せたところで衰えはしない。

「ワイバーン！　〝テイルニードル〟！」

ホバリングしながら突き出される尻尾、そこから放たれる針の雨をものともせず、斜め走りする狼。

ゴーレムの太い左足が大写しになり、

「うおおおおおっ！」

掴んでいたたてがみを離すと同時に、狼の背を押して体を跳ね上げ、担いでいた剣を両腕で一気に振り下ろした。

「ぐううううっ！」

手に伝わる強い痺れ、狼の突進力と全身の膂力、そして三重の加護が、ゴーレムの表面に楔形の傷痕を刻む。そのまま地面に着地した体を回転、

「ぬああっ！」

大きく振りかぶった一刀が、くるぶしに当たって粉々に砕ける。同時にミスリルの細かい欠片が爆発するように飛び散った。

「ゴーレム！　足元にパンチ！」

力の解放で体勢が整わないシェートに、股の下に向けたゴーレムのパンチが降る。

「うおんっ！」

首筋をくわえて素早く狼がさらい取り、一瞬でコボルトが騎乗の存在となった。

「よし！　いけ！」

一気にゴーレムの威力圏内から遠ざかり、再び剣の林を目指す。

フィーの情報と、サリアの助言を得て立てられた作戦。それはあきれるほど単純な策。

『おそらく、破術はゴーレムにも有効だ。掛けられた魔法を打ち消し、攻撃と防御の力を叩きつける

ことで破壊もできよう』

『でも、こいつの体じゃ魔法防御を貫けても、たいしたダメージ与えられないんじゃ？』

『そこで、グートの出番というわけだ。やれるな？』

『……わふっ』

『犬に乗ってチャージアタック、機動力を生かしてのヒットアンドアウェイか。いくら的が小さいからって、一発でも喰らったら、アウトだぞ？』

『でも、それしかない。なら俺、やる』


破術で付与されたゴーレムの魔力を削り、ひたすら攻防の加護をかけた武器で打撃を与え続ける。自分の渾身の力に星狼の突進力を上乗せして。

「ワイバーン！〝テイルニードル〟！」

銀の雨が降り、それを必死にかわしながら走る星狼。

針の乱舞を避けながらシェートは矢を一本引き抜き、しがみついていた上体を立てた。

「っく！」

思うより太ももに負担が掛かる、それでもそのままの姿勢で上空へと矢を放った。

「グアアッ！」

加護付きの矢がワイバーンの首筋をかすめ、嫌そうに首を振る。

矢の命中率は高くない、それでもしっかり下半身さえ固定しておけば、

「うわっ⁉」

グートが横っ飛びに針弾を避け、体がたてがみに突っ伏してしまう。

「乗射《のりうち》、いきなり無理か！」

その昔、村にいた変り種の狩人がやっていた、星狼を使った弓技。彼には専用の鞍と鐙があったが、今日乗っているのは裸のグートだ。

「シェート！　使え！」

小さな体を必死に使って、新しい剣をフィーが放る。今度は幅広の重い一刀、掛かる負担が大きくなるが、それでもグートの勢いは衰えない。

反転した視界に大写しになるまで接近したゴーレム、いくら動きが鈍いとはいえ歩幅が違いすぎる。それでも白い獣の疾走に敵が近づき、シェートが剣を担ぐ。

「次、行くぞっ！」

今度は大きく開いた股の間、一気に駆け込み、同時にグートの背を蹴って大きく飛び上がる。

「うおおおっ！」

大きく振られた一撃に、左の内太ももが削られ、打撃の力でゴーレムが僅かに揺らいだ。

「そこだワイバーン！　〝ファイヤーブレス〟！」

ゴーレムの防御力を信用した仲間を巻き込んでの攻撃、シェートの目の前で大顎がぱくりと口を開ける。

それでも狩人は考える、殺し、生き残るために。

左手が弓に、剣を手放した右手が矢を番える。

落下する体を無視し、弓を引き絞る。竜の顎に劫火が溢れ、加護の矢が一瞬早く天を貫く。

落ちながらの射撃。しかし、弩のように射形を維持した上体から放たれた一撃が、大顎の脇を深く傷つけた。

「グギャアアッ!」

爆炎が中空に撒き散らされ、蒼空を紅に染めた。

そして、落下地点に感じる、土の大地以外の存在。

「グート!」

落ちた腰から落下の衝撃が伝わるが、それでもたくましい狼の筋肉がしっかりと乗り手を受け止めた。

「引き返せ! 股の下!」

シェートの視界に映るのは取り落とした幅広剣。グートが走り、背から飛び降りたシェートがそれを掴み、勢いを殺さず大きく振りかぶる。

右のふくらはぎに、耳を潰すような強烈な異音を伴って、剣が深々と食い込む。それを見届ける間もなく三本目の剣に疾走する。

「シェート、次だ!」

今度は美しいそりの入った薄刃の長刀、それを手にすると同時に、ゴーレムの巨大な影が自分達に向けてそそり立った。

「ゴーレム！　〝メテオストライク〟で剣を壊せ！」

ゴーレムの両手が頭上で構えられ、大地を粉砕する勢いで振り下ろされる。

「さ、させっかあああっ！」

叫びと共にフィーの体が大きくジャンプし、突き立った剣をかばうように躍り出た。

そんなむなしい妨害をものともせず、巨大な質量が仔竜に振り下ろされる、はずだった。

「うそっ⁉」

驚いた勇者の目の前で、ゴーレムは腕を振り下ろす姿勢のまま止まっていた。

「モ、〝モンコロ〟ルールは、テ、テイマー、攻撃、できないんだろ⁉」

泣きそうな顔で笑いながら、フィーが叫ぶ。

「うおおおおおおおおっ！」

渡された白刃を、シェートは目の前で止まった金属の手首に斬りつけた。美しく細《ささめ》に砕けていく鋼を撒き散らしながら、もう一振り、大ぶりの斧を担ぐ。

めしりっ、と不快な音を立てて腕に鋼が食い込み、ミスリルの巨人に新たなアクセサリが追加された。

「さ、下がれゴーレム！　ワイバーン〝ブレス〟！」

だが、ぱくりと口を開けたワイバーンが空中で凍りつく。ゴーレムが退いた先、効果範囲に入っていた、モンスターテイマーの仔竜のせいで。

「グートおおおおっ！」

ひときわ大きな剣を担ぎ、シェートが走る。その左脇に星狼が追走、すばやく騎乗が完成し、更に加速する。

よろめくように下がったゴーレムの右足、その脛の裏側に食い込んだ大剣に視線が吸い込まれ、シェートの体が左に倒される。

意図を理解したグートが風になり、瞬く間に右の脛が大写しになる。

背を蹴って飛翔、全身を左巻きの大竜巻と変えたシェートが、担いだ三重加護剣を大きく振りかぶり、

「くらえええええええええっ！」

今までで一番大きな衝撃。自分の脳天すら砕けそうな一撃に視界が歪み、

「オ、オオオッ」

ゴーレムの足がめきめきと音を立てて砕け、巨体が膝を突いた。

「うそおおおっ!?」

「よっしゃあああっ！　部位破壊成功っ！」

フィーの快哉を耳に入れながらシェートは油断無く周囲を睨む。空の脅威、目の前の勇者の動きに神経を集中する。

「喜ぶ早い！　剣よこせ！」

投げ渡された一振りを手に、殺気の塊になったコボルトは、目の前の巨像に突進した。

「ま……まさか……そんな」

イヴーカスの口から、力ない言葉が漏れる。

決闘場としてしつらえられた東屋、そこに呼び出した玉座にすっぽりと嵌りながら。

逃げ出した先の剣の林、それを見た瞬間、何をする気なのかは分かった。まるで樵《きこり》が大木を切り倒すように、加護を掛けた武器を振るい続けるつもりなのだと。

それが低レベルのゴーレムであればまだ分かる。しかし、最上位のミスリルゴーレムがそれほど容易く砕けるものか、そう考えていた。

水鏡の向こうでコボルトが突進し、膝を突いたゴーレムめがけて大刀を振り下ろす、鎖骨辺りに鉄片が潜り込み、空の彼方から吹き降ろしたブレスを、ゴーレムという壁の下に潜り込んで避ける。

「くそっ！　またか！」

コボルトの実力は知っているつもりだった。すばやい動きによって敵を罠でかく乱する戦法、だからこそ、障害物やトラップをものともしないゴーレムと、短弓の届かない高空からの攻撃を行えるワイバーンを選択させたんだ。

それなのに、あの戦い方は。

「さ、悟！　早く〝エリクサー〟を！」

まだ回復がある、イェスタに発注したのは魔物を絶対捕獲できる〝けんじゃの石〟だけではない、モンスターを完全回復させるアイテムも持たせてあるのだ。

『ゴ、ゴーレム！』

道具袋から取り出されたビンがゴーレムに向かって放り投げられ、その放物線の軌道半ばで白い影が回復手段をさらい取った。

『ナイスティール！〝敵のモンスターがアイテムをうばった〟ってな！』

星狼に指示を与え、作戦成功を喜ぶ青い仔竜。魔法どころか空も飛べない、能力的に何も見るべきところの無い、役立たずの存在ではなかったのか。

いや、あの時の会話と竜神の配下であることを考慮に入れるべきだった。〝モンコロ〟を調べたとはいえ、こっちは悟との会話に合わせる程度の基本的知識しかなく、同レベルのプレイ経験を持つものに対しては、完全な部外者だ。

しかも『同じルールにあわせる』ことで、司令塔の仔竜がテイマーと化してしまった以上、助言と助力を物理的に排除することは不可能だ。

【神規】は勇者に特殊なルールを付与するものであって、一方的に有利な状況を作らせるためのものではない。だが、誰も悟の〝モンコロ〟と同じルールで戦わない以上、そのことが有利に働く、はずだった。

相手がこちらの土俵で戦うことで、かえってこちらが不利になっていく。

『もういっちょ行けえっ！』

「や……めろ……」

仔竜がコボルトに剣を投げ与え、その一振りがゴーレムの腕に打ち込まれる。

『うおおんっ！』

再び放られた回復薬が狼によって奪い去られる。

「……やめろ」

『フィー！』

投げ上げられた長刀を掴み、コボルトが大地に手を突いたゴーレムの腕を駆け上がる。

「やめろおおおおっ！」

全身全霊の力を使ってコボルトが、ゴーレムの頭めがけ飛び上がり、

『ワイバーン！〝ファイヤーブレス〟っ！』

悟の必死の声が響いた。

ホバリングしたワイバーンの口が開き、コボルトに向けられる。

避けられない一撃、宙に足場は無い。鉄をも溶かす灼熱を喰らえば、あの魔物もひとたまりもない。

「やった……」

肥えた体を波打たせ、イヴーカスが立ち上がった。


考えろ。

魔物使いの少年の言葉に従い、翼竜が自分に向けてぱくりと口を開ける。

目の前で世界が緩やかに流れ、空気がぬるりと動く。

考えろ。

勇者を一瞬で灰にする劫火。喰らえばひとたまりもない。

手にした長刀、ゴーレムの頭上にまで駆け上がった自分、かわせなければ、死。

考えろ！

足場が欲しい、一撃を避けて、あの魔物を殺すための足場が。

手にした剣を逆手に持ち、渾身の力を込めて振り下ろす。ゴーレムの頭、木の葉の冠を模した部分に深々と突き立った。

両足が、その柄を力強く踏んだ。

「う」

炎がほとばしる寸前。たわめた両足の筋肉が、コボルトの小柄な体躯を更なる高みへと押し上げる。

ワイバーンの喉の奥で膨れ上がる、全てを焼き尽くす灼炎。

凶悪な竜眼がこちらを射抜き、真紅に満たされた大顎が向けられる。

「お」

その殺意を真っ向から受けとめ、意識すら超えて体が動いた。

矢を番え、引き絞り、女神の加護を重ねる。

弓手《ゆんで》に意思を、馬手《めて》に貫く力を込めて。

「お」

引き絞られた威力が、圧倒的な意思が、大空の勇に叩きつけられたとき、その貪婪な瞳が浮かべた表情は。

弱さを超克し、万障を喰らい尽くさんとする、最弱の魔物への、絶対的恐怖。

「おおおおおおおあああああっ！」

そして、絶叫と共に放たれた必殺の一矢が、ワイバーンの頭を粉々に打ち砕いた。

「うわあああああっ、ワイバーン！」

悟の目の前で、ワイバーンの巨体が地面に落ちていく。

あの時、コボルトを〝ファイヤーブレス〟で焼くことが出来たはずだ。それなのに、ワイバーンは動かなかった。

まるで、あの小さな魔物に怯えたように。

「そんなあっ」

悟の視界の先、翼も無いコボルトの体がまっしぐらに落ちていく。あのまま地面に叩きつけられる、そんな考えを否定するように、コボルトが動いた。

「くうううううっ！」

差し伸べた右手、その先にはゴーレムの頭に突き刺さった長刀。

「や、め」

まるで磁石でもついているかのように吸い付いた右手が、弓を捨てた左手が、

「ぬうおおおおあああああああっ！」

落下と全身の力を込めて剣を引き落としていく。

「やめてえええええっ！」

剣が光り輝き、冠をつけた顔の半分を引き裂いていく。裂けた部分がひび割れ、全体に崩壊が広がっていく。

涙で視界が潤む。首なしになったワイバーンが地響きを立てて地に倒れ付し、その振動でコボルトが吹き飛ばされ、ゴーレムの顔が深く傷ついたまま残された。

「あ、ああ……」

ぼろぼろになったゴーレム、顔が吹き飛んでしまったワイバーン。

「うそだよ……こんなの……」

腰の袋に手を伸ばし、〝エリクサー〟を取り出す。

いや、取り出そうと、した。

「グート」

地面の深いところから響くような声に、手が止まってしまう。

砕けたゴーレムの破片の中から、コボルトが立ち上がる。

「ひ……」

犬そっくりの顔が、こっちを睨んでいた。

背丈は僕とおなじか、少し小さいぐらいだろう。

その顔から感じるのは、胸が痛くなるほどの圧力。

「う、あ……」

「勇者、薬、使わせるな」

落ちたときに怪我をしたんだろう、右肩からも顔からも血が流れている。

それでも、辺りを見回し、それから地面に転がった剣を拾い上げる。

「や、やめてよ！　そんなことしたらゴーレムが！」

「何言ってる、勇者」

怪我なんて全く気にしない、そんな顔で、肩に剣を担いで言い捨てる。

「これ、決闘。勝つまで、やる」

こんな顔は、見たことが無かった。お父さんやお母さんに怒られたときも。

怖くて、とても立っていられない。体が芯から震えて、喉がからからになる。

『悟！　あいつのことなんて構うな！　早く〝エリクサー〟を！』

「あ、うあ……」

『このままじゃゴーレムが死んじゃうぞ！　早く！』

「……う、ああ」

必死に震える手で袋に手を伸ばす。伸ばしたいのに。

コボルトの顔が、怖い。

「やるなら、やれ」

「あ……っ」

「そしたら、今度、もっと強く壊す」

コボルトは、静かに、言った。

「俺、生きたい。だから、お前の魔物、全部殺す」

「うぁ……」

『そんなのハッタリだ！　頼むから悟……』

「怖い……怖いよ！」

こんなの〝モンコロ〟じゃない、こんな、怖いゲームなんて！

『悟！』

「やだ、もう、やだよぉ……っ」

コボルトは僕から顔を背け、剣を振り上げる。

「やめてぇ……お願い、だよ」

「駄目だ」

そして、剣が――

「うおおおおおおおおおおおおおおおんっ！」

鼓膜深く入り込んだ咆哮が、脳を揺さぶった。

ワイバーンを討ち果たしてから、ずっと膜が張ったようだった世界が、急に音を、色を取り戻していく。

「あ……」

シェートはのろのろと構えていた剣を下ろし、周囲を見回した。

子供が泣いている、少し離れた場所で、呆然とフィーがこっちを見ている。

そして、グートが子供に向かって歩み寄っていく。

「お、おまえ……シロ……なの？」

「……くぅん」

子供の頬を舐め、労わるようにして頬を擦り付けている。

その仕草に、シェートは呆然と言葉を口にしていた。

「きっと、そいつ、お前、探してた」

「……え？」

「そいつ、街道近い森、いた。俺、助けられた。その後、こいつ、ここ来た、用事、ついで、俺の戦い、助けてくれた」

「シ、シロ……」

「そいつ、お前、探してたんだ」

心が褪せて、高揚感が消えていく。目の前の子供の嘆きが胸に刺さって、力がすっかり抜けていく。

「……うそつき」

子供が、ぽつりと呟いた。

『イヴーカスの、うそつき』

今度はきっぱりと、悟が口にする。

「な、なにが……」

『シロは僕のこと覚えてないって！　バイバイしたら全部忘れてるって言ったのに！』

一体、これは何の冗談だ。イヴーカスは巨体を揺らして水鏡から遠ざかろうとする。

それでも、玉座にすっぽり挟まった体は、子供の糾弾から逃れられない。

『〝モンコロ〟と同じだって！　怖いことなんてないって！　全部、全部嘘じゃないか！』

「さ、悟……っ」

『イヴーカスのウソツキ！　イヴーカスなんて大ッ嫌いだ！　こんなの！　こんなところいたくない！　家に帰りたい！　勇者なんて、勇者なんて』

「や、やめろ！」

決して言ってはいけない一言、言わせてはいけない一言、必死にこのゲームの穢れたところから遠ざけてきた企みが瓦解してしまう。

だが、子供の心は完全に、弾けてしまっていた。

『勇者なんてやめてやる！』

「さとるうううううううっ！」

絶叫と同時に、冷酷な時計杖が、がちりと、新たな時を刻んだ。

叫んだ途端、悟の心から、何かが転げ落ちた気がした。

「シロ……シロ……」

そのふさふさした毛に伸ばした右手が、金の光を撒き散らして消えていく。

「え⁉　な、なんで⁉　どうして！」

叫んでいる間に、足が、体が吹き散れていく。

「お前、勇者やめるっつったろ」

仔竜が、悲しそうにうつむいていた。

「勇者は死ぬか、使命を果たすか、〝辞めたい〟ってお願いすると、元の世界に帰るようになってる、んだってさ」

「や、やだよ！　せっかくもう一度会えたのに！　シロ、シロ！」

「くぉん」

必死に鼻面を伸ばして、僕の顔に舌を伸ばそうとする。

でも、もう体も首も無くなって、言いたいことを言うための口も消えていく。

「シロ！　ご……」

ごめんなさい、待っていてくれたのに、ごめんなさい。

そう言いたかったのに。

そして、矢上悟の目の前は、真っ暗になった。

エピローグ　森の中で

「やめろ！　やめてくれええええっ！」

神の遊ぶ庭に、悲嘆が響き渡っていた。

すでに東屋は地に降り、黒き裁定者が静かに笑う。

その目の前で、イヴーカスの威容が急速に萎えしぼんでいく。

「行くな！　行くんじゃない！　私の信仰！　私のもの！　私の、私のぉぉぉ！」

玉座が消え、王冠が消え、法衣が消え、みすぼらしいネズミの姿に還っていく。

「サ、サリアーシェ様！　我らには盟があったはずです！　お互いの勝利に貢献し、助け合うという盟が！」

すっかり以前の姿に戻ったイヴーカスは、その瞳にただ憐憫を引きたいという感情だけをのせて叫んでいた。

「イヴーカス殿……」

「せめて、せめて私の所領だけでも！　奪わずにお返しください！　どうか、どうか！」

そっと胸を押さえ、サリアは無駄と知りつつ、黒き女神に顔を向ける。

「……イェスタ」

「なりませぬ」

笑顔。まったき笑顔がそこにはあった。

「この際はっきりと申し上げましょう。この遊戯において、敗者の戯言など、裁定者として一切聞くことはありませぬ」

よく通る声が、イヴーカスだけでなく、この場ですべてを見ていた神々の心に、深く深く突き刺さっていく。

「敗者に情けを掛ければ裁定が緩み、勝負が湿りましょう。そのような茶番は誰も望みませぬ故」

神々が、姿を消していく。

大簒奪を行い、専横し、一瞬にして破産していった、愚かな神の姿に満足して。

「敗者は自らの定めを受け、粛々と消え行けば宜しい。それが私の裁定で御座います」

「この……この売女！　ただ見ることしか出来ぬ傍観者め！　永遠に呪われろ！」

イヴーカスの足元が固まっていく、その感覚を愕然と感じ取り、サリアに顔を向ける。

「私とて廃神《すたれがみ》同然の身でありながら、地をはいずりながらやってきた！　そして貴方は奇跡を勝ち得て、大神に成り上がった！　私もそれを望んで何が悪い！　貴方と私のどこが違うというんだ！」

「……全く、実に見るに耐えぬ茶番であります事」

本当に視線を外し、時の女神は侮言を吐いた。

「志、振る舞い、全てが違っておるではありませぬか。何より、この期に及んで自らの敗北を勝者に誰何《すいか》し、自らの正当性を求める、ねじくれた卑俗な心根」

「やめよ、イェスタ」

サリアは彼の前に腰を下ろし、強い感情を込めて、彼女を叱責した。

「このお方を愚弄することは断じて許さん。たとえ、遊戯の裁定者であってもだ」

「サ、サリアーシェ……様？」

ネズミは呆然と顔を上げて、サリアを見た。

「私が勝てたのは、貴方が本当の言葉を知らなかったからです。いいえ、お忘れになっていたから、でしょう」

「本当の、言葉？」

「〝狡猾は武の技に勝る力なり〟、それが貴方の信条でしたな」

「そうですとも……だから、私は……」

「その後、こう続くのではありませんか？　〝ゆえに無道に謀ること無かれ〟、と」

イヴーカスは、穴の開くほどこちらを見つめ、その瞳から一筋の流れを生み出した。

「今はもう居られない、古き神の言葉です。遊戯の始まりし頃、その御方も消えられたと聞く」

「あ、ああ……」

「〝黄金《こがね》の蔵守《くらもり》〟、その銘は、その御方から頂いた物なのでしょう？」

滂沱の涙滴が両目から溢れ、イヴーカスが泣く。

「うあ……あ、ああ、あああああああああああああああああ！」

頭を抱え、溜め込んでいた全てを吐き出すように。

「ああああああああああああああああああああ！」

体が固まり、腕が固まり、声をしぼり出す喉さえ固まって。

大神に成る事を夢見た、小さな疫神は、そうして慟哭の相を成したまま、物言わぬ石像と成り果てていった。


茶番を見終えると、赤髪の大神は卓上のネズミ像を、塵も残さず消し去る。

代わりに、犬の像を手の中に納め、仔細に観察した後、それをモラニア大陸の中央部に置いた。

「久しぶりに大神が生まれ、我らが集いに参入しようとするものが現れた、ということですな」

「の、ようだな」

「それにしても、この仔、かわいいね〜」

〝闘神〟は犬の像を興味深そうに見つめ、〝愛乱の君〟は指でその耳を辿ってご満悦の顔をしている。

「しかし、最後にあのコボルトが見せた動き……」

〝英傑神《えいけつしん》〟は犬の顔を見つめ、何かを思案するように黙り、首を振った。

「どうかされましたか、シアルカ殿」

「いえ。もし私が彼の主であれば、などと、他愛のないことを考えたのですよ」

「……穏やかではないな。アレは魔性の者だぞ」

「でも、シー君好きそうだもんね、ああいう仔」

「いずれにせよ、サリアーシェの進撃も、ここまでです」

〝知見者《ちけんしゃ》〟フルカムトは物憂げに言い、それから大陸の東岸に兵士の駒を置いていく。それは瞬く間に増殖し、中央の犬を圧殺するほどの量となって大陸を覆いつくす。

「せいぜい楽しませてもらおうか、〝平和の女神〟よ」


再び、山は夜を迎えた。

三匹は黙ったまま座り、とろとろと燃える焚き火がその影を揺らす。

「ありがとな」

沈黙を破り、シェートは感謝を述べた。グートはぴくりと耳を動かし、フィアクゥルはうつむいたまま胸に下がった板をいじっている。

「……たいしたこと、してないから。礼なんて言うなよ」

仔竜は手元の板切れを見たまま答えを返し、それから問いかけた。

「これから、お前、どうするんだ」

「これから？」

その問いかけに、答えるのは難しかった。

もちろん目的はある。こうして勇者との戦いを終え、冷静になっても、消えない思い。

「全ての勇者と、魔王、狩る」

「……そうか」

「でも、もうちょっと、考えたい」

あの時、自分の何かが変わった気がする。ワイバーンを貫き、ゴーレムを切り伏した瞬間に。

上手くは言えないが、自分の決定的な何かが。

それが分かるまで、何かをするのは難しいと思った。

「フィー、お前、どうする？」

「……わかんねぇ。俺も、ちょっと考えたい」

「グートは？」

星狼は目を細め、僅かな吐息を漏らすだけで答えに代えた。

『シェートよ』

「……終わったか」

『ああ、終わった。終わってしまった』

大気に香るのは、どこまでも悲しげな彼女の気持ちだった。

「協力者、か？」

『こんなことを思うのは、おかしいかもしれんがな。私はあのお方を……』

「……そいつを？」

『師だと思っていたよ。大恩ある方だと』

サリアの言葉もどこか迷子になっている、そんな気がした。

自分の中にある、本当の心のありかを探しあぐねて。

「好きだった、か？」

『そう、かもしれん。交誼《こうぎ》を結ぶことも、できたやもしれん。それが、悔しいのだ』

考えることが多すぎる、自分のことも、これからのことも、この戦いの意味も。

だからシェートは、言った。

「……もう、寝よう」

『そうだな。私は眠らぬゆえ、見張りに努めよう。よく休むがいい』

「お前も寝ろ、サリア」

その場に丸くなると、シェートは囁く。

「俺達、みんな、休み、いる」

囁きながら、狩人はゆるゆると、眠りに落ちていく。

火明かりは相変わらずとろとろと燃え、闇は深まるばかりだった。


目を開けたとき、フィアクゥルの周囲は夜に没していた。

灯っていた焚き火は熾に変わり、頼りない明かりでしかなくなっている。あわてて薪を放り入れると、爆ぜ割れる音と共に燃え上がりだした。

『ありがとう、フィアクゥル殿』

女神の声はささやかで、未だに眠っているコボルトに気を使ったものだと分かった。

『もう少しでシェートを起こすところだった。そなたが起きてくれて助かった』

「いいよ。俺も気が付かずに爆睡してたんだし」

『ば……ばく？』

「ぐっすり寝てた、ってことだよ」

あわてて訂正すると、女神サリアは笑いを漏らした。

『よい機会だ、改めて礼を言おう。この度の助勢、感謝する。おかげでシェートは勝ちを収め、生き残ることができた』

「あー、うん。まあ、良いってことさ」

助勢という言葉に、改めて自分のしたことを思い出す。

その場の成り行きに任せてみたものの、あそこまでうまくいくとは思わなかった。

だが、感慨にふけるフィーに、天の声は思いもよらないことを尋ねてきた。

『ところで、一つたずねたいのだが』

「え？」

『今後も、その、シェートと共に、行動してくれると考えて良いのか？』

仔竜は焚き火の側で眠るコボルトに、視線を向けた。

「なんで……そんなことを？」

『先ほど、少し考えたいと言っていたのを思い出してな。もし故郷に帰りたいと言うのであれば、竜神殿にお願いしようかと』

仔竜はおもむろに立ち上がり、焚き火から歩き出した。

「それも含めて、ちょっと、相談してくるよ。悪いけど、席を外してもらえるか」

『わかった』

濃い闇の広がる森は、それでも何も見えないというほどではなかった。ドラゴンの目はかすかな光でさえ、光源として扱える。

仔竜は、野営地から程遠くないところにある、黒々とした残骸へと足を運んだ。

半面を砕かれ、擱座《かくざ》したミスリルゴーレム。コボルトの狩人がしとめた巨大な獲物を前に、スマートフォンを手に取った。

件名：どうしたらいいと思う
本文：俺、これからどうしたらいいかな

どうしようもなく端的で、自分の心情を言い表したメール。
返信は程なく着いた。

件名：RE: どうしたらいいと思う
本文：何をするのもそなたの自由だ。
　成したいことを、成せばいい。
　全てを見て、よく考えて、答えを出すがいい。
　良き旅を、勇者殿

つくづくとため息をつき、彼はゴーレムの残骸を見上げ、そっと自分の喉をさする。

「勇者殿、か」

胸元で、メール画面が煌々と光を放っている。

その受信者アドレスは、こういう文字列で始まっていた。

『kouji_itumi』と。

〈了〉

特別収録

竜神奇譚

Original Scenario

『まもなく秋葉原、秋葉原です。総武線、京浜東北線は、お乗換えです。足元にお気をつけて――』

耳慣れたアナウンスに顔を上げると、逸見浩二は出口の側に歩み寄り、電車が停車するのを待った。圧縮空気が吐き出され、電車のドアが開く。そのまま狭いホームに降り立つと、息をついて周囲を見回した。

午前十時の空は快晴で、寝不足の目には少々辛い。

それでも、体に充満する緊張感からか、眠気は一切無かった。

総武線ホームへ向かう階段の裏、見えにくい場所にある降り口へ進み、一階の改札を目指す。

待ち合わせは電気街口の改札、広告のある柱前と聞いていた。詳しい容姿は説明されなかった。こっちの姿を見たら、すぐに声を掛けるからとも言っていた。

「秋葉で待ち合わせか」

初めは奇妙に感じたが、考えてみればこれほどベストの場所もない気がする。

これから話すのは、あまり人には聞かれたくない話だ。だが、この場所でなら、ゲームかラノベの話の延長で片付けられるだろう。

広いエントランスフロアに出ると、電気街に向かう自動改札の列へ向かう。チェック柄のシャツやパーカー姿の連中に混じり、浩二はスマホをかざして改札を通り抜けた。

どんな奴が来るだろう。

ここに来るまで妄想した、さまざまなことが頭を巡る。

サングラスに黒服の厳ついオッサン？

同年代の美少年？

それとも――かわいい女の子とか。

「おお、よく来た」

その声を聞いた時、浮かんだのは落胆。

残念、女の子じゃない。

そして浩二は、自分に近づいてきた相手を見て、拍子抜けした。

「寝不足の身でご苦労だったな」

膨れた頬と二重顎の丸顔が、真っ先に目に入った。

生成りの麻で作られたジャケットを、たっぷりと膨れ上がった太鼓腹が押しのけ、腰周りをベルトで窮屈に締め付けている。

短く整えた黒髪と細いフレームのメガネ、肩から提げているのはノートパソコンの入ったバッグだろう。

秋葉原では珍しくもない、ちょっと歳のいったオタクのオッサンが、そこにいた。

「えっと……その、誰かと間違えてないっすか？」

「察しが悪いぞ元勇者。いや、儂の見た目にがっくりきた、といったところか」

そう言うと、男はさっさと街路に出て、ゲーセンや電気屋が並ぶ通りに出て行ってしまう。

「ちょ、ちょっと！」

「立ち話もなんだから、そこらで一服しよう。とはいえ、この辺りは落ち着ける所が少ないし……どうしたものか」

鈍重そうな体の割には、すいすいと歩いていく男。その背中にようやく追いつくと、浩二は不平をもらした。

「あんたが待ち人だってのは分かったけど、とりあえず名前ぐらい教えてよ」

「すまんな。久しぶりにこっちに出てきたので、礼儀を欠いていかん。では、これを」

男の太い指がポケットの中に消えて、安っぽいアルミの名刺入れが取り出される。

そこから一枚の紙片を取り出すと浩二に向き直り、丁寧に両手持ちで差し出してきた。

「経営コンサルタントをやっている山海佳肴《やまみかこう》と申します。以後お見知りおきを」

一体何なんだ、コイツ。

生まれて初めての名刺を受け取りながら、浩二はひたすら困惑するしかなかった。


「しかし、あんな誘いでよく来る気になったな」

大通りに出ながら山海は、開口一番そんなことを言い放った。

「っざけんな！　あんたが来いって言ったんだろ!?」

「だからといって、怪しんだりしなかったのか？　これが何かの詐欺とか、罠の類ではないかと」

「怪しんだに決まってんだろ！　正直……やめようかとも思ったよ」

山海は笑い、高架下の横断歩道前で止まる。こうして立っている姿を見ても、同じように並んで青信号を待っている、オタクの一人にしか思えない。

「それでも、ここに来たのはなぜだ？」

「教えてくれるんだろ、俺が知りたいことを」

群集が一斉に動き、その流れと一緒に通りを渡る。

男は頷き、こちらを横目で見た。

「好奇心は旺盛といったところか」

「……でなきゃ、カミサマにほいほいついて行ったりしねーよ」

「なるほど、その思い切りの良さが、勇者に選ばれた要因なのだろうな」

勇者、という言葉が胸に刺さる。

今から二ヶ月ほど前、逸見浩二は勇者だった。もし、そんなことを誰かに言ったら、確実に笑われただろう。

それでも、自分は実際に体験した。カミサマに選ばれて、異世界を救う使命を与えられて異世界を冒険し、今は、現代に戻ってきている。

決して妄想なんかじゃない、そう思いながら、昨日まで悶々と過ごしていた。

その思いが、こんな形で肯定されるなんて。

「何が聞きたい」

「え？」

「何が聞きたいのか、と言ったのだ」

通りがかった電気屋の前で流される、新作ゲームのPV。その音量に発言をかき消されたと思ったのか、山海は丁寧に言い直した。

「それは……その……」

「あの世界に戻る方法、か？」

胸の内を言い当てたというよりは、改めて確認したといった風情。山海は肥えた体で、器用に人ごみを縫いながら先を歩く。

「無いことも無いぞ」

「……マジで？」

「マジで」

信じられないほど簡単に、肯定が返ってくる。

浩二は呆然と男の顔を見つめた。

「その代わり、いくつか条件があるがな」

「……そっか」

条件という言葉に、おびえが走った。

そういえば、この男は一体なんだろう。名刺はもっともらしかったが、異世界の勇者なんてものを知っているなんて、どう考えてもまともじゃない。

「なあ……あんたってさ、何者なんだ？」

盗み見るように、メールチェックをしているらしい姿を視界に入れる。

「……そなたは、どう思う？」

「俺？」

「そなたの目に、儂はどんな風に映る？」

元々、霊感とかはない方だし、あんな異常な体験をしたからといって、特別な力に目覚めたという感覚もない。

そんな凡人の目から見えるのは、単なる太ったオッサンでしかない。

貰った名刺どおりの仕事をしているといわれれば、それまでだ。

「ただのオッサン、かな」

「ふ。それはすばらしい」

山海は笑い、一棟の雑居ビルの前で立ち止まる。そこには、オレンジ色のひさしに店名が書かれたゲームセンターが入っていた。

「こんなところで、何するつもりだ？」

「言わなかったか？　こちらに用事があるので、そのついでに会わないか、と」

「確かに、そうだけどさ……」

プライズゲーム筐体で狭くなった通路に苦労しながら、肥えた体が奥へと向かう。

そして、地階に向かう階段の前で立ち止まると、男はにっこりと笑った。

「まずは儂の買い物に付き合ってもらおう」

山海の背後、階段の近くに、いかにもな感じの萌え系キャラが描かれた看板がある。

オタクグッズ、特に漫画やラノベ、同人誌などを扱う専門店だ。

「用事って、まさか……」

「最近ひいきのサークルが新刊を出したのでな。それと、店舗特典つきのラノベを少々」

「ちょっとまてええええええええっ！」

気がつけば、浩二は力いっぱい突っ込んでいた。

「いきなり大声を出すな。他の客に迷惑であろうが」

「いやいやいやいや！　さすがに突っ込むだろ！　だって、あんたは……」

いくつもの思いが嵐のように駆け巡り、浩二は何とか二の句を継いだ。

「〝神々の遊戯〟って奴の、関係者なんだろ」

「それがどうした。まさか、神ごとに関わっておるから、オタクグッズを買い漁ってはならんという規則でもあるのか？」

「ぐ……っ」

「いまどき珍しくもあるまい。日本のサブカルに毒された異世界の住人など、ラノベのネタにしても陳腐化しておるほどだ」

急な階段をのそのそと下りながら、太ったオタクのおっさんは、更に勝手なことを言った。

「さっさとついて来い。行くべき場所は、まだまだたくさんあるのだ」

「……その場所ってのは？」

「ゲーム用ＰＣに使うグラボと、自炊した書籍を放り込んでおく安いサーバマシンを買う予定がある。身内から頼まれていた古いゲーム基盤をいくつか探さんといかんし、そろそろこのスマホも新しいのに変えようと」

「ただのオタクの日常じゃねーか！」

店から出てきた一団が、声を荒げたこちらを迷惑そうに睨む。あわてて山海の後を追うと、彼は入り口近くの棚で立ち止まっていた。

「見てみろ、そなたのお仲間が一杯だ」

なぜか嬉しそうに指差す先に、分厚い書籍が並んでいる。その表紙には〝異世界〟だとか〝勇者〟だとかいう単語が目に付いた。

「なに、これ」

「流行物《はやりもの》さ。最近はどこの出版社でも、ネット発の小説をこうして書籍化しているのだ」

フィルム掛けされた一冊を手に取り、表紙を眺める。描かれた主人公らしい青年や、囲んでいる仲間らしい姿に、残された仲間のことが思い浮かんだ。

「気になるものでもあったか？」

「……なんでもない」

こちらの葛藤など知りもせず、別の棚へと山海は去っていく。

浩二に出来たのはため息をついて、その後を追う事だけだった。

宣言どおりに、山海はさまざまな店を回っていった。

裏通りに面したパーツショップやパソコンの専門店を回って、熱心にスペックを調べたり、浩二が入ったことも無い、地階にある基盤屋の店舗へと足を踏み入れていく。

「……あんた、この辺りにはよく来るの？」

その真剣な様子に声を掛けそびれ、結局話を再開できたのは、これも狭い雑居ビルに入ったカードゲームショップに来た時だった。

「仕事が忙しいから、頻繁にというわけではないがな。このところ余計な折衝も増えてしまったので、気晴らしもかねておる」

「ふーん？」

ガラスケースの向こうに飾られているさまざまな種類のカード。その内の一枚の名前を確かめると、山海は単品買いの注文をするべく、申し込み用紙に記入していく。

「カードゲームもやるんだ」

「ゲーム全般に手を出しておるがな。これは知り合いに見せる用だ」

大きなえりまきのようなヒレが付いた、ドラゴンのカードを太い指が示す。

「そなたの顔によく似たイラストがある、と言ったら、是非見たいと言われてな」

「ひでーな、怒るぞそいつ」

「かもしれん。自尊心の高い奴だから、〝自分はもっと知的で神々しい〟と言うだろう」

楽しそうに笑うと、山海は目的の物を手に入れ、ほっと一息をついた。

「さて、そろそろ昼時だな。何か食いたいものはあるか？」

「特には」

「そうか。では、ちょっと場所を変えよう」

たっぷりと戦利品を抱えて、山海はもと来た道を辿りなおし、駅へと戻っていく。

「どこ行くんだ？」

「儂のホームグラウンドだ」

浩二は導かれるまま、総武線のホームへと向かい、再び電車へと乗り込む。山海の方はスマホとにらめっこを始めていた。どうやら何かのゲームをやっているらしい。

自分の友達にもこういうタイプがいるので気にはならないが、本当にただのオタクでしかない行動に、思わずため息が漏れた。

「ほんと、なんなんだよ」

「そういえば、一つ聞きたいことがあったのだが」

車窓の向こうに広がる、釣堀やボート乗り場を眺める浩二に、山海は何気なく問いかけてきた。

「なぜあんなスレッドを立てた？」

「それ、ここで聞くことか？」

「『異世界の勇者やってたんだけど質問ある』とか、大分センスが古いぞ」

「よけーなお世話だっつーの！」

ニヤニヤとこちらを見つめる山海から視線を逸らし、浩二はぶっきらぼうに告げた。

「色々、きつかったからだよ」

昨日の晩、浩二は匿名掲示板に一つのスレッドを立てた。

自分がゼーファレスという神に召喚され、異世界の勇者として行動したこと、その顛末について書くために。

帰ってきてから二週間、浩二の中にはさまざまな思いが渦巻いていた。

志半ばで殺されてしまった無念、残してきた仲間のこと。

そして、自分を殺したコボルトについての、やりきれない思い。

体験した出来事と感情の吐露を、名も知らないオーディエンスはからかい混じりに、時には真剣なレスで応じてくれた。

結果に満足し、それでもなんとなく寝付かれないまま、スレッドを眺めていた時、こいつは現れた。


『もう一度あの世界に戻りたくないか？』


そして、掲示板で指示されたとおりに、浩二は彼とチャット用ソフトで言葉を交わし、今日初めて秋葉原で出会ったのだ。

「あんたこそ、どういうつもりなんだよ。こういうのは、色々まずいんじゃないのか？」

「会って話すだけなら、誰もとがめたりはせんよ。所詮、そなたは敗者だ」

むっとするこちらを気にも留めず、スマホの操作を終えた山海はドアへと歩み寄る。

つられて浩二も後に続き、ホームへと降りて駅名を確かめた。

「水道橋……って、初めて来たよ」

「では、行こう」

長いホームの端から降りると、改札口はすぐそこだった。

駅の外、高架で陰になった歩道に出ると、山海が左を指差す。

「あちら側に行くと遊園地とドーム球場がある」

「え!? マジで！　こんな近かったんだ」

「そして、儂らの行くのはその反対」

太い指が右を示し、

「親子連れやカップルの群れに背を向けて、向かうは醤油で煮しめたような、古本の群れ集う町だ」

おかしそうに笑うと、さっきよりも軽い足取りで太った体が進んでいく。

「ホームグラウンドって言ったけど、どういう意味？」

「そのままさ。儂は本の方が好きでな。こちらへ来る時は必ず立ち寄る」

車道の脇に通る歩道は、日差しをさえぎる並木のおかげで、かなり過ごしやすい。歩いていくうちに、レストランやコンビニに混じって、小さな古書店が目に付き始めた。

軒先に並ぶ本には、少し古くなった背表紙や大学入試のための赤い参考書が目立つ。

「元々は、大学生の書籍を商っていた店が集まって出来上がった場所だ。海外でもこの規模の古書店街は例が無いと言うぞ」

「へぇ……」

そんなことを言っていると、山海は白い暖簾にガラスの引き戸の店を見つけ、ふらりと中に入ってしまう。

「お、おい!?」

「昼飯を食いに来たのだろうが。ああ、ここは儂がおごってやるから、好きなものを食うといい」

店の中には煮立った油が漂わせる熱気があり、白木のカウンターに座って黙々と、とんかつを食べる人間たちがいる。

「ロースかつ定食」

「お……俺もそれで」

やがて、出された定食を目の前に、山海は箸を動かして食べ始めた。

「これも、あんたが言う条件か?」

「腹は減っていないのか?」

「そういうわけじゃ、ないけど」

少し舌に熱いしじみ汁をすすると、浩二は投げやり気味に言葉を継いだ。

「あんたは、あの世界への帰り方を教えてくれるんだろ?」

「まあな。それと、そなたにも興味があった」

「……俺に?」

「実はな、異世界の勇者と、こうやって話すのは初めてなのだ」

一瞬言葉の意味を掴みかね、それから浩二は、ソースの掛かったカツの一切れを、千切りキャベツの上に置いた。

「俺に興味があるって、どういう意味だ？」

「どういう意味だと思う？」

「はぐらかすなよ！」

荒げた声に、一瞬店内の視線がこちらに集まる。山海の手が、少し大げさな動作で浩二の背中に置かれた。

「とにかく今は飯を喰え。腹が減っては戦が出来んのは、あの山で体験済みだろう？」

「……ああ」

浩二がソースのたっぷりついた肉を口に運び、そのまま白米に手を出そうとした、その時。

「トンカツで思い出したが、あのコボルトの食べていたのは鹿肉だ」

「――え？」

掛けられた言葉に、すべての動作が止まる。

「良く肥えた雄鹿だ。奪えれば話は違っていたかもな」

胃袋がきゅっと縮こまり、背筋に怖気が走った。

確かに昨日、コボルトの焼いていた肉を奪おうとしたことは書き込んだ。だが、その肉の種類までは分からなかったし、肉とだけしか書いていないはず。

想像力で言ったにしては確信がありすぎる。それともこれはペテンで、自分をだまそうとしているだけなのか。

「なあ……一つ聞いていいか」

「なにかな」

「あのゲームって、観客は居たのか？」

山海は一口茶をすする。すでに彼の皿は空になっていた。

「遊戯というからには観客がいてもおかしくはないだろう？　馬券を買わずにレースを眺める者とていようさ」

浩二は箸を置きながら、目の前の人間を、いや、人の形をしたものを見つめた。

最初に出会ったときの印象そのままだ。どんなに目を凝らしたって、太った体に丸い顔は変わらない。

足元に置かれたオタクグッズも、電車の中でスマホを弄っていた姿も、全てが見たままだと告げている。


『ただのオッサン、かな』

『ふ。それはすばらしい』


それはすばらしい、山海はそう言った。

つまり、それは、そう見えることが。

そう〝見せかけられていること〟が、すばらしいと言ったのか。

「出ようか。ここは食べ終わったら出るのがルールだ」

穏やかな声でそう言うと、山海は荷物を持って店を出て行く。払いを済ませていたらしいことに、遅まきながらに気がついた。

「……あんた、何者、なんだよ」

やけにまぶしく感じる光の中、浩二はようやくそれだけ搾り出す。

「そなたには、どう見える？」

「あんたは」

喉が思うとおりに動いてくれない。

たった一言、尋ねればいいだけなのに。

ゼーファレスに呼ばれたとき、緊張もあったが、こんな風にはならなかった。

あまりにも唐突で、現実離れしていたから。

でも、この日曜の昼下がり、トンカツ屋から漏れ出す油の香りを背景に、ただ立ち尽くす太った男へ、その一言を投げることが、ひどく難しい。

ややあって、錆びた声帯がようやく言葉を紡ぎだした。

「……カミサマ、なのか？」

「いかにも」

背筋を伸ばし、顔を心持ち引き締めると、厚い唇が真実を口に上せた。

「我が名はエルム・オゥド。〝斯界の彷徨者〟にして〝万涯《ばんがい》の瞥見者《べっけんしゃ》〟。先の戦い、楽しませてもらったぞ、〝審美《しんび》の断剣《だんけん》〟ゼーファレス・レッサ・レーイードの勇者よ」

体が震えている、疲れが押し寄せてくる。信じられない思いで、浩二は名乗りを上げた神を見た。

「少し歩こうか」

神秘の欠片もない、丸い体が先に立つ。

まるでぬるい水の中でも泳ぐように、浩二は薄らいだ意識のまま、その背中を追った。

「そもそも、私が神様ですという格好で、人の世を出歩けるわけもなかろう」

浩二の意識が現実に戻ってきたのは、山海と一緒に古本屋を廻り、地階の喫茶店に入ったときだった。

「ゼーファレス辺りであれば、自分の体に魅力だの光輝だのを引っ付けて、人間どもの目を釘付けに、代官山か青山辺りを闊歩してもおかしくはないがな」

「ま、まあね」

いつの間に頼まれていたのか、目の前のテーブルにはお茶の入ったポットと抹茶のシフォンケーキが置かれている。

「そういう見栄っ張りは、若いうちは楽しいのだがな。トラブルの種になるし、何より他の神がうるさくて敵わぬのでな」

「やっぱ、カミサマって一杯いんのか。って、あんた何歳なんだ?」

「人の齢で言えば、一万を超えた辺りか。ただ、神界と人間の世界は相対時間が違う。観察者の場所によっては、十万とも百万とも捉えられるだろうな」

ホラ話もここまで吹ければ大したものだろう。とはいえ、自分の妄想に過ぎないはずの神の名前と、その二つ名すら口にして見せたとすれば、信じるより他はない。

「カミサマの癖にスマホとかパソコンとか使ってんの?」

「こういう工芸品の類は、そなたらの感覚で言えばアンティークに近いものだ。別の世界に行けば、もっといい記憶媒体もあるのだが、儂はこのぐらいの技術レベルの品が好きなのさ」

「……あんたは、ゲームに参加しないのか」

浩二の質問に、山海は曖昧な笑みを浮かべた。

「儂の直接参加は禁じられている。勇者に掛ける加護の大きさは、その神格の力や、治めている領土に比例するゆえな」

「つまりあんたは、ものすごく強いカミサマ、なんだな」

「……役に立たぬ強ささ」

初めて、その丸顔に曇りが掛かった。

「そもそも、始まりの遊戯の時からすでに、儂は参加を許されていなかった」

「なんかやったのか?」

山海は紅茶をすすり、自分用に頼んでおいたマフィンを手で割った。

「やる前に、追い出されたのさ。儂の存在を疎ましく思った者の手でな」

「ふーん……」

薄いベージュがかったバラのジャムを塗りつけ、マフィンを口に運んでいる男は、どこか寂しそうに見えた。

あらゆる神を凌駕するという力を持ちながら、神々の遊戯を傍観するしかないという存在。その彼が自分に接触した理由とは、なんだろうか。

「俺と話がしたかったって言ってたけど、どういうことだ?」

「あんな書き込みをした、異世界の勇者の気持ちが気になったのさ。それとは別に、個人的な理由もな」

「個人的な理由って?」

質問に答える代わりに、大きな口の中にマフィンを消し去ると、山海はバッグの中から一枚のタブレット端末を取り出した。

「実は、先ほどから呼び出しが掛かっていてな。上はかなり大騒ぎのようだ」

見たこともないブラウザが立ち上がり、どこかで見たような動画サイトに繋がる。太い指が〝生放送〟をタップ、映像が映し出され始めた。

その向こうに見えるのは光差す庭と、異形の姿をした、どう見ても神としか見えない連中の様子だ。

「うちの若いのに命じてな、天界の様子を生で映像として送らせている」

「なんでこんなとこに投稿してんだよ! 他の人間に見られたらどうするんだ!」

「心配するな。儂と、関係者のアカウント以外は弾かせておるから」

向こうの様子は、かなり慌しいように見えた。屋根のついた休憩所のようなところを中心に、カミサマが寄り集まって騒いでいる。

「〝今北産業〟っと」

「古っ」

打ち込んだコメントが画面を流れすぎた途端、どっと返信コメントがあふれ出す。


〝メール読んだでしょ！　すぐ帰ッテ！〟

〝サリア様が何回も来ましたよ！　取次ぎする身にもなってください！〟

〝うちの主様《ぬしさま》は働かなくて困る〟

〝もうオタクの神様になっちまえ！〟


「なんか、怒られてるぞ」

「……ちょっとの間、現場のあれこれを部下に任せていただけなのだがなぁ」

「任せたってどのくらい？」

「ほんの百年くらい」

神の世界は相対時間が何とか言っていたが、コメントの流れ方からすれば、かなりの事態だったんだろう。

「ちゃんと謝っとけば？」

「むう。あの程度で文句とは……〝おこなの？〟っと」

その後しばらく、画面上は真っ赤に染まった。怒りと抗議の文言で。

「おこらしいな」

「いや、そりゃ怒るだろ。てか、オッサンがおことか無いから、キモイから」

「激おこー」

などと言っている間に視点は草地の上に下り、休憩所の中心に浮かんだ水の板のようなものに向けられる。


〝現在、サリア様の勇者、シェート殿は、エレファス山脈の南端にて交戦中。敵は百余名の勇者です〟


「シェートって、あのコボルトだよな……百名ってどういうことだよ」

「そなたに勝って後、あのものは大陸中の勇者達に狙われることになった」

水の向こうにはさらにもう一つの映像、森林の中を駆け抜けていく、マント姿のコボルトが居た。

「コボルトは大レベルアップを果たし、経験値を蓄積した。サリアはゼーファレスの所領を手に入れた。その全てを奪うために、神々が共闘して襲い掛かっているのだ」

「それが……これ、なのか？」

光り輝く魔法の矢をマントで叩き落し、追いすがる敵に矢を射掛ける。

映像は音までは伝えないが、緊張感は痛いほど伝わった。逃げながら隙を探り、何かを待つように走るコボルトへ、勇者が群がっていく。

「なるほど。イヴーカスと共闘をしておるのか……サリアもよくよく、危ない橋を渡るのが好きと見えるな」

「誰、そいつ？」

「目下のところの台風の目だ。この場に居るすべての神、サリアも含めた一切の存在を、まとめて喰らおうとしている」

注釈の最中、コボルトは逃げるのを止め、棘の生えた鞭のような武器を振りかざし、勇者の群れへと踊りかかる。

無茶だ、そう呟くよりも早く。

残酷な武器が振るわれ、首を裂かれた勇者が無造作にうち捨てられた。

一切のためらい無く敵を滅ぼす姿に、包囲がひるんだ。

「……こいつ、強くなってないか？」

「それはそうだろう。そなたがいなくなった後も、こやつは戦い続けたのだからな」

浩二は、改めて画面を見つめた。

元はただの弱い魔物だったはずだ。一度はこの手で殺して、何度も打ち払った。

なのに自分は追い詰められ、殺された。

そして今、こいつは百人の勇者と渡り合っている。

「コボルトを勇者にした女神って、どんなやつなんだ」

「サリアーシェ・シュス・スーイーラ。〝平和の女神〟と称されている」

「ゼーファレスの妹ってことは、ものすごく強いのか？」

「あやつは廃神、消滅寸前の最弱の神よ。ただ、ゼーファレスの所領を得た今、廃れは免れたがな」

山海の言葉をかみ締めて、浩二は言葉を搾り出した。

「俺は……そんな奴らに負けたのか」

「そうなるな」

コボルトの目の前で爆発が花開く。奇妙な人形をけしかける勇者の力にひるみながら、それでも一歩も引かずに戦い続けていく。

「なんで、こいつは……こんなに、戦えるんだ」

「なぜだと思う？」

コボルトの戦う理由なんて、分かるわけがない。

自分と戦った時は、仲間の敵討ちという目的があったはずだ。だからこそ、あんな動きができたんだと思う。

だが、モチベーションの源である自分は、もういない。こいつに戦う理由があるとすれば、身を守るためだ。

それでも、周囲は敵ばかりで、空も陸も、勇者の力が覆いつくしている現状。

いつ投げ出してもおかしくないのに。

それでも立って、戦っている理由は、なんなんだろう。

「お……おいお前っ！　足元っ！」

剣と鞭をあわせたような武器に押さえ込まれたコボルトの足元、忍び寄った人形が爆発した。

「あ……ああ……」

「やはり、一人では無理か」

足を押さえて地面に転がるコボルトを、勇者達が取り囲んでいく。

「なにやってんだよサリアってのは！　こいつに何の加護もやってないのかよ！」

「一応、レベルアップ分で魔法封じの破術と、全体的な能力の向上は行ったがな。それ以外は、なにもしておらぬ」

「ゼーファレスの持ってた物を手に入れたなら、色々できんだろ！」

「あやつは頑固でな。世界を生贄として捧げる加護は使いたくないと抜かしたのだ」

いつの間に頼んだのか、山海はサンドイッチとミルクティーを楽しみながら、平然と言ってのけた。

「世界を……生贄に？」

「知らなかったのか。そなたの鎧や剣、魔法の腕輪はな、他の世界、その地に住む人間の血と、肉と、魂を抵当に創られたのだ」

「……なんだよ……それ」

カップの向こう側から、神は魂すら透徹する視線でこちらを見やった。

「捧げられた存在は、遊戯における結果の影響を受ける。その勇者が盛況であればその存在は隆盛するが、道半ばで倒れれば……大きな不利益を被る」

「なんで、そんな……」

「力を得るための対価だ。それだけのものを払うからこそ、あれだけの力を振える」

そんなことは、一言も告げられなかった。むしろゼーファレス自身、捧げるものがなんであるかなど、一切気にしていなかったのだろう。

「……俺の、壊された鎧に、捧げられてた人たちは？」

「知らぬ。不利益が一極集中せぬよう、抵当に捧げる範囲が広く取られておるからな。だが、決して幸せな生活は送ってはおらぬだろうよ」

「なんで……そんなことまでして、あんなゲームやってんだよ……」

画面の向こうで、コボルトが武装を捨てさせられていた。

武器を手にそれを眺める勇者は、誰も彼も、面白そうな顔で、様子をうかがっている。

「神話が必要だからだ」

「神話？」

「神を崇める物語。信仰を集め、自らの力を高めるためのプロパガンダ。そのために、勇者が魔を滅ぼす物語が創り上げられる」

コボルトの腰から、山刀が引き抜かれ、地面に捨てられる。自分の首を断ち切り、元の世界に戻した一振りが。

「じゃあ、魔族ってのは、あんたらがでっち上げたのか？」

「魔族は実存の存在だ。しかし、彼らとまっとうに戦えば、手に入れるべき世界が砕けてしまう。そうならぬために、神と魔が協定を結んだ結果でもあるのだ」

完全に武装を取り除かれ、服だけになったコボルト。脅すように突きつけられた剣が動き、その手がのろのろと肩に掛かる。

「なんなんだよ、それ」

浩二は、ようやくそれだけを口にした。

「ただ一人の勇者を決め、その者が魔王を滅ぼす、そう定められたゲームだ」

「ふざけんな」

その言葉に、目の前で繰り広げられている事態に、言葉が自然と湧いて出た。

勇者と名のつく連中が、一匹のコボルトを囲んで殺そうとする姿が目に焼きつく。

そして、小さな魔物は、動いた。

「な……っ？」

一瞬、体がくの字に折れ、黒い影が目の前の蛇腹剣を構えた少年に襲い掛かる。

首から血を流しながら、それでもコボルトは手にした紐で相手を切り裂き、飛来した魔法の力を、包囲していた人形の爆発で吹き飛ばす。

奪い取った蛇腹剣が魔法の光を打ち砕き、打ち出された無数の剣を、自らの体をおとりに、人形遣いへ誘導。

包囲した勇者達が呆然とする中、味方の剣に貫かれた一人の少年が、金色の光と共に送還されていった。

コボルトは剣の林に立ち尽くし、周囲を睨みつけた。

「さて、いつまでここにいても始まらぬな」

そう言って、山海はタブレットをしまう。

「な、なんだよ!? まだ終わってないぞ！」

「その通りだ。ゆえに、もう時間が無い」

払いを済ませると、足早に男が地上へと戻っていく。さっきまでとは違い、本当に焦ったような調子で。

「サリアの奴は、儂の助力を当てにしている」

路地を抜け、大通りへと向かいながら話を続ける。

「どういうことだ?」

「おそらく、イヴーカスの勇者は、百人の勇者を倒せる秘策を持っているのだろう。サリアはそれを見越し、連中をおびき寄せるため、コボルトをおとりとした」

「そのイヴーカスってのに他の勇者を倒させて、一対一になるようにするつもりなのか」

「その上で、儂の助力を得て、勝つ気でいるようだな」

山海はこちらに振り返った。

その背には、駅からの道と靖国通りが交差する十字路が見える。

行きかう無数の車と、歩道を歩く人々の群れを暮れてゆく日の光が照らし、濃い陰影をまとわせていた。

「逸見浩二よ、そなたに問おう」

「な、なんだよ……改まって」

「そなたは、なぜ向こうに戻りたいのだ?」

その顔はすでに笑っていなかった。

急速に、山海の雰囲気が変わっていく。

柔和で、どこにでもいそうな男は消えて、肌を刺すような威圧感が漏れ出していく。

重い空気の中で、それでも浩二は口を開いた。

「最初は、できれば戻れたらいいなって感じだった。途中でリタイヤしたのが悔しかったし……向こうの生活は、こっちと違って面白かったからさ」

だが、今日という日の終わりに、浩二は知った。

楽しいゲームの裏側にある現実を。

「あんたの言ったのが本当なら、誰かを犠牲にしてまで、俺が勇者をやる意味なんて……あるのかなって」

「では、もう戻りたくないと?」

「……わかんねぇよ。いきなり色々言われて、頭の中ぐちゃぐちゃで……でも」

思い出す顔がある。

一匹の魔物の、怒りをむき出しにした表情。

「この二週間ずっと、あのコボルトのことばっか、考えてた」

「憎んでいるのか？」

「……違う、と思う」

最初は憎しみがあった。

傷つけられたことへの怒りもあった。

でも、最後に自分の心を占めた感情は、当惑だった。

「わからなかった。何であいつは、俺に怒ったのかって」

「そなたはあやつの仲間を、家族を、恋人を殺したのだぞ」

「俺は、あいつを魔物だって思ってたから、そう聞かされてたから……だから」

「情愛なども持たない、人間を滅ぼすだけのシステム。倒すべき相手、ゲームの駒だと考えていたのだな」

ゆっくりと、苦々しく頷く。

勇者が魔物の仇として狙われるなんて、夢にも思っていなかった。

どうして、そんな〝理不尽〟を突きつけられるのかと。

「あれ……当然のことだったんだな」

理不尽だと感じた気持ちの根源が、ようやく理解できた気がした。

本当の理不尽は、目の前の真実を無視して、相手を記号としてしか見ていなかった、自分の認識だ。

「あいつは……生きてたんだ。家族がいて、好きな子がいて、それを、俺が……」

「言っておくが、たとえ情愛をもつ存在であれ、コボルトは魔物だ。殺し、滅ぼし、糧とするべきゲームの駒であり、『勇者』という肩書きがそれを肯定している」

山海の言葉は厳しく、同時に労わるような声音さえ含んでいた。

「勇者とは神の代言者だ。彼の者の為すこと、一切が神の意思なりと」

「無力な相手を、一方的に殺すこともかよ」

「魔物は悪だ。それを滅ぼすことに、何の問題がある」

確かに、それはそうだろう。

事実、魔物は虐殺を行い、大地を汚染して人々を苦しめていたし、浩二もそれを知っている。

勇者は正義の味方であり、魔物は敵役。

それがあの世界の約束事のはずだ。

「中途で終わりはしたが、そなたの成した事は、世界を平和に導く行為であることに変わりは無いのだぞ？」

「じゃあ、何で！　俺はこんなに、もやもやしてるんだよ！」

山海の言葉に、胸のざわめきが強まっていく。

「そんなこと言われなくても分かってんだよ！　魔物を殺すのが勇者の目的で、そうすれば世界が平和になるってのも！　でも……」

『お前に奪われた俺！　一番納得、いかないんだ！』

あの時の声が、その思い込みを打ち砕いてしまう。

考えに疲れ果て、浩二は地面に視線を落とした。

「……聞いてもいいかな」

「なんだ？」

「勇者が魔王を倒してさ……本当に、あの世界に平和が来るのか？」

山海は瞑目し、おもむろに口を開いた。

「そなたはどう思う」

「……またそれかよ」

「では、儂にどうしろというのだ？」

見上げた山海の顔は、穏やかに凪いでいた。感情の波が失せ、ただ純粋に、浩二に問いかけていた。

「ずっと言ってきたではないか。神は善で魔物は悪、魔物を滅ぼす勇者の行動は、全てが肯定されると」

「あ……」

「それで納得できぬと言う者に、何を言えると思う？」

そう言うと、山海は何気ない様子で車道へと歩き出す。

警告しようと思った浩二の感覚が、ようやく異常に気がついた。

周囲から、人が消えていた。

人だけではない、大きな交差点には一台の車も走っていない。世界には色があり、夕日は赤々と、ビルの間から差し込んでいる。

だが、いつの間にか、世界は無音になっていた。

「さて、ここらで、儂の立場についても話しておこうか」

山海は無人の交差点の真ん中に立ち、声を上げた。

「先ほども言ったとおり、儂は遊戯に参加することを禁じられておる。我が神格と所領、そして信者を捧げた時に与えられる加護が、あまりにも強いがゆえに」

その声にあったのは、自嘲。

持てる者であるがゆえに、何も出来ない者であることへの。

ごく軽い調子で語る言葉には、かすかな憤りすら漂っていた。

「そして、儂の助力を得んとすることも、他の神々は考えてこなかった。なぜなら、それもまた衆目を集め、遊戯における不利にしか働かぬからだ」

「……それが、俺とどう関係があるんだ？」

「儂とそなたには、契約の余地がある、といっているのだ」

彼は、力強く笑った。

「そなたには、あちらの世界へ戻る動機がある。自分の成したことの意味、勇者という存在の意味、そしてあのコボルトを知りたいという、欲求が」

「それを叶えてくれるとして、あんたは俺に何を期待してるんだ?」

「これから始まる事態のために、そなたを利用したい。儂の楽しみを満たし、願いをかなえるためにな」

「ずいぶん、きっぱり言うんだな」

山海は笑い、頷く。

「儂は詐術《さじゅつ》は好かぬ。多くを語ることは出来ぬが、明かせるだけの真実くらいは提示するつもりだ」

「〝聞かれなかったから答えなかった〟なんて言いださないだろうな」

「それは、そちらの質問次第だな。契約を結ぶという行為には、それなりの知恵と狡猾さを要求されるのさ」

つまり、この場で質問できることは、質問しておけということ。

浩二は考えながら、口を開く。

「俺はあんたの勇者になって、ゲームに参加するのか?」

「まあ、そんなものだ。しかし、そなたは一度リタイアしているし、遊戯の途中参加は認められぬ。よって、ちょっとした裏技を使うことになるがな」

「あんたの楽しみってのは?」

「儂はな……部外者で居ることに、飽きたのだよ」

飽きた、という言葉が、重さを持って吐き出される。

考えてみれば、このカミサマは自分でもゲームをやるといっていた。仲間はずれにされたという気持ちが、こちらでの徘徊という形で発散されているのかもしれない。

「それじゃ、あんたの願いって？」

「友を助けることだ」

端的で、意外なほどな真摯さを込めた言葉。

さっきの一言と同じか、それ以上の意味を持つ響きに、浩二は瞠目した。

「カミサマが、そんなこと言うなんてな」

「神とて朋輩はあるさ。むしろ、そなたらよりも多くの、しがらみを抱えているやもしれん」

会話の流れから言って、友というのはサリアという神のことだろう。女神といっていたが、何か関係があるんだろうか。

「そいつって、あんたの恋人？」

「世の中が、万事そのような関係で動いていると思うのか？　とすれば、そなたはまだまだ青臭いということだな」

「ちょっと聞いてみたかっただけだろ。そんなにムキになってるところを見ると、意外にまんざらでもなかったりする？」

「あやつと儂は元の種族からして違う。そんな感情、起こす方がどうかしているわ……質問はそれだけか？」

どうやら、はぐらかしの時間は終わりらしい。

浩二はためらいながら、一番重要な質問を口にした。

「……俺は、こっちに帰ってこれるのか？」

「そなた次第だな」

言葉は穏やかで、それでも厳しい響きを含んで流れる。

「儂には参加権がない。つまり直接の加護で助けることはできぬ。そして、出立前に強力な力を持たせてやることもできんのだ」

「前みたいなチートは期待するな。レベル一の〝こんぼう〟と〝ぬののふく〟で頑張れ、ってことか」

「しかも、残機もコンティニューも無い状態でな」

「死んだら、俺はどうなる？」

「なんとしても生きて帰って来い。儂に言えるのは、それだけだ」

ため息をつき、投げられた事実を反芻する。

あの時はゲーム感覚だった。死ですら遠い事象でしかなかった。

でも、今度は本当に、命をかけた冒険になる。

「最後に、今ひとたび問おう」

こちらの心を察したように、山海は口を開く。

「逸見浩二よ、あの世界に、もう一度行く気はあるか？」

交差点の真ん中に、神が立っている。

ずっと悩んでいた。

あの異常な体験を、その結末を、どう扱えばいいのか。

自分が何をしたのかを。


目の前の神と契り結べば、真実が分かるかもしれない。

そのために払う対価は、命。

もちろん、下がることはできる。

その代わり、このもやもやを解消する機会は一生無いだろう。


神はただ立ち尽くし、答えを待っている。


「行くよ」

浩二は、答えを口にした。

「よかろう」

その言葉を最後に、山海の体が溶けるように消える。

そして、それは姿を現した。

「あ……！」

音も無く、風も起こらず、それでも圧倒的な存在感と共に顕現したもの。

力強く大地を咬む四肢、引き締まった長い胴体としなやかな尾、その体をみっしりと鎧う黄金の鱗、優美な曲線を描いて背から生える一対の翼。

長い口吻を備えた、いかつい顔に白い髪、その間から伸びる黒く太い双角。

その全てが巨大だった。交差点をその全身で覆いつくし、ビルの三階くらいの高さになった視線で、こちらを見下ろしてくる。

「ドラゴン……だったのか」

「驚いたか？」

「ああ……」

山海というかりそめを捨て、竜神となったエルム・オゥドは、まなじりを優しげに緩めた。

「では、そなたに裏技を施すとしようか」

鋭い牙の生えそろった大顎が、ぱくりと開いていく。

「ちょっと……何するつもりだよ」

「少し痛いが、我慢せよ」

「え!?　バカッ、やめ――」

ドラゴンの顎の奥が、白熱する。

ほとばしる奔流が、浩二の体を飲み込んだ。

「うああああああああああああああああっ」

熱があらゆる細胞に染み渡り、痛みが自分の意識を白濁させる。

骨がきしみ、肉が歪む。逸見浩二という存在の一切が、巨大な手でこねくり回される。

「があああああっ、あっ、あっ、あくうああああああっ」

まともに立っていることも出来ず、跪こうとした足に、強烈な違和感を覚えた。

「な、なんだ、これ」

クリーム色のごつい爪が、三本生えた足は青い。

靴どころかズボンすらはいていないのは、ブレスに焼かれたからとしても、自分の体はこんなじゃなかったはず。

光が収まるにつれて実感されていく変化。足どころか体も腕も青い、手指は五本だが、爪は硬くて長かった。

そして、背中に獲得した新たな感覚が、より一層気分を混乱させる。

自分の意思で動く器官の一つは、おそらく尻尾。アスファルトをこする感覚が肌に気持ち悪い。

もう一つは、想像だにしなかった部位。人間には絶対に備わるはずの無い、翼だ。

新たな腕のように、左右の関節が自分の意思で動き、伸ばしたと同時に、折りたたみ傘でも開いたような、皮膜の張る感触が伝わった。

「お、俺に、何したんだよ！」

「逸見浩二という存在を、そのまま連れて行くわけにはいかぬからな。そこで、そなたを我が眷属の末、一匹の仔竜へと転生させたのだ」

「元に戻れるんだろうな!?」

「安心せよ。生きて帰ってくれれば、ちゃんと戻してやる」

生きて帰ってくれれば、その一言に気分を重くしながら、浩二は自分を見直す。

まるで変わってしまった自分の体が、意外にしっくりなじんでくる。これも竜神の力によるものなんだろうか。

「さて。そろそろ行くぞ、フィアクゥルよ」

「……なにそれ？」

「そなたの新たな名前だ。人間の名など名乗れるわけはあるまい」

「何か、意味とかあるのか？」

前肢を差し出しながら、竜神は笑う。

「〝空を統べるもの〟あるいは〝光と闇を孕むもの〟、無理に人の言葉に訳せばそうなる」

「む、無駄に壮大な名前だな」

「親心と思って受け取っておくが良い。さ、しっかり掴まっていろ」

暖かい体に引き寄せられ、仔竜は竜神にしがみ付く。

大きく翼を広げ、巨竜が喉を逸らす。

そして、高らかに、聲《こえ》を上げた。

「あ……」

たった一音。

それが体に染み渡り、魂を震わせ、世界を変えていく。

言葉でも咆哮でもなく、純粋な音。その波は大気を、大地を、建物を磨して広がり充ちていく。

竜神が謳う喜びと共に、風が共に謳っている。

その聲にあわせ、するりと巨体が舞い上がる。

自分達を囲む全てが群れ集い、空の高みへ押し上げていく。

「ああ……」

見る間に大地が離れ、視界が高みへ昇る。ビル群はあっという間に下になり、交差点が黒い線の交わり程になっていく。

『鳴唱《めいしょう》』

まるで大気そのものが喋っているように、竜神の聲が心に響いてきた。

『万物の発する聲を用いて行う業だ。精霊たちの言葉にして竜の息吹。そして、自然と心を通わせる術者が、覚束なくも操る諸元の音色だ』

体が透き通って、軽くなっていく気がする。吐き出す息、吸い込む働きすら、風の一部になるような、心地よい開放感。

生まれた場所が遠くなっていく。

夕暮れに照らされた町並み、巨大な竜が飛び去ったことも知らぬまま、これまでと同じ営みを続ける世界が。

『ああ。しまった』

陶然としていた仔竜の心に、残念そうな竜神の聲が届いた。

「どうかしたのか？」

竜神の爪が地上を指差す。すでに豆粒ほどになった電気屋街の外れにある、橋向こうのビルを。

『うちの連中はあそこのカツサンドが好きでな。せっかくだから買っておけばよかった』

「……ふ……」

仔竜は口元を緩め、弾けたように笑い出した。

「あはははははは、カツサンドって、ドラゴンがカツサンドかよ！」

『はははは、そう言うな。竜種は万事に貪婪なもの。人の世の奢侈《しゃし》は何でも好きなのさ』

「そんなに好きなら、秋葉に住んじまえよ！　ったく、くだらねー！」

『そうだな！　いっそのこと、そうするのも良かろうな！』

雷鳴のような笑いを立てて、竜神が空へと昇る。

藍で染まり始めた天蓋の先を、新生した仔竜が見晴るかそうと首を伸ばす。

そして、彼らは天のはるか高みへと、消えた。


〈了〉

あとがき

祝、第二巻発売！

ということで、実にめでたい運びとなり、ここまでの道程をかみ締めている真上犬太です。前巻に引き続き、今回もお付き合いいただいた読者の方には、深い感謝を。

この巻からお付き合いいただいた方は、今すぐ本屋にて第一巻も捕獲していただくか、小説家になろう上で掲載中の一章をお読みいただければ幸いです。

最後までお読みになっていただければお分かりと思いますが、「かみがみ」という話は、ここからが本番です。復讐を終えたシェートの戦いは、決意を新たにして続けられることになり、敗退したはずの〝彼〟の冒険もまた、新たに始まります。

シェートとフィアクゥルの物語、二人の因果はどういう結末を迎えるのか。待て次巻！

と、普通の書籍なら、ここでしばらくお待たせすることになるのですが、ごあんしんください。この続きはすでに、なろうサイト上に掲載されております。

うわ、続きが気になる、と感じたら、我慢せずに読んじゃって下さい。ちなみに、ｗｅｂ版の方はあくまで「プロトタイプ」という位置づけであり、書籍化に際する変更や加筆は行われていないので、その違いを確かめつつ読むのもお勧めです。

特に、竜神と浩二君のネット上での会話は、なろう上でしか読めません。

〝【全て】異世界の勇者やってたんだけど質問ある【実体験】〟というタイトルの短編になっていますので、どんな話が繰り広げられたのかを知りたい方は、ぜひ。

今回の話だけでなく、かみがみ全体に言えることですが、作中の勇者が使っている能力、あるいは【神規】は、現実のゲームから引用したものが数多く出てきます。特に、この二巻ではたくさんの勇者が出てくるので「ああ、これはアレか」と、元ネタを思い出してニヤニヤしていただければ、作者も喜びます。

今後の展開では「ゲームのルールを神様の力で現実化する」という神規が話の中心になってきますし、作者としても、最終話までにほとんど全てのゲームジャンルをネタにする気でいます。

ネタバレになるので詳しくは言いませんが、いわゆる〝音ゲー〟以外は、最終話までに出る予定ですので、どんな形で作中で取り扱われるのかも注目してみてください。

というわけで、今回はこの辺りでお別れです。

イラストレーターの黒ドラ氏と担当編集遠藤氏、そして出版していただいた一二三書房様に感謝しつつ、筆を置きたいと思います。

それではまた、次のお話でお会いしましょう。

真上犬太

かみがみ 2

～最も弱き反逆者～

発 行
2015年12月15日 初版第一刷発行

著 者
真上犬太

発行人
長谷川 洋

発行・発売
株式会社一二三書房
〒102-0072 東京都千代田区飯田橋2-14-2 雄邦ビル
03-3265-1881

デザイン
erika

印 刷
中央精版印刷株式会社

作品の感想、ファンレターをお待ちしております。
〒102-0072 東京都千代田区飯田橋2-14-2 雄邦ビル
株式会社一二三書房
真上犬太 先生／黒ドラ 先生

Printed in japan, ISBN 978-4-89199-370-2

※本書は小説投稿サイト「小説家になろう」（http://syosetu.com/）に
掲載された作品を加筆修正し書籍化したものです。